詩品

【南朝梁】鍾　嶸　著

古　直　箋
許文雨　讲疏
杨　焄　辑校

上海古籍出版社

图书在版编目(CIP)数据

诗品 /(南朝梁)锺嵘著；古直笺；许文雨讲疏；
杨焄辑校. —上海：上海古籍出版社，2020.5 (2024.9重印)
(国学典藏)
ISBN 978-7-5325-9548-8

Ⅰ.①诗… Ⅱ.①锺… ②古… ③许… ④杨… Ⅲ.
①古典诗歌-诗歌理论-中国②词(文学)-诗歌评论-中
国-古代 Ⅳ.①I207.2

中国版本图书馆 CIP 数据核字(2020)第 056077 号

国学典藏
诗品

[南朝梁]锺 嵘 著

古 直 笺

许文雨 讲疏

杨 焄 辑校

上海古籍出版社出版发行

(上海市闵行区号景路159弄1-5号A座5F 邮政编码 201101)

(1) 网址：www. guji. com. cn

(2) E-mail：guji1@guji. com. cn

(3) 易文网网址：www. ewen. co

江阴市机关印刷服务有限公司印刷

开本 890×1240 1/32 印张 8 插页 5 字数 187,000

2020 年 5 月第 1 版 2024年9月第 5 次印刷

印数：8,001 —9,300

ISBN 978-7-5325-9548-8

Ⅰ·3470 定价：42. 00 元

如有质量问题,请与承印公司联系

前　言

杨　焄

在卷帙浩繁的历代诗文评著述中，锺嵘《诗品》与刘勰《文心雕龙》这两部精心结撰于南朝齐梁时期的著作一直都备受后世推崇。明代诗论家胡应麟虽然持论甚严，但也心悦诚服地称许道，"评诗者，刘勰《雕龙》、锺嵘《诗品》。刘、锺藻鉴，妙有精理"（《诗薮》外编卷二）。清代史学家章学诚尽管对文学颇存偏见，对这两部著作却评价很高，认为"《诗品》之于论诗，视《文心雕龙》之于论文，皆专门名家勒为成书之祖。《文心》体大而虑周，《诗品》思深而意远。盖《文心》笼罩群言，而《诗品》深从六艺溯流别也"（《文史通义·诗话》）。即使到了西潮激荡的晚清时期，这两部体现中古时期文学观念的论著依然被视为"诗文之门径"（张之洞《輶轩语·语学》），被用来指导初学。不过细究起来，两书在撰述旨趣、理论主张、批评方式等多个方面却是彼此异趣，各有所长。正如乾隆年间四库馆臣在梳理诗文评的发展嬗变时所强调的那样，"勰究文体之源流，而评其工拙；嵘第作者之甲乙，而溯厥师承，为例各殊"（《四库全书总目·诗文评类一》）。与《文心雕龙》意在指导实际创作，因而涵盖各种文学体裁、涉及诸多表现技巧有所不同，《诗品》的宗旨则在于评论诗人诗艺的优劣高下，因而集中探讨了汉魏以来五言诗歌的源流迁变。

一、锺嵘生平与《诗品》概况

　　锺嵘(468?—518?),字仲伟,颍川长社(今河南长葛东北)人,生活于南朝齐、梁时期。颍川锺氏英才辈出,在锺嵘的祖先中包括了汉魏之际著名的书法家锺繇、官拜侍中而显赫一时的锺毓、率军灭蜀且精研《易》理的锺会、永嘉南渡后官至侍中的锺雅,以及擅长创作而名列《诗品》之中的锺宪等等,显而易见是一个政治、文化地位都相当高的世家大族。可惜祖先的荣耀到了齐、梁时代已经消歇殆尽,锺嵘的父亲锺蹈是只担任过中军参军的下级官僚。

　　锺嵘在南齐永明初入学为国子生。历仕三朝的知名文士江淹此刻正兼领国子博士,应该算是他的老师。由于好学深思,精通《周易》,锺嵘受到了国子监祭酒王俭的赏识。当时诗坛的后起之秀谢朓正在王俭幕中担任东阁祭酒,另一位年少闻名的文士王融则是王俭的从子。他们和锺嵘年龄相近,兴趣相投,有过密切的交往,并一起谈论过诗文。国子监的同学中也不乏能文善诗之辈,其中有一位虞羲,曾游于竟陵王萧子良门下。在萧子良门下汇聚了一大批文人,最知名的当属一代文宗沈约,锺嵘或许向他请益讨教过。还有一位后进领袖刘绘,本来准备撰写专著来评论前代诗人,虽然最终未能蒇事,却对锺嵘后来撰著《诗品》有所启发。年轻的锺嵘身处如此良好的文化氛围之中,对其提高诗歌品鉴能力自然助益良多。他晚年着手撰写《诗品》,还将这些昔日的师友悉数列入,逐一予以论列品评。

　　锺嵘在齐明帝萧鸾时步入仕途,相继担任过南康王萧子琳侍郎、抚军将军萧遥光行参军、安国令、司徒行参军等职务。入梁以后,又先后出任临川王萧宏参军、衡阳王萧元简记室和晋安王萧纲记室。而在梁武帝天监初年时,刘勰也一度在萧宏府中担任记室。这两位在后世齐名的批评大家在当时或许有过交流切磋,可惜文献有阙，无法进一步深究了。锺嵘的官职品阶虽然并不高，可在齐、梁两代都曾经上书谠言论政，颇有耿直英锐的气概。他最后病卒于晋安王记室任上，故后世又称他为"锺记室"。

《诗品》当成书于梁代，是锺嵘的晚年之作，也是他唯一存世的著作。尽管五言诗的创作自西汉起就已经出现，到了魏晋以后更是发展兴盛，然而在某些评论家眼中，其地位却无法与拥有悠久历史和光辉传统的四言诗体等量齐观。西晋批评家挚虞在《文章流别论》中说："雅音之韵，四言为正。其馀虽备曲折之体，而非音之正也。"明确将非四言的诗体排斥在正音之外。刘勰在《文心雕龙·明诗》篇中说："四言正体，则雅润为本；五言流调，则清丽居宗。华实异用，惟才所安。"尽管重点在于阐明作者才性与所擅诗体之间的关联，但从"正体"、"流调"的措辞中不难看出略有高下轩轾之别。锺嵘则在序言中明确表态，"嵘今所录，止乎五言"，将评论对象限定为五言诗，这不仅如实地反映出五言诗体早已取代四言诗体的发展现状，更加彰显出敏锐独到的眼光和突破成规的勇气。在五言诗的经典化历程中，锺嵘的《诗品》毫无疑问做出了极其重要的贡献。

《诗品》全书以历代五言诗人作为评论对象，择取自汉代以来的一百二十二位知名诗人（另有无主名的"古诗"一则），根据创作水准的高低而分成上、中、下三品，分别予以简要精切的评论。在每品之前还各有一篇序言，对诗歌起源、五言诗演进历程、诗歌创作手法、诗歌审美标准、永明声律说等问题都发表了意见。在具体评论过程中，锺嵘还对列入不同品第中的三十六位诗人的创作特色加以考察推溯，并最终归结至《国风》、《小雅》和《楚辞》这三大源头，由此构建起历代五言诗风格递嬗承传的谱系。尽管三品论人和推溯源流的做法在后世引起过不少非议，但就整体而言，《诗品》确实是一部精心撰作、结构缜密、条理清晰的诗评专著。

关于《诗品》的本来面貌，迄今还留有不少疑问。比如关于书名就存在争议。根据《梁书·锺嵘传》记载："嵘尝品古今五言诗，论其优劣，名为《诗评》。"《南史·锺嵘传》也说："嵘品古今诗为评。"似乎原来的名称应该是"诗评"。但其后《隋书·经籍志》又著录说："《诗评》三卷，锺嵘撰。或曰《诗品》。"说明到了唐初，"诗评"和"诗品"这两个名称已经同时并存。虽然在此之后"诗品"一名逐渐被人接受，而且流传日渐广泛，可是根据现有文献资料，还没有确凿无疑的证据来论定孰是孰非。

另外还有序言安排的问题。这方面的情况极为复杂，分歧更多。在现存最早的元刊《山堂先生群书考索》本中，序言分为三部分，其中第一部分被置于卷首作为总序（唐初姚思廉所撰《梁书·锺嵘传》也曾经引录过这段文字，可知这部分确实相对完整独立），其馀两部分则分别被置于中、下品之前作为该品的序言。到了明代，不少版本虽然也将序言分为三部分，却被分别冠于三品之前，作为每一品相应的序言。清人张锡瑜在为《诗品》作注时，又将第一部分作为总序，而把其馀两部分分别视为上品和中品的后序。另一位清人何文焕在其所编的《历代诗话》中则径直将这三部分内容合并在一起，作为一整篇文字弁于全书之首。现代学者甚至还提出将最后一部分中论列历代"五言之警策"的内容单独抽出，作为全书的论赞或总跋。即便排除了某些臆测妄断的做法，仍有不少疑惑难以彻底消除。看似简单的分合、位置问题，其实关系到对《诗品》结构安排和锺嵘诗学观念的准确理解。

还有一个问题则更牵涉对全书性质的判定。日本近代汉学家青木正儿根据《中品序》所云"嵘今所录，止乎五言"以及"中品·梁左光禄沈约"条中所述"约所著既多，今荆除淫杂，收其精要"，率先提出："从这口吻来看，则锺嵘原来别有所编之总集，《诗品》一定是那书的附录。"(《中国文学概说》第六章《评论学》)之后中沢希男、兴膳宏等日本学者对此也续有讨论。近年来中国学者梁临川陆续发表了不少论文,从《诗品》内部找寻到更多证据,对此有极为深入细致的考察,推测《诗品》原本应该是一部附有评论的诗歌总集,现存的评论部分只是其中的次要内容。尽管也有学者质疑此说,但似乎还不能用坚实的证据来予以驳斥。

上述的这些疑问或许由于书缺有间而暂时很难得到圆满的解答,但必要的讨论对于深入探究《诗品》的文本特征以及锺嵘的文学思想而言无疑是大有裨益的。

二、锺嵘的诗学观念和《诗品》的文学特色

锺嵘撰写《诗品》的初衷是有感于不同的读者在评论诗歌时,往往"随其嗜欲,商榷不同",以至"喧议竞起,准的无依"(《上品序》),因此在阐述自己的诗学观念时就显得格外直截了当,在批评某些流弊时甚至还令人有尖锐激切之感。当然,并不能因为他对当时诗坛风尚多有讥评指摘,就简单草率地将他置于和世风针锋相对的立场,其实从不少地方仍然能发现他体现了齐、梁时期人们共有的审美观念。

首先,锺嵘认为诗歌的产生缘于"摇荡性情",必须具有"感荡心灵"的效果。注重个人情感的抒发,原本是魏晋以来文学创作和文学批评中早就存在的现象,他的主张正顺应着这样的抒情传统。人的日常情感原本是丰富多样的,在诸多情感基调中,他尤其重视作品中所抒写的哀怨沉痛之情。以悲为美的审美现象虽然早已出现,可到了《诗品》之中才被作为一个重要的理论主张被彰显出来。在对诗人的具体评述中,屡屡可以看到这一特点。例如上品说古诗"意悲而远"、"多哀怨",李陵"文多凄怆,怨者之流",班婕妤"怨深文

绮",曹植"情兼雅怨",王粲"发愀怆之词",左思"文典以怨",阮籍"颇多感慨之词";中品论秦嘉、徐淑"夫妻事既可伤,文亦凄怨",刘琨、卢谌"善为凄戾之词",郭泰机"孤怨宜恨",沈约"长于清怨";下品评曹操"甚有悲凉之句",毛伯成"亦多惆怅"。这些诗人所抒发的哀怨之情均与其坎坷颠沛的人生遭际密切相关,绝不是为文造情而生硬造作的无病呻吟,这就使得情感的表达更为真挚,也更为深沉。

其次,锺嵘强调以"风力"为主干而以"丹采"为润饰,两者相互结合方能形成完美的风格。所谓"风力"指的是作品爽朗鲜明、生动感人的特征。《诗品》中有时还用到"骨气"或"气"等术语,其内涵大体相近。如上品论曹植"骨气奇高",刘桢"仗气爱奇"、"真骨凌霜,高风跨俗";中品评刘琨"自有清拔之气"(《上品序》云:"刘越石仗清刚之气。"意思相同),陶渊明"又协左思风力",标举的都是"风力"之美。所谓"丹采"则指作品文词的华美,这方面受到了汉魏以来诗歌语言日趋精致工巧的影响,也成为他衡量诗人的重要标准。如上品称古诗"文温以丽",曹植"词采华茂",陆机"举体华美";中品评张华"巧用文字,务为妍冶",谢惠连"工为绮丽歌谣";下品中说宋孝武帝刘骏"雕文织彩"等等。某些诗人缺少华美的词采,便会受到批评,比如受到后世推崇的曹操、陶渊明,就由于语言质朴省净而被置于中、下品之列。明清时期的批评家对此颇为不满,往往指责锺嵘识见低下而品第未公。其实这原本是南朝时期整体的审美倾向,锺嵘并未超脱于时代之外,不能因此对他求全责备。

第三,锺嵘要求诗人在创作中必须"直寻",崇尚作品中所体现的"自然英旨"。所谓"直寻"是指诗人对外界的美有着与生俱来的敏锐感受,并能通过自然鲜活的语言将这种即目所见的美展现出来。这方面的意见原本是针对当时某些诗人喜好堆垛典故、卖弄才学而发的。在锺嵘看来,诗歌和其他文体的不同之处就在于它本诸性情,因而不能让事典学问窒塞了情感的自由抒发。他批评颜延之"动无虚散,一句一字,皆致意焉。又喜用古事,弥见拘束",感叹任昉"动辄用事,所以诗不得奇。少年士子效其如此,弊矣"(均见中品),就是因为两人的作品堆砌典故,过于雕琢。而在上品中评价谢灵运"兴多才博,寓目辄书,内无乏思,外无遗物",则是因为谢诗能够充分体现"直寻"的特点,符合"自然英旨"的标准。与此相关,锺嵘对南齐永明年间逐渐兴起的声律说也持批评反对的态度。他认为诗歌确实需要声调流美,但四声八病之类都是人工制定的规则,有悖于自然天成的要求。从诗歌发展的历程来看,永明体诗人对声律问题的探讨和实践直接影响到后世近体诗格律的形成,锺嵘的意见无疑显得过于保守。可是声律说本身确实存在不少琐碎严苛的不合理成分,此后四声逐渐出现二元化的倾向,最终归并为平仄两种声调,而八病也逐步被简化和扬弃,慢慢演化出黏对等规则。由此可见,锺嵘的批评也是事出有因,不能简单地视作固执守旧。

除了在诗学理论方面多有建树之外,从文学角度来考察,《诗品》一书在遣辞造语方面也极具个人特色,堪称精巧别致的美文。

锺嵘具有极为敏锐的艺术感知力,非常善于运用形象鲜明的比喻和诗意盎然的词句来描摹不同诗人的风格特征。这种印象式的鉴赏或许不够精准,却能迅速引发读者的联想和共鸣。例如上品评谢灵运云:"然名章迥句,处处间起;丽典新声,络绎奔会。譬犹青松之拔灌木,白玉之映尘沙,未足贬其高洁也。"再如中品评范云、丘迟两位云:"范诗清便宛转,如流风回雪。丘诗点缀映媚,似落花依草。"他并没有漫不经心地随意着笔,而是全身心地沉浸其中,反复涵泳,再三体悟,最后才将自己的审美体验锤炼凝结为清新隽永的评语。从某种程度上讲,这已经不限于对诗艺的评判,本身就堪称诗艺的创造了。

　　六朝时期原本是骈俪文学最为兴盛的时代，受此影响，《诗品》中不少评语都以骈句写成。明人王世贞曾详细介绍过自己的阅读体验："吾览锺记室《诗品》，折衷情文，裁量事代，可谓允矣，词亦奕奕发之。……吾独爱其评子建'骨气奇高，词采华茂，情兼雅怨，体被文质'；嗣宗'言在耳目之内，情寄八荒之表'；灵运'名章迥句，处处间起；丽典新声，络绎奔会'；越石'善为凄惊之词，自有清拔之气'；明远'得景阳之诡谑，含茂先之靡嫚。骨节强于谢混，驱迈疾于颜延。总四家而并美，跨两代而孤出'；玄晖'奇章秀句，往往警道。足使叔源失步，明远变色'；文通'诗体总杂，善于模拟。筋力于王微，成就于谢朓'。此数评者，赞许既实，措撰尤工。"（《艺苑卮言》卷三）摘取的诸多评语均为骈句，虽然行文联属整饬，却并不艰涩生硬，毫无纤巧板滞之感，显得典雅精炼，清丽工巧。

　　不过《诗品》中的评语并非全是如此，有时也不拘一格，呈现出骈散结合、纯任自然的面貌。比如中品评陶渊明云："其源出于应璩，又协左思风力。文体省静，殆无长语。笃意真古，辞兴婉惬。每观其文，想其人德。世叹其质直。至如'欢言酌春酒'、'日暮天无云'，风华清靡，岂直为田家语耶？古今隐逸诗人之宗也。"前半部分句式虽然较为整齐，却并非严格的对句；中间穿插几句陶诗作为例证，文势颇具逸宕之趣；最后又用散句设为问答，显得顿挫有致。明人胡应麟曾批评《诗品》"词则雅俚错陈"（《诗薮》内编卷二），他视为缺憾的其实恰恰是锺嵘行文疏荡而颇有奇气的表现。

　　《诗品》在评述诗人之际，有时还会穿插一些轶事佳话，很多地方都堪与《世说新语》等六朝小说媲美。比如中品谢惠连条记载："康乐每对惠连，辄得佳语。后在永嘉西堂，思诗竟日不就。寤寐间忽遇惠连，即成'池塘生春草'。故常云：'此语有神助，非吾语也。'"就事实而言，这则创作本事并不可信，却准确地揭示出"池塘生春

草"这样的佳句本出天然,无假雕琢。又如中品江淹条记载了一则
轶事:"初,淹罢宣城郡,遂宿冶亭,梦一美丈夫,自称郭璞,谓淹曰:
'吾有笔在卿处多年矣,可以见还。'淹探怀中,得五色笔以授之。尔
后为诗不复成语,故世传江淹才尽。"尽管并不能真正揭示江淹创作
才能衰退的原因,可寥寥数笔,却让人读来兴味顿生。

三、《诗品》在汉字文化圈中的传播与影响

　　作为中国古代最重要的诗学著作之一,锺嵘《诗品》自隋唐以后
传播渐广,产生了非常深远的影响。相关的文献资料数量颇多,此
处无法一一缕述,只能略引端绪,稍窥一斑。

　　首先是刊刻钞校的版本众多。据学者研究,目前可见最早的
《诗品》刊本为元代延祐七年(1320)圆沙书院刊宋人章如愚所编《山
堂先生群书考索》本。另有宋人陈应行辑《吟窗杂录》本,成书时间
可能更在《群书考索》本之前,但目前所见已是明嘉靖年间的覆刻
本。在明、清两代又相继出现了数十种不同的版本。这些版本源流
各异,形态多变,体式不一,文句互歧,尽管给今人梳理版本源流、确
定全书体式、校勘各则文字等带来诸多困难,但也证明《诗品》在历
代都受到极大的关注,传播、接受的范围极为广泛。

　　其次是蹈袭模仿的情况明显。唐宋以降出现的众多诗歌总集、
诗评论著都无法挣脱《诗品》的影响,从措辞、体例、结构、方法等不
同方面对其予以仿效。如唐人殷璠编《河岳英灵集》和《丹阳集》、高
仲武编《中兴间气集》等,在评语的撰作方面就有很多明显效法《诗
品》的痕迹。明人顾起纶《国雅品》云:"采音吴札,邻得无讥;藻品梁
嵘,没者斯撰。例当窃比于是,名之曰《国雅品》。"表明该书"没者斯
撰"的体例沿袭自《诗品》的"今所欲言,不录存者"。近人宋育仁所
撰《三唐诗品》分三卷来评述唐代诗人,各卷前均列有一序,则在整

体结构上远绍锺嵘。如此多样化的模拟承袭,反映出《诗品》在后世评论家心目中的地位尊崇。

最后是研究批评的内容丰富。由于锺嵘对汉魏至齐梁时期的诗歌史以及众多诗人做了较为系统而细致的评价,使得后世评论家在考察这一时段的诗学发展时势必无法回避对《诗品》的评价。其中固有称赏不已者,如近人刘师培称:"锺氏《诗品》,集论诗之大成。"(《搜集文章志材料方法》)也不乏肆意攻击者,如清人王士禛说:"位置颠错,黑白淆讹,千秋定论,谓之何哉?"(《渔洋诗话》卷下)涉及到具体诗人的评价和品第,如曹操、陶渊明等人,相关的争议就更为激烈。如明人王世贞批评说:"曹公屈第乎下,尤为不公。"(《艺苑卮言》卷三)清人沈德潜指责道:"锺记室谓其(陶渊明)原出于应璩,目为中品,一言不智,难辞厥咎已。"(《说诗晬语》卷上)各种纷歧的意见构成众声喧哗的态势,使得围绕《诗品》的研究更趋深入细致。

古代东亚及东南亚地区曾在相当长的时间内共同使用汉字作为书面语,从而形成了所谓的"汉字文化圈",这使得不少中国的文献典籍在流传过程中能够突破国家、地域和民族的界限。《诗品》对后世的影响也并不局限于中国本土,同样波及日本、韩国等周边国家。

在日本文化史上声名显赫的高僧空海于唐德宗贞元二十年(804)渡海前来,在遍求佛法的同时,还搜集了众多诗文评资料,最终编纂成《文镜秘府论》一书。在该书《天卷·四声论》部分收录了隋代刘善经的《四声指归》,其中就有对锺嵘的评价,还引录了一些《诗品》的原文。空海返回日本时携带了大量典籍,《诗品》或许就由此传入日本。在日本宽平三年(890)由藤原佐世奉敕编纂的《日本国见在书目》的"小学家类"和"杂家类"中,分别著录了"《诗品》三卷"和"注《诗品》三卷",说明《诗品》已经在日本得到了广泛传播。在日本的诗话类著作中,就可以看到一些针对锺嵘《诗品》的评价。江户时代的诗论家冢田虎在《作诗质的》中曾指出:"论作诗体裁者,非不多也。然后则南宋严沧浪《诗话》、元陈绎曾《诗谱》、明王敬美《艺圃撷馀》,前则梁锺嵘《诗品》,是其最精密者也,作者不可以不览也。"同时代的另一位诗论家古贺煜在《侗庵非诗话》中曾对历代诗话著作痛加批驳,可唯独对锺嵘《诗品》等另眼相看:"历代诗话,汗牛不啻。其铁中铮铮者,独《诗品》、《沧浪》、《怀麓堂》、《谈艺录》而已。"可见《诗品》在日本文学评论史上的影响是不容忽视的。

　　《诗品》传入韩国的具体时间虽无法考知,但在唐懿宗咸通九年(868)渡海入唐的新罗文人崔致远的作品中,已经可以隐约发现《诗品》的身影。如《谢加太尉表》云:"于儒则笔惭五色,在武则剑敌一夫。"《壁州郑凝绩尚书》其二云:"蹑八花砖之影,缀五色笔之词。""笔惭五色"、"五色笔"等都源出于《诗品》"中品·梁光禄江淹"条所载归还五色笔的故事。高丽时期的诗人李奎报《次韵吴东阁世文呈诰院诸学士三百韵诗》中有云:"久欲成剿体,唯忧被诮嗤。"句下有自注云:"锺记室《诗评》曰:'文体剿静。'"明确指出自己的诗语来源于锺嵘。朝鲜晚期的学者洪奭周在《洪氏读书录·子部说家类》中曾评论道:"《诗品》三卷,锺嵘之所作也。诗之于文章,末也;评诗之于诗,又赘也。后世之文士,既以诗学为大务,而论诗之书自此始,亦不能不存其梗概云尔。"站在学者的立场,他认为诗歌的价值远低于文章,因而《诗品》只是聊备一格而已,并不值得过多称赏。虽然对评诗之作怀有偏见,但他还是肯定了《诗品》在同类著作中具有首创之功,并将此列为自己"所尝读而有得"(《自序》)的作品,推荐给读者。由此可见,《诗品》也得到了韩国历代文士的接受和称许。

四、古直《锺记室诗品笺》和许文雨《锺嵘诗品讲疏》

在后世的流传过程中,陆续出现过一些《诗品》注本。上文已经提到,《日本国见在书目》著录过"注《诗品》三卷",然而注者和内容都已经无法详考。从明代开始,陆续有学者对《诗品》做过零星的校勘或笺注,可是都比较琐碎,阙略讹谬极多。明末清初之际的学者陆钺撰有《锺嵘诗品注释》(参见陆钺《离忧集》所附陈瑚《巽庵小传》),但该书似乎并未付刻。现存最早的完整校注本是咸丰年间刊刻的张锡瑜《锺记室诗评》三卷,在词句释证、文本校订、义理阐发等方面都颇有见地,可惜流传未广,知者寥寥。

近现代以来,有不少知名学者都在大学课堂上开设过《诗品》课程。早年任教于北京大学的黄侃为了授课之需编纂过《诗品讲疏》,尽管全书最终并未完成,但从当时发表的《诗品笺》(整理本已收入拙编《锺嵘诗品讲义四种》,上海古籍出版社,2018 年)中,已经可以略窥其研究旨趣。紧随随后,在中央大学任教的陈延杰,在中山大学任教的古直,在北京大学任教的许文雨,在暨南大学任教的陈柱,在厦门大学任教的陈衍,在无锡国学专修学校任教的钱基博、叶长青等,也都讲授过《诗品》专题课程,并有相关研究成果问世。在这些论著中,率先出版的是陈延杰的《诗品注》(开明书店,1927 年),但内容比较粗疏,引发过不少严厉的批评。足以代表民国时期《诗品》研究最高水平的,当推古直的《锺记室诗品笺》和许文雨的《锺嵘诗品讲疏》。

古直(1885—1959),字公愚,号层冰,广东梅县人。早年曾加入同盟会,创办梅州高等小学,后相继在梅州中学、广东大学、中山大学、梅南中学、南华大学任教,晚年任广东省文物保护委员会委员、广东文史馆馆员。生平著述主要有《陶靖节诗笺》、《汪容甫文笺》、《锺记室诗品笺》、《曹子建诗笺》、《汉诗辨证》、《阮嗣宗诗笺》、《层冰文略》、《层冰碎金》等。《锺记室诗品笺》完稿于 1925 年，但因为要编入古氏所著《隅楼丛书》之中而迁延未刻，直至 1928 年才由上海聚珍仿宋印书局正式印行。出版时间虽然比陈延杰《诗品注》稍晚，但无论是征引故实，还是校诂字句，抑或是推求文意，都有很多创获，可谓后来居上。古直在书中还根据宋人所编《太平御览》的记载，认为今本《诗品》已经遭到后人篡改，现居中品的陶渊明"本在上品"。此说在学界引起过长达半个多世纪的争论，方孝岳、胡小石、汪辟疆、陈延杰、许文雨、钱基博、叶长青、傅庚生、王叔岷、钱锺书、逯钦立、中沢希男、车柱环、陈庆浩、李徽教等数十位中外学者都曾卷入其中，各执一端，聚讼纷纭。尽管经过众人的考证辨析，最终证明古直所言并不可信，但由此也足见《锺记室诗品笺》的影响深远，而这番论辩也极大地推进了对《诗品》的全面研究。

许文雨（1902—1957?），又作许文玉，原名许孝轩，字维周，浙江奉化人。早年求学于北京大学，并留校担任预科国文讲师，后又相继任教于之江大学、福建省立师范专科学校、山东大学、郑州师范学院。生平著述主要有《文论讲疏》、《唐诗综论》、《唐诗集解》等。早年在北京大学授课时，许氏曾编有《诗品释》（北京大学出版部，1929 年）。数年后他又编纂《文论讲疏》（正中书局，1937 年），其中"锺嵘《诗品》"部分即在《诗品释》基础上加以修订增补而成。古直《锺记室诗品笺》出版不久，许氏就撰有《评古直〈锺记室诗品笺〉》加以评议，尤其批评古氏"条记旧文，堪称闳蕴。而于'释事忘意'之讥，恐亦难免"，尽管旁征博引，考订细密，但在研究视角和考察方式上依然存在局限，由此强调研究《诗品》不能局限于文献考索，还必须深入阐发其旨趣义理。有鉴于此，他在笺注《诗品》时除了校诠字句、疏通文意之外，还特别注重征引历代诗文评资料，借以引申发挥锺嵘论诗的宗旨，并尝试去归纳总结《诗品》的撰述体例和品鉴义理。

　　古直、许文雨两家偏重不同而各有所长，堪称近现代《诗品》研究中的翘楚。稍后叶长青编纂《锺嵘诗品集释》（华通书局，1933年），采摭汇集诸家论说，最为倚重的便是古氏《锺记室诗品笺》和许氏《诗品释》（当时尚未及见许氏《文论讲疏》中修订增补的内容）。此后出版的不少带有集解汇评性质的《诗品》注本，如杨祖聿《诗品校注》（文史哲出版社，1981年）、李徽教《诗品汇注》（韩国岭南大学出版部，1983年）、王叔岷《锺嵘诗品笺证稿》（台湾中研院中国文哲研究所，1992年）、曹旭《诗品集注》（上海古籍出版社，1994年；又有增订本，上海古籍出版社，2011年）等，也都大量征引过古直和许文雨的研究成果。尽管以目前《诗品》研究的进展来参照衡量，古、许两家注本在校勘、注释、评析等方面都未尽完善，尤其是在确定底本时都选择了当时较为通行的何文焕编《历代诗话》本，不仅未能充分呈现此书原貌，还存在个别品语的讹误脱漏，但无论是对普通读者而言，还是对专业学者而言，依然是研读《诗品》时足资参考的重要注本。

五、本书的整理辑校情况

　　本书将古直《锺记室诗品笺》和许文雨《文论讲疏》中"锺嵘《诗品》"部分汇为一编，详加校订，以便读者披览参酌。兹将整理辑校的情况简要说明如下。

　　古、许两人均以清人何文焕所编《历代诗话》本为底本，许氏还另据数种不同版本做过一些校补，因此本书所录锺嵘《诗品》原文即以许氏《讲疏》本为主。在正文后依次辑入古直的笺注（原作双行小字插于正文之中，现以注码形式依次提出）、许文雨的校勘及疏证，分别标明"古笺"、"许校"和"许疏"以示区别。两家征引的历代文献繁复多样，为行文便利往往还有所节略删改。此次校订均视作直接引文而

施加引号，以利于读者区分引文层次。两家所引各种文献均尽可能
覆核原书，除了明显讹脱倒衍的地方径行改正外，其馀改订均出校
勘记加以说明。由于对《诗品》部分原文的理解不同，两家所施标点
也偶尔存有分歧，若与其所作笺注疏证相关，则逐一说明，以供读者
参考别择。至于两家在校勘和注释时所出现的个别疏漏讹误，为了
尽量保持各书原貌，均未依据后人的研究成果加以校改。

　　本书最后另有多种附录，以便读者参考覆按。古直《锺记室诗
品笺》原附有唐人李延寿所撰《南史·锺嵘传》，此次另外增入成书
在前而内容颇有不同的唐人姚思廉所撰《梁书·锺嵘传》，俾读者能
够借此知人论世。《评陈延杰〈诗品注〉》（原载 1929 年《中外评论》
第十一期）、《评古直〈锺记室诗品笺〉》和《〈诗品平议〉后语》（原载
1933 年《文史丛刊》第一集），为许文雨针对陈延杰、古直和陈衍三
家《诗品》研究专著所撰的书评，后均收入其《文论讲疏》，可以和《讲
疏》中的相关论述互相参看。《书评——〈诗品释〉》（原载 1930 年 8
月 4 日《大公报·文学》副刊），作者署名为"齐"，系针对许文雨《诗
品释》的评论，许文雨附加案语后亦收入《文论讲疏》，从中不仅可以
了解当时学术界《诗品》研究的概况，也可以略窥许氏研究撰述的优
长。《古诗书目提要——藏书自记》（原载 1929 年《国立中山大学语
言历史学研究所周刊》第九卷第一〇六期），为许文雨针对丁福保编
《全汉三国晋南北朝诗》所作的补正，后曾收入《诗品释》，其实也可
以视作他研读《诗品》时的参考文献提要，对于了解其撰述经历或许
也不无裨益。

　　整理辑校过程中虽然黾勉从事，仔细斟酌，但自忖学识谫陋，疏
漏阙略之处在所难免，尚祈读者不吝赐教，匡我不逮。

戊戌岁杪

目　录

前 言/杨　焄 / 1

锺记室诗品笺·发凡/古 直 / 1

锺嵘诗品
诗品序 / 1
卷 上 / 35
　古诗 / 35
　汉都尉李陵诗 / 40
　汉婕妤班姬诗 / 42
　魏陈思王植诗 / 44
　魏文学刘桢诗 / 48
　魏侍中王粲诗 / 50
　晋步兵阮籍诗 / 53
　晋平原相陆机诗 / 56
　晋黄门郎潘岳诗 / 59
　晋黄门郎张协诗 / 62
　晋记室左思诗 / 65
　宋临川太守谢灵运诗 / 68

卷 中 / 73

汉上计秦嘉、嘉妻徐淑诗 / 73

魏文帝诗 / 77

晋中散嵇康诗 / 79

晋司空张华诗 / 81

魏尚书何晏、晋冯翊守孙楚、晋著作郎王瓒、晋司徒掾张翰、

晋中书令潘尼诗 / 84

魏侍中应璩诗 / 87

晋清河守陆云、晋侍中石崇、晋襄城太守曹摅、晋朗陵公何劭诗 / 89

晋太尉刘琨、晋中郎卢谌诗 / 91

晋弘农太守郭璞诗 / 93

晋吏部郎袁宏诗 / 96

晋处士郭泰机、晋常侍顾恺之、宋谢世基、宋参军顾迈、

宋参军戴凯诗 / 98

宋徵士陶潜诗 / 101

宋光禄大夫颜延之诗 / 104

宋豫章太守谢瞻、宋仆射谢混、宋太尉袁淑、宋徵君王微、

宋征虏将军王僧达诗 / 107

宋法曹参军谢惠连诗 / 110

宋参军鲍照诗 / 113

齐吏部谢朓诗 / 116

齐光禄江淹诗 / 119

梁卫将军范云、梁中书郎丘迟诗 / 122

梁太常任昉诗 / 124

梁左光禄沈约诗 / 126

卷　下 / 129

　汉令史班固、汉孝廉郦炎、汉上计赵壹诗 / 129

　魏武帝、魏明帝诗 / 131

　魏白马王彪、魏文学徐幹诗 / 133

　魏仓曹属阮瑀、晋顿丘太守欧阳建、晋文学应璩、晋中书令嵇含、
　　晋河南太守阮侃、晋侍中嵇绍、晋黄门枣据诗 / 135

　晋中书张载、晋司隶傅玄、晋太仆傅咸、晋侍中缪袭、
　　晋散骑常侍夏侯湛诗 / 138

　晋骠骑王济、晋征南将军杜预、晋廷尉孙绰、晋征士许询诗 / 140

　晋征士戴逵诗 / 144

　晋谢琨、晋东阳太守殷仲文诗 / 145

　宋尚书傅亮诗 / 147

　宋记室何长瑜、羊曜璠、宋詹事范晔诗 / 149

　宋孝武帝、宋南平王铄、宋建平王宏诗 / 151

　宋光禄谢庄诗 / 153

　宋御史苏宝生、宋中书令史陵修之、宋典祠令任昙绪、
　　宋越骑戴法兴诗 / 155

　宋监典事区惠恭诗 / 157

　齐惠休上人、齐道猷上人、齐释宝月诗 / 159

　齐高帝、齐征北将军张永、齐太尉王文宪诗 / 162

　齐黄门谢超宗、齐浔阳太守丘灵鞠、齐给事中郎刘祥、
　　齐司徒长史檀超、齐正员郎锺宪、齐诸暨令颜则、
　　齐秀才顾则心诗 / 164

　齐参军毛伯成、齐朝请吴迈远、齐朝请许瑶之诗 / 167

　齐鲍令晖、齐韩兰英诗 / 169

　齐司徒长史张融、齐詹事孔稚珪诗 / 171

　齐宁朔将军王融、齐中庶子刘绘诗 / 173

3

齐仆射江祏、祏弟祀诗 / 175

齐记室王巾、齐绥建太守卞彬、齐端溪令卞录诗 / 176

齐诸暨令袁嘏诗 / 178

齐雍州刺史张欣泰、梁中书郎范缜诗 / 179

梁秀才陆厥诗 / 181

梁常侍虞羲、梁建阳令江洪诗 / 183

梁步兵鲍行卿、梁晋陵令孙察诗 / 185

附　录 / 187

梁书·锺嵘传/姚思廉 / 187

南史·锺嵘传/李延寿 / 191

评陈延杰《诗品注》/许文雨 / 193

评古直《锺记室诗品笺》/许文雨 / 200

《诗品平议》后语/许文雨 / 205

书评——《诗品释》/齐 / 208

古诗书目提要——藏书自记/许文雨 / 213

锺记室诗品笺·发凡

　　诗道之敝，极于齐梁。苟取成章，贵在悦目，《金楼》慨叹乎前；趋末弃本，率多浮艳，黄门指斥于后。顾陈其病者，虽有多家；示其方者，则惟仲伟。其方伊何？曰：自然而已矣。"吟咏性情，何贵用事"，"自然英旨，罕值其人"，开宗明义，昭然若揭。世人不能赏于牝牡骊黄之外，猥以品第乖违相薄仲伟，其笑人矣。况所谓违，初亦未必。陶公本在上品，《御览》尚有明征。王贻上不考，大肆讥弹。以此推之，魏武下品，郭璞、鲍照、谢朓等中品，安保不是后人窜乱乎？

　　《隋书·经籍志·总集》："《诗评》三卷，锺嵘撰。或曰《诗品》。"案：《序》云："彭城刘士章，欲为当世诗品，口陈标榜，其文未遂，感而作焉。"则本名"诗品"。《国语·郑语》："以品处庶类者也。"韦昭注："高下之品也。"仲伟此书自比"九品论人"，故曰"诗品"云尔。

　　清《四库全书提要》曰："锺嵘《诗品》分为上、中、下三品，每品之首，各冠以序。"《津逮秘书》本、《汉魏丛书》本亦然，惟何文焕《历代诗话》本别出此序三则，冠于全书之首，不著"序"字。严可均辑《全梁文》则据《梁书》本传，录"气之动物"讫"均之于谈笑耳"，标为"诗品序"，不入上品之内；馀

1

二则,仍分冠于中品、下品之首。夫"一品之中,略以时代为先后"云云,略同凡例;"昔曹、刘殆文章之圣"云云,专议声律;末后所举陈思诸人,又不属于下品,其不能冠诸中品、下品以为序,常知与知。乃诸家刻本皆承讹袭谬,不能致辨,是可怪也。今依《诗话》本合为一篇,冠于全书之首,依本传增"序"字,以复其旧焉。

昔者刘《略》、班《志》辨章诸子学术,必云某家者流出于某官。仲伟品诗,盖亦仿此。然诸子学术如绛生于蓓,其源一而易知;诗人篇什如众华酿蜜,每源杂而难判。夫十五国风,贞淫不同,美刺亦异,自非季札,谁能鉴微?则曰某诗之体源出某某者,亦其大较而已。窃谓诗体不同,有如其面,推寻其本,首在才性遭逢。彦和刘氏尝辨此矣,《文心雕龙》曰:"吐纳英华,莫非情性。是以贾生骏发,故文洁而体清;长卿傲诞,故理侈而辞溢;子云沉寂,故志隐而味深;子政简易,故趣昭而事博;孟坚雅懿,故裁密而思靡;平子淹通,故虑周而藻密;仲宣躁锐,故颖出而才果;公幹气褊,故言壮而情骇;嗣宗俶傥,故响逸而调远;叔夜㑺侠,故兴高而采烈;安仁轻敏,故锋发而韵流;士衡矜重,故情繁而词隐。触类以推,表里必符。"(《体性》篇)此言文因才性而异也。又曰:"建安之末,区宇方辑。观其时文,雅好慷慨。良由世积乱离,风衰俗怨,并志深而笔长,故梗概而多气。"(《时序》篇)"刘琨雅壮而多风,卢谌情发而理昭,亦遇之于时势也。"(《才略》篇)此言文因遭逢而异也。是故李陵"辛苦",发"凄怆"之音;嵇康"峻切",伤"渊雅"之致。仲伟于此,亦复兼明,岂但执一术以自封者哉!《诗品》行世,绵历千年,议其小疵者虽多,通其大体者卒少,其惟浙江二章能与?于此备录其说,以资探讨焉。

章学诚曰:"至于论及文辞工拙,则举隅反三,称情比类。如陆机《文赋》、刘勰《文心》、锺嵘《诗品》,或偶举精字善句,或品评全篇得失。令观之者得意文中,会心言外。其于文辞,思过半矣。"(《文史通义·内篇三》)

"《诗品》之于论诗,视《文心》之于论文,皆专门名家勒为成书之初祖也。《文心》体大而虑周,《诗品》思深而意远,盖《文心》笼罩群言,而《诗品》深从六艺溯流别也。(如云某人之诗,其源出于某家之类,最为有本之学,其法出于刘向父子。)论诗论文而知溯流别,则可以探源经籍,而进窥天地之纯、古人大体矣。此意非后世诗话家流所能喻也。(锺嵘所推流别,亦有不宜尽信处。盖古书多亡,难以取证。但已能窥见大意,实非论诗家所及。)"(《文史通义·内篇五》)

"《诗品》、《文心》,专门著述,自非学富才优,为之不易。故降而为诗话,沿流忘源。为诗话者,不知著作之初意矣。"(引同上)

"评点之书,其源亦始锺氏《诗品》、刘氏《文心》。然彼则有评无点,且自出心裁,发挥道妙;又且离诗与文,而别自为书。信哉,其能成一家言矣!"(《校雠通义》一)

章炳麟曰:"诗又与奏议异状,无取数典。锺嵘所以起例,虽杜甫愧之矣。(直案:锺嵘此例,宋人叶梦得似亦知之,故《石林诗话》曰:'池塘生春草,园柳变鸣禽',此语之工,正在无所用意,猝然与景相遇,借以成章,不假绳削,故非常情所能到。诗家妙处当以此为根本,而苦思难言者往往不悟。锺嵘《诗品》论之详矣。"）迄于宋世，小说、杂传、禅家、方伎之言，莫不征引。夫以孙、许高言庄氏，杂以三世之辞，犹云《风》《骚》体尽，况乎辞无友纪，弥以加厉者哉！"（《国故论衡》中《辨诗》篇）

"《诗品》云：'经国文符，应资博古；撰德驳奏，宜穷往烈。至乎吟咏情性，亦何贵于用事？颜延之喜用古事，弥见拘束，于时化之。故大明、泰始中，文章殆同书抄。迩来作者，浸以成俗。遂乃句无虚语，语无虚字，拘挛补衲，蠹文已甚。'又云：'任昉博物，动辄用事，所以诗不得奇。'寻此诸论，实诗人之药石。"（同上《辨诗》篇自注）

案：实斋论其托体之尊，太炎推其起例之当，实有见于其大。若王贻上摘其品第违失，则嵘固云"三品升降，差非定制"，且其书为后人错乱，不尽如原意。（如陶潜今列中品，据《御览》所引，则在上品。嵘自序："一品之中，略以世代为先后。"今本亦多颠倒，知其书为后人错乱者不少矣。）安能以此深责之哉！《四库提要》云："梁代迄今，邈逾千祀，遗篇旧制，什九不存。未可以掇拾残文，定当日全集之优劣。"则庶几平心之言耳。辄次二家之说如后。

王士禛曰："锺嵘《诗品》，余少时深喜之，今始知其踳谬不少。嵘以三品铨叙作者，自譬诸'九品论人，七略裁士'。乃以刘桢与陈思并称，以为'文章之圣'。夫桢之视植，岂但斥鷃之与鲲鹏邪！又置曹孟德下品，而桢与王粲反居上品。他如上品之陆机、潘岳，宜在中品；中品之刘琨、郭璞、陶潜、鲍照、谢朓、江淹，下品之魏武，宜在上品；下品之徐幹、谢庄、王融、帛道猷、汤惠休，宜在中品。而位置颠错，黑白淆讹，千秋定论，谓之何哉！建安诸子，伟长实胜公幹，而嵘讥其'以莛扣钟'，乖反弥甚。至以陶潜出于应璩，郭璞出于潘岳，鲍照出于二张，尤陋矣，又不足深辩也。"（《渔洋诗话》）

《四库全书提要》曰："锺嵘所品古今五言诗，自汉、魏以来一百有三人。论其优劣，分为上、中、下三品。每品之首，各冠以序，皆妙达文理，可与《文心雕龙》并称。近时王士禛极论其品第之间多所违失。然梁代迄今，邈逾千祀，遗篇旧制，什九不存。未可以掇拾残文，定当日全集之优劣。惟其论某人源出某人，若一一亲见其师承者，则不免附会耳。史称嵘求誉于沈约，约弗为奖借，故嵘怨之，列约中品。案：约诗列之中品，未为排抑。惟序中深诋声律之学，谓'蜂腰、鹤膝，仆病未能；双声、叠韵，里俗已具'，[1]是则攻击约说，显然可见，言亦不尽无因也。又一百三人之中，（案：《诗品》凡百二十三人，嵘自序云："凡百二十人。"举成数也。《提要》误。）惟王融称元长，不著其名。或疑其有所私尊，然徐陵《玉台新咏》亦惟融书字，盖齐、梁之间避齐和帝之讳，故以字行，实无他故。（案：见行《诗品》，如汲古阁本、《历代诗话》本、《汉魏丛书》本、严可均辑《全梁文》本均称"齐宁朔将军王融诗"，不称"元长"，与《提要》异，不知《提要》所据何本也。齐司徒长史张融亦不称字，知非避齐和帝讳矣。《提要》误也。）今亦姑仍原本，以存其旧焉。"

中华民国十四年冬，古直记于庐山太乙村隅楼

---

[1] "蜂腰、鹤膝，仆病未能；双声、叠韵，里俗已具"，《诗品》原作"平上去入，则余病未能；蜂腰、鹤膝，闾里已具"。

此笺成后，编入《隅楼丛书》，迁延未刻。近游沪渎，得江宁陈延杰《诗品注》，意有善言可以相益。及取读之，乃大失望。案：《魏志·陈思王传》："建安十六年，封平原侯。"故《诗品序》云："降及建安，曹公父子，笃好斯文；平原兄弟，郁为文栋。"而陈注乃以"平原"为陆机、陆云。谢朓《玉阶怨》曰："玉殿下珠帘，流萤飞复息。"虞炎《玉阶怨》曰："紫藤花拂架，黄鸟度青枝。"二诗并列《乐府诗集》。《诗品序》云："学谢朓，劣得'黄鸟度青枝'。"谓虞学谢，仅得此句也。而陈注乃云："今谢宣城集中不见此诗，想是玄晖逸句。"《宋书·谢晦传》："兄子世基，有才气。临死为连句诗曰：'伟哉横海鳞，壮矣垂天翼。一旦失风水，翻为蝼蚁食。'"《诗品·中》云："世基'横海'。"指此也。而陈注乃云："诗今佚。"《诗品·下》云："白马与陈思赠答。"案：《初学记》十八载曹彪《答东阿王》诗曰："盘径难怀抱，停驾与君诀。即车登北路，永叹寻先辙。"彪答诗未全佚也。而陈注乃云："彪答诗佚。"《诗品·下》又云："齐征北将军张永。"案：张永附见《宋书·张茂度传》及《南史·张裕传》。而陈注乃云："无传。"其不考亦甚矣。

又胡适之《〈孔雀东南飞〉的年代》文云："魏晋以下，文人阶级的文学暂趋向形式的方面，字句要绮丽，声律要讲究，对偶要工整。到了齐梁之际，隶事之风盛行，声律之论更密，文人的心力转到'平头、上尾、蜂腰、鹤膝'种种把戏上去。作文学批评的人受了时代的影响，故很少能赏识民间的俗歌的。锺嵘作《诗品》，评论百二十二人的诗，竟不提及乐府歌辞。他分诗人为三品：陆机、潘岳、谢灵运都在上品，而陶潜、鲍照都在中品，可以想见他的文学赏鉴力了。他们对于陶潜、鲍照还不能赏识，何况《孔雀东南飞》那样朴实俚俗的白话呢？"案：胡说全违实录，今且即《诗品》证之。《诗品》云："吟咏性情，亦何贵于用事？'思君如流水',既是即目;'高台多悲风',亦惟所见;'清晨登陇首',羌无故实;'明月照积雪',讵出经史?观古今胜语,多非补假,皆由直寻。颜延、谢庄,尤为繁密,于时化之。故大明、太始中,文章殆同书抄。"此锺嵘不贵隶事之证也。《诗品》又云:"齐有王元长者,尝谓余云:'宫商与二仪俱生,自古词人不知之。惟颜宪子乃云"律吕音调",而其实大谬。唯见范晔、谢庄颇识之耳。'尝欲进《知音论》,未就。王元长创其首,谢朓、沈约扬其波。三贤或贵公子孙,幼有文辩。于是士流景慕,务为精密,襞积细微,专相陵架。故使文多拘忌,伤其真美。余谓文制本须讽读,不可蹇碍,但令清浊通流,口吻调利,斯为足矣。至于平上去入,则余病未能;蜂腰、鹤膝,闾里已具。"此锺嵘不重声律之证也。《诗品》评陶潜云:"古今隐逸诗人之宗。"评鲍照云:"总四家而擅美,跨两代而孤出。"又云:"鲍照戍边,陶公咏贫,斯皆五言警策,篇章珠泽。"赏识陶、鲍,亦云至矣。靖节本在上品,《御览》可征。胡氏以此责嵘,可云不考。时至六代,诗、乐久分,彦和《文心》亦区《明诗》、《乐府》为二。嵘主品诗,不提乐府,亦何害乎?夫胡说难持如此,本可勿论,而慕名之士或遂信之,故辨析之如右。民国十六年冬,古直。

锺嵘①⁽¹⁾ 诗品⁽²⁾

诗品序[1]

气之动物,物之感人,②故摇荡性情,形诸舞咏。③⁽³⁾照烛三才,晖丽万有。④灵祇待之以致飨,幽微藉之以昭告。⑤动天地,感鬼神,莫近于诗。⑥⁽⁴⁾

昔《南风》之辞,⁽⁵⁾《卿云》之颂,⁽⁶⁾厥义夐矣。⑦夏歌曰:"郁陶乎予心。"⑺楚谣曰:"名余曰正则。"⑻虽诗体未全,然是五言之滥觞也。⑧

逮汉李陵,始著五言之目。⁽¹⁾⁽⁹⁾古诗眇邈,人世难详。推其文体,固是炎汉之制,非衰周之倡也。⑨⁽¹⁰⁾

自王、扬、枚、马之徒,词⁽²⁾赋竞⁽³⁾爽,而吟咏靡闻。⑩⁽¹¹⁾从李都尉迄班婕妤,将百年间,有妇人焉,一人而已。⑪⁽¹²⁾诗人之风,顿已缺丧。⑫东京二百载中,惟有班固《咏史》,质木无文。⑬⁽¹³⁾

降及建安,⑭曹公父子,笃好斯文;平原兄弟,郁为文栋;⑭刘桢、王粲,为其羽翼;⑮次有攀龙托凤,自致于属车者,盖将百计。⑯⁽⁴⁾⁽¹⁵⁾彬彬之盛,大备于时矣。⑰

是后陵迟衰微,迄于有晋。太康⑱中,三张、⑴⁶⁾二陆、⑴⁷⁾两潘、⑴⁸⁾一左,⑴⁹⁾勃尔复兴,踵武前王,风流未沫,亦文章之

---

[1] "诗品序",许氏《讲疏》本原无,据古氏《诗品笺》补。

1

中兴也。⑲

永嘉㉑时,贵黄老,稍尚虚谈。于时篇什,理过其辞,淡乎寡味。爰及江表,微波尚传,㉑孙绰、许询、桓、庾诸公诗,皆平典似《道德论》,(20)建安风力(21)尽矣。㉒

先是郭景纯用儁上之才,(22)变创其体;㉓刘越石仗清刚之气,(23)赞成厥美。㉔(24)然彼众我寡,未能动俗。

逮义熙㉕中,谢益寿斐然继作。㉖(25)元嘉㉗中,有谢灵运,才高词盛,富艳难踪,㉘固已含跨刘、郭,陵轹潘、左。㉙(26)

故知陈思为建安之杰,公幹、仲宣为辅;(27)陆机为太康之英,安仁、景阳为辅;(28)谢客为元嘉之雄,颜延年为辅。(29)斯皆五言之冠冕,文词之命世也。㉚

夫四言,文约意[5]广,取效《风》、《骚》,便可多得。每苦文繁而意少,故世罕习焉。㉛(30)五言居文词之要,㉜是众作之有滋味者也,㉝故云会于流俗。㉞岂不以指事造形,穷情写物,最为详切者邪?

故诗有三[6]义焉,一曰兴,二曰比,三曰赋。㉟文已尽而意有馀,兴也;㊱因物喻志,比也;㊲直书其事,寓言写物,赋也。㊳(31)弘斯三义,酌而用之,干之以风力,润之以丹彩,[7]使味之者无极,闻之者动心,是诗之至也。㊴

若专用比兴,则患在意深,意深则词踬;㊵若但用赋体,则患在意浮,意浮则文散,嬉成流移,文无止泊,有芜漫之累矣。㊶

若乃春风春鸟,秋月秋蝉,夏云暑雨,冬月祁寒,斯四候之感诸诗者也。㊷嘉会寄诗以亲,㊸离群托诗以怨。㊹至于楚臣去境，㊺(32)汉妾辞宫；㊻(33)或骨横朔野，或魂逐飞蓬；或负戈外戍，杀气雄边；塞客衣单，孀闺泪尽；又[8]士有解佩出朝，一去忘返；(34)女有扬蛾入宠，再盼倾国。㊼(35)凡斯种种，感荡心灵，非陈诗何以展其义？㊽非长歌何以骋其情？故曰："《诗》可以群，可以怨。"㊾(36)使穷贱易安，幽居靡闷，[9][1]莫尚于诗矣。㊿

故词[10]人作者，罔不爱好。今之士俗，斯风炽矣。才能胜衣，(37)甫就小学，必甘心而驰骛焉。51于是庸音杂体，人[11]各为容。至使膏腴子弟，耻文不逮，终朝点缀，分夜呻吟。独观谓为警策，众睹终沦平钝。52次有轻薄之徒，笑曹、刘为古拙，(38)谓鲍照羲皇上人，53(39)谢朓今古独步。而师鲍照，终不及"日中市朝满"；54(40)学谢朓，劣得"黄鸟度青枝"。55(41)徒自弃于高听，无涉于文流矣。

观王公缙绅之士，每博论之馀，何尝不以诗为口实。56随其嗜欲，商榷不同，57淄渑并泛，58朱紫相夺，59喧议竞起，准的无依。60近彭城刘士章，61(42)俊赏之士，疾其淆乱，欲为当世诗品，口陈标榜，其文未遂。感而作焉。

昔九品论人，62(43)《七略》裁士，63(44)校以宾实，64(45)诚多未值。至若诗之为技，较尔可知。以类推之，殆均博弈。65(46)方今皇帝，资生知之上才，体沉郁之幽思，文丽日月，赏究天人。66昔在贵游，已为称首。67况八纮既奄，风靡云蒸，68抱玉者联肩，握珠者踵武。69(47)固已[12]瞰汉、魏而不顾，吞晋、宋于胸中。70谅非农歌辕议，(48)敢致流别。71嵘之今录，

---

[1] "闷"，古氏《诗品笺》作"闷"。

庶周旋于闾里,均之于谈笑耳。⑰(49)

【古笺】

①《梁书》:"锺嵘,字仲伟,颍川长社人。永明中为国子生,起家王国侍郎。天监初,迁中军临川王行参军,衡阳王宁朔记室,迁西中郎晋安王记室,卒。"

②《礼记·乐记》曰:"凡音之起,由人心生也。人心之动,物使之然也。感于物而动,故形于声。"

③《诗大序》曰:"情动于中而形于言,言之不足,故嗟叹之;嗟叹之不足,故咏歌之;咏歌之不足,不知手之舞之,足之蹈之也。"案:《文心雕龙·物色》篇曰:"春秋代序,阴阳惨舒,物色之动,心亦摇焉。"又《明诗》篇曰:"人禀七情,应物斯感。感物吟志,莫非自然。"亦与仲伟之言相发。

④《易·说卦》曰:"立天之道,曰阴与阳;立地之道,曰柔与刚;立人之道,曰仁与义。兼三才而两之。"左太冲《蜀都赋》曰:"符采彪炳,晖丽灼烁。"颜延之《归鸿》诗曰:"万有皆同春。"

⑤杨雄《河东赋》曰:"礼灵祇。"谢庄《月赋》曰:"柔祇雪凝,圆灵冰镜。"李善注:"柔祇,地也;圆灵,天也。"《乐记》曰:"明则有礼乐,幽则有鬼神。"《正义》曰:"幽冥之处,尊敬鬼神,以成物也。"案:"幽微",犹"幽冥"也。《书·汤诰》曰:"敢昭告于上天神后,请罪有夏。"

⑥《诗大序》曰:"故正得失,动天地,感鬼神,莫近于诗。"《乐记》曰:"歌者,直己而陈德也,动己而天地应焉。"《公羊传》曰:"拨乱世,反诸正,莫近诸《春秋》。"何休注:"莫近,犹莫过之也。"

⑦《乐记》曰:"昔者舜作五弦之琴,以歌《南风》。"郑玄注:"其辞未闻也。"案:其辞见《尸子》及《家语》,曰:"南风之薰兮,可以解吾民之愠兮。南风之时兮,可以阜吾民之财兮。"《家语》,王肃所伪。《尸子》则《隋志》云:"《尸子》二十卷。其九篇亡,魏黄初中续。""其辞未闻",盖在所续九篇内,非郑所见耳。陈恭甫《尚书大传辑校》曰:"于是卿云聚,俊义集,百工相和而歌《卿云》。帝乃倡之曰:'卿云烂兮,糺缦缦兮。日月光华,

旦复旦兮。'"案：此歌近儒多言其伪。

⑧"郁陶乎予心"，《尚书·五子之歌》文。"名余曰正则"，《离骚》文。《家语》曰："夫江始于岷山，其源可以滥觞。"注云："言其微也。"案：六朝人不辨伪书，仲伟举《五子之歌》以为"五言滥觞"可也，然此下不举《毛诗》而举楚词，则所未喻。夫五言，《毛诗》多有，如《豳风·九罭》、《小雅·北山》、[1]《大雅·绵》皆是。仲伟远弃《风》、《雅》之全篇，近取楚词之单句，惑矣！

⑨案：《文心雕龙·明诗》篇曰："古诗佳丽，或称枚叔。'孤竹'一篇，则傅毅之词。比采而推，两汉之作乎？"亦与仲伟之说相发。特古诗皆失姓氏，故仲伟托始于李陵尔。余别有古诗及苏、李诗《辨证》。

⑩案：《汉书·礼乐志》曰："李延年多举司马相如等数十人造为诗赋，以合八音之调，作十九章之歌。"据此则《郊祀歌》即司马相如等所造诗也。而云"吟咏靡闻"，盖谓无五言诗也。又案：徐陵《玉台新咏》取《文选·古诗十九首》之八首，题为枚乘诗。考陵与仲伟、彦和、昭明同时而年辈稍后，《诗品》、《文心》、《文选》皆不言枚乘有诗，不知陵何据而云然也。

⑪《论语》："周有乱臣十人。有妇人焉，九人而已。"案：仲伟不数唐山夫人，以所作非五言也；不数卓文君，以《白头吟》在六朝只作古辞，不云卓文君辞也。

⑫案：《汉书·艺文志》："歌诗二十八家，三百一十四篇。"班固云："自孝武立乐府而采歌谣，于是有代、赵之讴，秦、楚之风。皆感于哀乐，缘事而发。亦可以观风俗，知厚薄云。"夫"感于哀乐，缘事而发"，即《序》所云"气动""物感"，"形诸舞咏"者也。此岂得云非"诗人之风"邪？仲伟于是为失辞矣。

⑬案：东京五言，有主名者，班固《咏史》之外，有张衡《同声歌》一首、秦嘉《赠妇诗》三首、徐淑《答秦嘉诗》一首、郦炎《见志诗》二首、赵壹

---

[1]"《豳风·九罭》、《小雅·北山》"，原误作《小雅·九罭》、《北山》，据《诗经》改。

《疾邪诗》二首、蔡邕《翠鸟》一首、蔡琰《悲愤诗》一首、孔融《杂诗》二首、《临终诗》一首、应亨《赠四王冠诗》一首、辛延年《羽林郎》一首、宋子侯《董娇饶》一首，凡十七首。而秦嘉、徐淑、赵壹、郦炎诗，仲伟皆品之。此处乃云"唯有班固《咏史》"，何邪？至于《文选·古诗》"冉冉孤生竹"，《文心》以为傅毅之词；古辞《饮马长城窟行》，《玉台》以为蔡邕之作，以未确定，故不列入也。

⑭ 汉献帝年号。

⑮《汉书·叙传》："渊哉！若人实好斯文。""平原兄弟"，谓曹丕、曹植也。《魏志·陈思王植传》："年十岁馀，诵读《诗》、《论》及辞赋数十万言。善属文。建安十六年，封平原侯。"《文帝纪》："初，帝好文学，以著述为务，自所勒成垂百篇。"《武帝纪》注引《魏书》曰："太祖创造大业，文武并施。御军三十馀年，手不舍书。昼则讲武策，夜则思经传。登高必赋，及造新诗，被之管弦，皆成乐章。"《王粲传》："始，文帝为五官将，及平原侯植皆好文学，粲与北海徐幹、广陵陈琳、陈留阮瑀、汝南应场、东平刘桢，并见友善。"案：沈约《宋书·谢灵运传论》曰："至于建安，曹氏基命。三祖、陈王，咸蓄盛藻。"《文心雕龙·时序》篇曰："建安之末，区宇方辑。魏武以相王之尊，雅好诗章；文帝以副君之重，妙善词赋；陈思以公子之豪，下笔琳琅。并体貌英逸，故俊才云蒸。"并与仲伟之言相发。

⑯《汉书·叙传》曰："攀龙附凤，并乘天衢。"案：《王粲传》曰："自颍川邯郸淳、繁钦，陈留路粹，沛国丁仪、丁廙，弘农杨修，河内荀纬等，亦有文采，而不在此七人之列。"又云："吴质，济阴人。以文才为文帝所善。"此所谓"攀龙托凤"者也。

⑰《论语》曰："文质彬彬，然后君子。"《汉书·儒林传》："自此以来，公卿大夫士吏，彬彬多文学之士矣。"

⑱ 晋武帝年号。

⑲《史记·李将军传》曰："敢男禹，有宠于太子，然好利，李氏陵迟衰微矣。"《晋书·张载传》："弟协，协弟亢。时人谓载、协、亢、陆机、云曰二陆、三张。""两潘"，谓潘岳、潘尼也。《晋书·潘岳传》附有从子尼传。

"一左",谓左思。郑玄《诗谱序》:"民劳板荡,勃尔俱作。"《离骚》:"及前王之踵武。"又曰:"芬至今犹未沫。"案:"踵武前王",谓太康文学继建安之盛也。

⑳ 晋怀帝年号。

㉑ 曹子建《洛神赋》:"托微波而通词。"

㉒《世说新语·文学》篇:"何平叔注《老子》始成,诣王辅嗣。见王注精奇,乃神伏,曰:'若斯人,可与论天人之际矣。'因以所注为《道》、《德》二论。"又曰:"何晏注《老子》未毕,见王弼自说注《老子》旨。何意多所短,不复得作声,但应诺诺,遂不复注,因作《道德论》。"案:《世说·文学》篇注引《续晋阳秋》曰:"正始中,王弼、何晏好老、庄玄胜之谈,而世遂贵焉。至过江,佛理尤盛,故郭璞五言始会合道家之言而韵之。询及太原孙绰转相祖尚,又加以三世之辞,而《诗》、《骚》之体尽矣。询、绰并为一时文宗,自此作者悉体之。至义熙中,谢混始改。"《宋书·谢灵运传论》曰:"在晋中兴,玄风独扇,为学穷于柱下,博物止乎七篇,驰骋文辞,义殚乎此。自建武迄于义熙,历载将百,虽比响联词,波属云委,莫不寄言上德,托意玄珠,遒丽之词,无闻焉尔。仲文始革孙、许之风,叔源大变太元之体。"《文心雕龙·明诗》篇曰:"江左篇制,溺乎玄风。袁、孙以下,虽各有雕采,而辞趣一揆,莫与争雄。所以景纯仙篇,挺拔而为俊矣。"《南齐书·文学传论》曰:"江左风味,盛道家之言。郭璞举其灵变,许询极其名理。仲文玄气,犹不尽除;谢混清新,得名未盛。"诸说并与仲伟之言相发。

㉓ 案:萧子显云:"郭璞举其灵变。"意与此同。惟檀道鸾"郭璞五言始会合道家之言而韵之"之说,与此剌谬。寻诗用道家言,始于汉末仲长统《述志》。正始而后,其流弥广。如嵇叔夜《答二郭》云:"至人存诸己,隐璞乐玄虚。"阮德如《答嵇康》云:"恬和为道基,老氏戒强梁。"张华《赠挚仲治》云:"恬淡养玄虚,沉精研圣猷。"孙楚《征西官属送于陟阳候作诗》云:"莫大于殇子,彭聃犹为夭。"石崇《答曹嘉》云:"玄寂令神王,是以守至冲。"安在始于郭璞邪?

7

㉔ 案：《文心雕龙·才略》篇曰："刘琨雅壮而多风。"亦与仲伟之说相发。

㉕ 晋安帝年号。

㉖ 案：檀道鸾曰："至义熙中，谢混始改。"沈约曰："叔源大变太元之体。"萧子显曰："谢混清新，得名未盛。"并与仲伟之说相发。

㉗ 宋文帝年号。

㉘ 《魏志·陈思王植传》评曰："陈思文才富艳，足以自通后叶。"

㉙ 杨德祖《答临淄侯笺》曰："今乃含王超陈，度越数子矣。"

㉚ 案：《宋书·谢灵运传论》曰："子建、仲宣，以气质为体。并标能擅美，独映当时。"《文心雕龙·明诗》篇："兼善则子建、仲宣，偏美则太冲、公幹。"说并异仲伟。《谢灵运传论》又曰："降及元康，潘、陆特秀。爰逮宋氏，颜、谢腾声。"《南齐书·文学传论》曰："潘、陆齐名，机、岳之文永异。"又曰："颜、谢继起，乃各擅奇。"皆谓潘、陆、颜、谢齐名也。然在当时即有异议，《世说·文学》篇注引孙兴公曰："潘文烂若披锦，无处不善；陆文若排沙简金，往往见宝。"是抑陆而扬潘也。《南史·颜延之传》："延之尝问鲍照己与灵运优劣，照曰：'谢五言如初发芙蓉，自然可爱；君诗若铺锦列绣，亦雕绘满眼。'"是申谢而诎颜也。仲伟称"谢客为元嘉之雄"，旨同明远；谓"陆机为太康之英"，则翩反兴公矣。

㉛ 案：四言在齐、梁之世，习者诚罕，晋已前却不尽然。最著之什，如韦孟《讽谏》、曹植《责躬》、仲宣《赠友》、刘琨《答谌》、嵇康《幽愤》、陶公《命子》，不可胜举也。

㉜ 陆士衡《文赋》："立片言而居要，乃一篇之警策。"

㉝ 《文心雕龙·声律》篇曰："吟咏滋味，流于字句。"《颜氏家训·文章》篇曰："至于陶冶性灵，人其滋味，亦乐事也。"

㉞ 《说文》："会，合也。""会于流俗"，谓合于流俗也。

㉟ 案：《诗大序》："诗有六义。"仲伟独标"三义"者，殆以风、雅、颂为诗之体，无与于作诗之法故乎？

㊱ 《周礼》："大师教六诗。"注引郑司农云："兴者，托事于物。"孔疏：

"司农云：'兴者，托事于物。'则兴者，起也。取譬引类，发起己心。诗文诸举草木鸟兽以见意者，皆兴辞也。"案：《论语》："《诗》可以兴。"《集解》引孔曰："兴，取譬连类。"《文心雕龙·比兴》篇曰："兴者，起也。起情者，依微以拟议。"则冲远《礼》疏实兼用孔、刘二说。厥后宋李仲蒙本其说而阐之曰："触物以起情，谓之兴，情动物者也。"明李东阳亦本其说而阐之曰："比、兴皆托物寓情而为之。盖正言直述，则易于穷尽，而难于感发。惟有所寓托，形容摹写，反复讽咏，以俟人之自得。言有尽而意无穷，则神爽飞动，手舞足蹈，而不自觉。此诗之所以贵情思而轻事实也。"得此说而"兴"义益明。仲伟以"文尽意馀"为"兴"，但见其流，未明其源。

㉟《周礼》："大师教六诗。"注引郑司农曰："比者，比方于物。"仲伟"因物喻志"之说本此。《文心雕龙》曰："何谓为比？盖写物以附意，[1]飏言以切事者也。"亦与仲伟之说相发。

㊳《周礼》："大师教六诗。"注："赋之言铺，直铺陈今之政教善恶。"仲伟"直书其事"之说本此。《文心雕龙》曰："赋者，铺也。铺采摛文，体物写志也。"亦与仲伟之说相发。

㊴《诗大序》曰："言之者无罪，闻之者足戒。"又曰："是谓四始，诗之至也。"案：《文心雕龙》特标《风骨》、《情采》二篇，仲伟所云"风力"、"丹彩"，盖即彦和之"风骨"、"情采"也。

㊵案："意深"，犹"意隐"也。《文心雕龙·比兴》篇曰："毛公述传，独标兴体。岂不以比显而兴隐哉！"孔颖达《诗大序疏》曰："比之与兴，虽同是附托外物，比显而兴隐，故比居兴先也。《毛传》特言'兴也'，为其理隐故也。"即本之彦和也。

㊶案：《文赋》云："言寡情而鲜爱，辞浮漂而不归。"即"意浮文散，嬉成流移"意也。

㊷《书·君牙》："夏暑雨，小民惟曰怨咨；冬祁寒，小民亦惟曰怨咨。"孔传："冬大寒，亦天之常道。"案：《文心雕龙·物色》篇专诠此理，

---

［1］ "写物以附意"，原误作"因物以喻志"，据《文心雕龙·比兴》改。

其略曰："是以献岁发春，悦豫之情畅；滔滔孟夏，郁陶之心凝；天高气清，阴沉之志远；霰雪无垠，矜肃之虑深。岁有其物，物有其容。情以物迁，辞以情发。一叶且或迎意，虫声有足引心。况清风与明月同夜，白日与春林共朝哉！是以诗人感物，联类不穷。"

㊸《易》曰："嘉会足以合礼。"

㊹《礼记》："吾离群而索居，亦已久矣。"

㊺ 案：指屈原也。

㊻ 案：指班婕妤。《汉书·外戚传》曰："班倢伃失宠，恐久见危，求供养太后长信宫。上许焉。婕妤退处东宫，作赋自伤悼。"由后宫而退处东宫，故曰"辞宫"也。

㊼ 案：指汉武帝李夫人也。《汉书·外戚传》："李夫人兄延年，侍上起舞，歌曰：'北方有佳人，绝世而独立。一顾倾人城，再顾倾人国。宁不知倾城与倾国，佳人难再得。'"

㊽《礼记·王制》曰："命大师陈诗，以观民风。"郑注："陈诗，谓采其诗而视之。"案：仲伟所云"陈诗"，盖赋诗之谓。文虽出此，而意微殊。

㊾《论语》曰："《诗》可以群，可以怨。"《集解》引孔曰："群居相切磋，怨刺上政。"

㊿《易·乾·文言》曰："遁世无闷，不见是而无闷。"嵇康《琴赋》："处穷独而不闷者，莫近于声音也。"《论语》："好仁者无以尚之。"皇侃疏："尚，犹加胜也。"

(51) 案：裴子野《雕虫论》曰："闾阎年少，贵游总角，罔不摈落六艺，吟咏性情。学者以博依为急务，谓章句为颛鲁。淫文破典，斐尔无功。无被于管弦，非止乎礼义。"亦与仲伟之说相发。

(52) 案：《颜氏家训》曰："有一士族，读书不过二三百卷，天才钝拙，而家世殷厚。雅自矜持，多以酒犊珍玩交诸名士。甘饵者递相吹嘘，朝廷以为文华，亦尝出境聘。东莱王韩晋明笃好文学，疑彼制作多非机杼，遂设谯言，面相讨试。竟日欢谐，辞人满席，属音赋韵，命笔为诗。彼造次即成，了非向韵。众客各自沉吟，遂无觉者。韩退叹曰：'果如所量。'"亦与仲伟之说相发。

(53) 陶渊明《与子俨等疏》曰:“常言五六月中,北窗下卧,遇凉风暂至,自谓是羲皇上人。”

(54) 鲍照《代结客少年场行》:“日中市朝满,车马若川流。”

(55) 虞炎《玉阶怨》云:“紫藤拂花树,黄鸟度青枝。”案:谢朓《玉阶怨》云:“夕殿下珠帘,流萤飞复息。”仲伟谓炎学朓,仅得此句也。《公羊·桓三年传》:“仅有年也。”何休注:“仅,犹劣也。”

(56)《书》:“成汤放桀于南巢,惟有惭德曰:‘予恐来世以台为口实。’”孔传:“恐来世论道我放天子常不去口。”

(57) 左太冲《吴都赋》:“商榷万俗。”刘渊林注:“《广雅》曰:商,度也;榷,麄略也。言商度其麄略。”

(58)《列子·仲尼》篇曰:“口将爽者,先辨淄渑。”张湛注:[1]“淄水出鲁郡莱芜县,渑水西自北海郡千乘县界流至寿光县,二水相合。”殷敬顺《释文》:[2]“淄、渑水异味,既合则难别。”

(59)《论语》曰:“恶紫之夺朱也。”《集解》引孔曰:“朱,正色;紫,间色之好者。”

(60) 案:《梁书·庾肩吾传》:“太子与湘东王书曰:‘比见京师文体,懦钝殊常。玄冬修夜,思所不得。既殊比、兴,正背《风》、《骚》。以当世之作,历方古之才人。观其遣辞用心,了不相似。玉徽金铣,反为拙目所嗤;巴人下里,更合郢中之听。阳春高而不和,妙声绝而不寻。竟不精讨锱铢,核量文质。有异巧心,终愧妍手。诗既若此,笔亦如之。’”《金楼子》曰:“今之俗也,搢绅稚齿,闾巷小生,苟取成章,贵在悦目。龙首豕足,随时之宜;牛头马髀,强相附会。”《颜氏家训》曰:“今世相承,趋末弃本,率多浮艳。辞与理竞,辞胜而理伏;事与才争,事繁而才损。放逸者流宕而忘归,穿凿者补缀而不足。”诸家所论当时文弊,并与仲伟相发。

---

[1] “张湛注”,当作“殷敬顺《释文》”。

[2] “殷敬顺《释文》”,当作“张湛注”。按:元明以降所刊《列子》,多以殷敬顺《释文》混入张湛注,遂使两者不相别白。

(61)《南齐书》:“刘绘,字士章。”

(62)《魏志·陈群传》:“制九品官人之法,群所建也。”严可均辑《傅子》曰:“魏司空陈群始立九品之制。郡置中正,平人才之高下,各为品目。”

(63)《汉书·刘向传》:“子歆,典领五经,卒父前业,于是总群书而奏其《七略》,有《辑略》、《六艺略》、《诸子略》、《诗赋略》、《兵书略》、《术数略》、《方伎略》。”

(64)《庄子》曰:“名者,实之宾也。”

(65)《论语》:“不有博弈者乎?为之犹贤乎已。”案:“殆均博弈”,谓品人难值,品诗易当,如博弈之技,胜负白黑,较尔可知也。

(66)《论语》曰:“生而知之者,上也。”《汉书·司马迁传》:“亦欲以究天人之际。”案:“方今皇帝”,谓梁武帝。

(67)《梁书·武帝纪》:“齐竟陵王开西邸,招文学,帝与沈约、谢朓、王融、萧琛、范云、任昉、陆倕并游,号曰‘八友’。”

(68)《淮南子·墬形训》曰:“九州之外有八夤,八夤之外有八纮。”《说文》:“奄,覆也。”《史记·淮阴侯传》曰:“发使使燕,燕从风而靡。”《文选·鹏鸟赋》:“云蒸雨降兮,纠错相纷。”

(69) 曹子建《与杨德祖书》曰:“人人自谓握灵蛇之珠,家家自谓抱荆山之玉。”

(70) 司马相如《子虚赋》曰:“吞若云梦者八九于其胸中,曾不蒂芥。”案:《梁书·文学传序》曰:“高祖旁求儒雅,文学之盛,焕乎俱集。”《南史·文学传序》曰:“武帝每所临幸,辄命群臣赋诗。其文之善者,赐以金帛。”又《袁峻传》曰:“武帝雅好文辞,赋诗献文章于南阙者相望焉。”故曰“抱玉者联肩,握珠者踵武”也。

(71) 曹子建《与杨德祖书》曰:“击辕之歌,有应《风》、《雅》。”李善注:“崔骃曰:‘窃作颂一篇,以当野人击辕之歌。’”

(72)《梁书》本传载《诗品序》止此。

【许校】

〔1〕明钞本"目"下有"矣"字。

〔2〕明钞本作"诗"字。

〔3〕明钞本作"竟"字。

〔4〕明钞本作"年"字。

〔5〕明钞本作"易"字。

〔6〕明钞本作"六"字。

〔7〕明钞本作"粉"字。

〔8〕明钞本作"或"字。

〔9〕明钞本作"闷"字。

〔10〕明钞本作"诗"字。

〔11〕明钞本作"各"字。

〔12〕明钞本无"固"字,"已"作"以"。

【许疏】

(1) 案:《嵘传》、《梁书》、《南史》互有详略,兹参录如下:锺嵘,字仲伟,颍川长社人,晋侍中雅七世孙也。父蹈,齐中军参军。嵘与兄岏、弟屿并好学,有思理。嵘,齐永明(齐武帝年号)中为国子生,明《周易》。卫军王俭领祭酒,颇赏接之。建武(齐明帝年号)初,为南康王侍郎。时齐明帝躬亲细务,纲目亦密。于是郡县及六署九府常行职事,莫不争自启闻,取决诏敕。文武勋旧,皆不归选部。于是凭势互相通进,人君之务,粗为繁密。嵘乃上书言:"古者明君揆才颁政,量能授职,三公坐而论道,九卿作而成务,天子可恭己南面而已。"书奏,上不怿,谓太中大夫顾暠曰:"锺嵘何人?欲断朕机务,卿识之否?"答曰:"锺嵘位末名卑,而所言或有可采。且繁碎职事,各有司存。今人主总而亲之,是人主愈劳,而人臣愈逸,所谓代庖人宰而为大匠斫也。"上不顾而他言。迁抚军行参军,出为安国令。永元(齐东昏侯年号)末,除司徒行参军。天监(梁武帝年号)初,制度虽革,而日不暇给。嵘乃言曰:"永元肇乱,坐弄天爵。勋非即戎,官以贿就。挥一金而取九列,寄片札以招六校。骑都塞市,郎将填街。服既缨组,尚为臧获之事;职惟黄散,犹躬胥徒之役。名实涍紊,兹焉莫甚。臣愚谓永元诸军官是素族士人,自有清贯,而因斯受爵,一宜削除,以惩侥竞。若吏姓寒人,听极其门品,不当因军,遂滥清级。若侨杂伧楚,应在绥抚,正宜严断禄力,绝其妨正,直乞虚号而已。谨竭愚忠,不恤众口。"敕付尚书行之。迁中军临川王行参军。衡阳王元简出守会稽,引为宁朔记室,专掌文翰。时居士何胤筑室若邪山,山发洪水,漂拔树石,此室独存。元简命嵘作《瑞室颂》以旌表之,辞甚典丽。嵘尝求誉于沈约,约拒之。及约卒,嵘品古今五言诗为《诗评》,言其优劣云云,盖追宿憾,以此报约也。承圣(梁元帝年号)元年,卒于官。

(2)《诗品》之名及各刻本。《诗品》之名,《梁书》本传及隋、唐、宋各志均作"诗评"。今人古直云:"案:序云:'彭城刘士章欲为当世诗品,口陈标榜,其文未遂,感而作焉。'则本名'诗品'。《国语·郑语》:'以品处庶类者也。'韦昭注:'高下之品也。'仲伟此书自比'九品论人',故曰'诗品'云尔。"郭绍虞云:"案:是书晦于宋以前而显于明以后,故唐、宋类书除《吟窗杂录》节引数语外,馀如《艺文类聚》、《初学记》、《北堂书钞》、《太平御览》、《事类赋注》等书均未见称引,而明、清丛书中则屡见采辑。今就见于各丛书者录之:有《稗史集传》本、《说郛》本、《夷门广牍》本、《格致丛书》本、《天都阁藏书》本、《顾氏文房小说》本、《四十家小说》本、《续百川学海》本、《汉魏丛书》本、《津逮秘书》本、《龙威秘书》本、《历代诗话》本、《学津讨原》本、《诗法萃编》本、《择是居丛书》本、《诗触丛书》本、《谈艺珠丛》本、《玉鸡苗馆丛书》本、《对雨楼丛书》本、《诸子百家精华》本、《萤雪轩丛书》本。尚有《一瓻笔存》本,系钞本。"案:尚遗严可均辑《全梁文》本、郑文焯手校《津逮》本。就上列各本《诗品》言之,今人赵万里独推重《择是居丛书》本,以该本据明正德元年退翁书院钞本开雕,时有胜义,足供较勘也。本《讲疏》用何氏《历代诗话》本,而以《择是居丛书》本及《对雨楼丛书》本(二本大致相同)参校之。《诗品》之注,似以明冯维讷《诗纪·别集》所标注者为最先见。友人储皖峰云:"《峭帆楼丛书》本《离忧集》卷上载有陆钺所著《锺嵘诗品注释》。"谨检《离忧集·巽庵小传》，有"陆钺，字仲威，号巽庵，常熟人。少羸疾，弃举子业，与钱牧斋辈联社吟咏。所著书有《杜诗注证谬》、《锺嵘诗品注释》、《纪年诗集》、《纪年文集》、《诗馀》，共若干卷。年五十五，忽盲废"云云。钺此书刻本未见。本品诗家爵里，以友人彭啸咸所考最详，兹多据录。

《诗品》与当时风会。总我国之史观之，中古之中世期，乃混乱最久而最甚之时代也。汉之末也，则为三国鼎峙之局；晋之乱也，则为十六国割据之局；及过江以还，则为南北朝对立之局。因国土之分裂，与种族之殊异，排挤凌轹之端，播为风气，卒其推衍所至，久而弥炽。三国之世，纵横骋词，震动敌国，已有所闻。并以九品设官定制，寒门世族，浸以养成。迨夫典午失驭，海内分崩，南北区号，历久为梗。《宋书》"索虏"，《魏书》"岛夷"，肆其秽词，互相丑诋。至若出使专对，行人之选，尤必夸其才地，抵掌谈论，抑扬尽致，以与邻国争胜衡长焉。是为属于政治之批评。又因其时异族杂处，种类混淆，衣冠之族，辄自标异，门阀积习，无可移易。以士庶之别，而为贵贱之分，矜己斥人，所争尤严。是则起于风俗之批评。夫竞争正统，指斥僭号，矜尚门地，区别流品，既悉为当时政治、风俗习见之例，则其他之文化学术，有不蒙其影响者乎？历览艺林，前世文士，颇矜作品，鲜事论评。及曹丕褒贬当世之人，肆为之辞，于是搦笔论文，多以甄别得失为己任。在梁一代，萧子显秉其史论之识，以绳文学；刘勰更逞其雕龙之辩，以评众制；庾肩吾则载书法之士，而品之有九；锺嵘亦录五言之诗家，而次之为三。衡鉴之作，于斯称最矣。窃谓嵘处于政治、风俗讥议相尚之秋，殆自有所默授而作。若萧、刘、庾诸氏，亦蔚然并起于此时，更足证风会之有自也。爰就论世之义，略阐明之，以弁卷首，为读书知人之先导云尔。

品例略志。《诗品》体例，分品取九品、《七略》之意；论域限以五言之目；评见则宗尚自然，颇与《雕龙》同趣，斯皆锺氏序中显订之例。顾案之本书，悉未有符。一者则自弛其说，云"三品升降，差非定制"，若应璩、谢混，一名两品，次于何有？二者如夏侯湛《家风》之诗、谢惠连风谣之制，均见品及,则四言、杂言,概乎遭混。三者则且屈例以求,"加事义"、"表学问"云云,胥妨"英旨",自不烦言。其馀标例所无,随文敷陈,读者或习而不察,著者则厥旨未彰。顷既从事释述,特表其绪馀,示诸卷首,释例附见。一曰见分体置品之微。记室品第之说,第以其卷次求之,殊多未尽。彼之心目中固尚有明划之三派焉。一派为正体诗,以曹子建为首。子建所制,得乎欢怨中和,有五言正宗之目。子建而后,陆士衡循其规矩者也,谢灵运则能光大其体法者也。此派之诗,至谢超宗、颜则辈而继响渐绝。一派为古体诗,以应璩为首,而辅以元瑜、坚石诸人,造怀指事,颇申古语。嵇康、阮籍虽复矫异,势未甚违。此派之诗,至张欣泰、范缜而不绝如缕。一派为新体诗,以张华为首,托体华艳。休、鲍后起,美文动俗。王、沈以下,流为宫体。此派之诗,风靡一时,固无论矣。记室就此三体,分次三卷,先正体派,次为古体、新体二派,盖有扬正抑俗之微意存焉。惟其间厕列,颇多所抽换,以显优劣。如颜、谢分品(采汤惠休说),休、鲍亦分品(所谓"商、周不敌"也),皆其例,馀得类推。要以大体观之,则异派分卷,殆属恒例。如曹公气态苍莽,子建"词采华茂",其体迥异,故析置之也。同派必表源流,即非同卷,亦绝无源下流上之例。此应璩、陶潜以简朴同其体系者,虽曰青出,终当共厕一卷也。斯盖记室千年就埋之旨,足与萧子显《文学传论》之说合调,殆所谓"百虑而一致"欤?余诚恐今世复有王渔洋辈斤斤不释者,爰为销解其略云尔。二曰标作家风格之观。《雕龙·体性》仅及八体,以言文态,未见总尽。《诗品》援源以论作家,就人而赞风格,合论理甚顺之序,无范围作风之嫌。窃谓风格品语,为记室微旨所寄,令人玩索不置。笺释之责,系此最重。刍荛之献,因详于斯。与其他非论文之书仅训诂字句者,自不同科。三曰存知人论世之义。如上卷品李陵诗,中卷品秦嘉、徐淑诗,皆其例。盖与谢灵运《邺中八咏诗》小序同旨。四曰明一代文变所自。本书以详于流变闻,故入品者,文或未工,而身系风会,实有足多。如孙绰、许询之诗,颇表晋代玄风,萧《选》未收,此则品序悉详。五曰不废平侧之理。记室恶用四声,除文拘忌。唯平侧之理,初未委弃。其"清浊通流,口吻调利"云云,与

"浮声"、"切响"之说亦复何殊?然则此谓"清浊",自不离乎平侧之意也(与切韵家所谓"清浊"绝非一事)。更就其所举音韵为重诸例,曰"置酒高堂上",曰"明月照高楼",平侧皆调,尤可证。六曰行文无后世之精确。如云:"曹公父子,笃好斯文;平原兄弟,郁为文栋。"令后人为之,必以异辞同义为戒。《艺苑卮言》有云:"太原兄弟,俱擅菁华;汝南父子,嗣振《骚》《雅》。"斯其例也。六代则无论诗文,都无此戒。陆机《五等诸侯论》云:"三代所以直道,四王所以垂业。"则"四王"与"三代"义并。谢灵运诗"扬帆"、"挂席",用偶句而实一事。厥例颇多。今人不省,强分"曹公父子"指操、丕,"平原兄弟"指植、彪,不知白马与陈思赠答,有"以莛扣钟"之诮,何能并称"文栋"乎?本书尝称魏文足以"对扬厥弟",《雕龙·明诗》篇则谓"文帝、陈思,纵辔以骋节",《才略》篇又谓"文帝以位尊减才,思王以势窘益价",由于"俗情抑扬"。然则"文栋"自系偕誉丕、植,不得以后世行文之法,刻舟而求也。录此,聊见中古修词之一例。

(3)与下云"若乃春风春鸟,秋月秋蝉,夏云暑雨,冬月祁寒,斯四候之感诸诗者也"同意,乃揭明诗之源泉,由景生情,而情寄于诗尔。

(4)白居易曰:"夫文尚矣,三才各有文:天之文,三光首之;地之文,五材首之;人之文,六经首之;就六经言,《诗》又首之。何者?圣人感人心而天下和平。感人心者,莫先乎情,莫始乎言,莫切乎声,莫深乎义。诗者,根情,苗言,华声,实义。上自圣贤,下至愚騃,微及豚鱼,幽及鬼神,群分而气同,形异而情一。未有声入而不应,情交而不感者。"此论诗歌作用之伟大,足与记室之言相发。"三才"者,合大自然与人间世而言之。诗人窥情风景,体察人群,照烛所及,必见精诣。若夫美教化,移风俗,宏括万有,陶冶一切,辉光日新,胥诗之大用也。飨灵祇、告幽微之制,以颂体为多,《诗大序》所谓"颂者,美盛德之形容,以其成功告于神明"是也。孔颖达曰:"周礼之例:天曰神,地曰祇,人曰鬼。鬼神与天地相对,唯谓人之鬼神耳。人君诚能用诗人之美道,听嘉乐之正音,使赏善伐恶之道举无不当,则可使天地效灵,鬼神降福也。"此则似涉初民之诞妄,实欲藉诗歌之艺术,使人类为向上之演进,自有其用意也。

（5）伪《家语·辨乐》："舜弹五弦之琴，歌《南风》之诗，其诗云：'南风之熏兮，可以解吾民之愠兮。南风之时兮，可以阜吾民之财兮。'"《文选·琴赋》注引《尸子》，只此诗首二句。孙志祖曰："案：《南风》之诗，郑注《乐记》云：'其辞未闻也。'"

（6）此处"歌"、"颂"互文，非另体也。《尚书大传》："舜将禅禹，于时俊乂百工，相和而歌曰：'卿云烂兮，糺缦缦兮。日月光华，旦复旦兮。'"案：《大传》即古之纬书，自难征信。

（7）伪《古文尚书·五子之歌》文。

（8）《离骚》文。顺德黄先生曰："《离骚》文辞复杂，五言句实不一二觏。"

（9）《汉书·艺文志·诗赋略》载《杂各有主名歌诗》十篇。章学诚《校雠通义》曰："《汉志》臣工之作，有《黄门倡车忠等歌诗》，而无苏、李'河梁'之篇。或云《杂各有主名歌诗》十篇或有苏、李之作。"皎然《诗式》曰："五言，周时已见滥觞，及乎成篇，则始于李陵、苏武。"

（10）《文心雕龙·明诗》曰："古诗佳丽，或称枚叔。其'孤竹'一篇，则傅毅之词。比采而推，其两汉之作乎？"

（11）案：《汉书·艺文志·诗赋略》载枚乘赋九篇、司马相如赋二十九篇、王褒赋十六篇、枚皋赋百二十篇、扬雄赋十二篇。谓皆"词赋竞爽"，信矣。然《汉书·礼乐志》明云："以李延年为协律都尉，多举司马相如等数十人造为诗赋，略论律吕，以合八音之调，作十九章之歌。"是即所谓《郊祀歌》十九章也。又《汉书·佞幸·李延年传》亦云："延年善歌，为新变声。是时上方兴天地诸祠，欲造乐，令司马相如等作诗颂，延年辄承意弦歌，所造诗谓之新声曲。"并相如曾为歌诗之证。又《汉书·何武传》："宣帝时，天下和平，四夷宾服，神爵、五凤之间，屡蒙瑞应，而益州刺史使辩士王褒颂汉德，作《中和》、《乐职》、《宣布》诗三篇。"是褒亦能诗。至枚氏父子，亦颇有传疑之作。如《玉台》载乘《杂诗》九首，《文章缘起》谓乘作《丽人歌诗》，刘向《别录》则谓皋有《丽人歌赋》，是亦难断枚氏无诗。独子云确未闻有吟咏耳。《文心雕龙·明诗》曰："严、马之徒，属辞无方。成帝品录,三百馀篇,朝章国采,亦云周备,而辞人遗翰,莫见五言。"而不指非五言之诗,似较仲伟之说为审。

(12)案:此可证卓文君《白头吟》、王昭君《怨诗》皆非本人作。

(13)许学夷《诗源辩体》卷三曰:"班固五言《咏史》--篇,则过于质直。锺嵘云:'班固《咏史》,质木无文。'是也。"

(14)案:建安十六年,曹植封平原侯。《文心雕龙·明诗》篇曰:"文帝、陈思,纵辔以骋节。"胡应麟论古体杂言曰:"魏文兄弟,崛起建安。"又论古体五言曰:"子桓兄弟,努力前规。"

(15)《薑斋诗话》卷下曰:"建立门庭,自建安始。曹子建铺排整饰,立阶级以赚人升堂,用此致诸趋赴之客,容易成名,伸纸挥毫,雷同一律。"

(16)《诗纪·别集》注云:"三张,载、协、亢也。"

(17)"二陆",机、云也。

(18)"两潘",岳、尼也。

(19)"一左",谓思。不及其妹芬者,以芬只擅赋耳。

(20)刘熙载《诗概》云:"此由乏理趣耳,夫岂尚理之过哉!"胡适之先生以"桓、庾"为桓温、庾亮,见其所著《文学史》第八章。《诗纪·别集》四引《续晋阳秋》曰:"正始中,王弼、何晏好庄、老玄胜之谈,而世遂贵焉。至过江,佛理尤盛,故郭璞五言始会合道家之言而韵之。询及太原孙绰转相祖尚,又加以三世之辞,而《诗》、《骚》之体尽矣。询、绰并为一时文宗,自此作者悉体之。至义熙中,谢混始改。"案:孙、许之诗,未尽平典,亦间有研练之词。《剡溪诗话》引孙绰《秋日》诗"疏林积凉风,虚岫凝结霄",又引许询诗"青松凝素髓,秋菊落芳英"、"丹葩耀芳蕤,绿竹荫闲敞"、"曲榥激鲜飚,石室有幽响",均善造状。而询诗"丹葩"二句,尤与左思诗"白雪停阴冈,丹葩耀芳林"迫似。若谓太冲宗归建安,则询诗又岂尽异趣哉!(所引询诸诗,丁刊《全晋诗》卷五均失收。)

(21)黄侃《文心雕龙·体性札记》曰:"风趣即风气,或称风气,或称风力,或称体气,或称风辞,或称意气,皆同一义。"

(22)《文心雕龙·明诗》曰:"江左篇制,溺乎玄风,嗤笑徇务之志,崇盛亡机之谈。袁、孙已下,虽各有雕采,而辞趣一揆,莫与争雄,所以景纯仙篇,挺拔而为俊矣。"

(23)《文心雕龙·才略》篇曰:"刘琨雅壮而多风。"

(24)《诗源辩体》卷之五曰:"钟嵘云:'永嘉时,贵黄、老,至刘越石仗清刚之气,赞成厥美'云云,此论甚详。予考永嘉以后,传者绝少,故不能备述。但刘越石前与潘、陆同时,今谓永嘉而后,景纯'变创',越石'赞成',则失考矣。"又《诗概》云:"刘越石诗定乱扶衰之志,郭景纯诗除残去秽之情,第以'清刚'、'儁上'目之,殆犹未觇厥蕴。"

(25)《宋书·谢灵运传论》曰:"叔源大变太元(孝武年号)之体。"

(26)按:仲伟以为灵运才高则含跨刘琨、郭璞,词盛则凌轹潘岳、左思,亦犹元稹谓杜"兼昔人独专"之意。

(27)李重华《贞一斋诗说》曰:"魏诗以陈思为主,馀子辅之。五言自汉迄魏,得思王始称大成。"

(28)《诗薮》外编卷二曰:"钟记室以士衡为晋代之英,严沧浪以士衡独在诸公之下,虽各举所知,咸自有谓。学者精心体味,两得其说乃佳。"

(29)《诗源辩体》卷之七曰:"钟嵘云:'谢客为元嘉之雄,颜延年为辅。'愚按:太康五言,再流而为元嘉。然太康体虽渐入俳偶,语虽渐入雕刻,其古体犹有存者。至谢灵运诸公,则风气益漓,其习尽移,故其体尽俳偶,语尽雕刻,而古体遂亡矣。此五言之三变也。"又《诗源辩体》卷三十五曰:"钟嵘《诗品》言'陈思为建安之杰',至'颜延年为辅',乃当时众论所同,非一人私见也。"

(30)案:四言至是时早不能抗行《三百》,文益繁而习益敝,故仲伟言之云尔,非谓四言本无足为也。唐李白尝言:"兴寄深微,五言不如四言。"

(31)丁刊《升庵诗话》卷十二"赋兴比"条引李仲蒙曰:"叙物以言情谓之赋,情、物尽也;索物以托情谓之比,情附物也;触物以起情谓之兴,物动情也。"刘熙载《艺概》卷三云:"风诗中赋事,往往兼寓比、兴之意。锺嵘《诗品》所由,竟以'寓言写物'为赋也。赋兼比、兴,则以言内之实事,写言外之重旨。故古之君子,上下交际,不必有言也,以赋相示而已。不然,赋物必此物,其为用也几何?"

(32)《史记·太史公自序》曰:"屈原放逐,著《离骚》。"

(33)陆时雍《诗镜总论》谓:"王嫱以绝世姿,作蛮夷嫔。"

(34)案:张协《咏史》诗云:"抽簪解朝衣,散发归海隅。"又沈约《八咏诗》咏"解佩去朝市"云:"去朝市,朝市深归暮。辞北缨而南徂,浮东川而西顾。"仲伟意与之同。

(35)李夫人"一顾倾人城,再顾倾人国",见李延年歌。

(36)《论语·阳货》篇文。

(37)《淮南·氾论训》云:"周公事文王也,身若不胜衣。"

(38)《诗薮》内编卷二云:"建安首称曹、刘。陈王精金粹璧,无施不可。公幹才偏,气过词。"

(39)案:锺宪谓:"大明、泰始中,鲍、休美文,殊已动俗。"今观此语,尤见齐、梁士俗尊鲍之甚矣。鲍诗之流为梁代侧艳之词,及此体之风靡一世,均于此觇之。

(40)《诗纪·别集》注:"鲍照《结客少年场行》。"案:此诗真至,足追曹、刘,世徒赏其藻艳,曷足语此。

(41)《诗纪·别集》注:"虞炎《玉阶怨》。"陈师道曰:"谢朓云:'黄鸟度青枝。'语巧而弱。"(杜诗《雨》四首《详注》引。)吴骞《拜经楼诗话》卷三曰:"'黄鸟'句未见于谢集,不知出何诗也。"案:陈、吴均不知此句文义与上句有殊,故有此误。上句谓师鲍照,而不及鲍照之句;此句则谓学谢朓所得独此,尚远逊于原作之"黄鸟"句也。《水经·浊漳水注》:"以木为偏桥,劣得通行。""劣得",谓"仅得"也。若岑参《送郑少府赴滏阳》云:"黄鸟度宫墙。"则又袭虞炎矣。今人彭啸咸云:"《淮南子·道应训》:'孔子曰:"菑、渑之水合,易牙尝而知之。"'注:'菑、渑,齐二水名。'"案:此说又见伪《列子·说符》篇。

（42）齐中庶子刘绘，字士章。下卷有品。

（43）《汉书·古今人表》分九等。

（44）《汉志》："刘歆总群书，而奏其《七略》。"

（45）"宾实"，即"名实"。《庄子·逍遥游》篇曰："名者，实之宾也。"（伪《列子·杨朱》篇引《老子》同。）

（46）《论语·阳货》篇曰："不有博弈者乎？为之犹贤乎已。"

（47）古直曰："'方今皇帝'，谓梁武帝。齐竟陵王开西邸，招文学，帝与沈约、谢朓、王融、萧琛、范云、任昉、陆倕并游，号曰八友。"曹植《与杨德祖书》云："吾王于是顿八纮以掩之。"五臣注："八纮，八方也。"《升庵诗话》卷十四"锺常侍《诗品》"条注云："言文士之多"。

（48）此记室谦辞。"农歌辕议"，即太史公所谓"其言不雅驯，荐绅先生所不道"也。[1]

（49）郑文焯云："夫古今选家，知人论世，病在不亲；稗官纪事，又多失实；史传或意为轩轾，未足定月旦也。嵘之今录，去古未遥，且有周旋当代者，宜其较尔宾实，宏致流别矣。"

一品之中，略以世代为先后，不以优劣为诠次。又其人既往，其文克定。今所寓言，不录存者。①

夫属词比事，乃为通谈。②若乃经国文符，应资博古；撰德驳奏，宜穷往烈。③至乎吟咏情性，[1]亦何贵于用事？(1)"思君如流水"，(2)既是即目；④"高台多悲风"，(3)亦唯所见；⑤"清晨登陇首"，羌无故实；⑥(4)"明月照积雪"，(5)讵出经史？⑦观古今胜语，多非补假，皆由直寻。⑧(6)

颜延、谢庄，尤[2]为繁密，⑨(7)于时化之。故大明、泰始中，文章殆同书抄。⑩近任昉、王元长等，辞不贵奇，竞须新

---

[1] "所不道"，《史记·五帝本纪》原作"难言也"。

事，⑪⁽⁸⁾尔来作者，寖以成俗。遂乃句无虚语，语无虚字，拘挛补衲，蠹文已甚。但自然英旨，罕值其人。⁽⁹⁾词既失高，则［3］宜加事义，⁽¹⁰⁾虽谢天才，且表学问，亦一理乎？⑫

陆机《文赋》，通而无贬；⑬⁽¹¹⁾李充《翰林》，疏而不切；⑭⁽¹²⁾王微《鸿宝》，密而无裁；⑮⁽¹³⁾颜延论文，精而难晓；⑯⁽¹⁴⁾挚虞《文志》，详而博赡，⑰颇曰知言：⁽¹⁵⁾观斯数家，皆就谈文体，而不显优劣。⑱至于谢客集诗，逢诗辄取，⑲⁽¹⁶⁾张骘《文士》，逢文即书：⑳⁽¹⁷⁾诸英志录，并义［4］在文，曾无品第。㉑

嵘今所录，止乎五言。⁽¹⁸⁾虽然，夫［5］网罗今古，词文殆集。㉒轻欲辨彰［6］清浊，掎摭病利。㉓凡百二十人，㉔预此宗流者，便称才子。㉕至斯三品升降，差非定制，方申变裁，⁽¹⁹⁾请寄知者尔。㉖

【古笺】

①案：以上标明撰次之例。

②《礼记·经解》："属辞比事，《春秋》教也。"孔疏曰："属，合也。比，近也。春秋聚合会同之辞，是属辞；比次褒贬之事，是比事也。"

③魏文帝《典论·论文》："文章，经国之大业。"《易·系辞》："若夫杂物撰德，辨是与非，则非其中爻不备。"孔疏曰："言杂聚天下之物，撰数众人之德。"《书·武成》曰："公刘克笃前烈。"

④徐幹《杂诗》："思君如流水，何有穷已时。"

⑤曹子建《杂诗》："高台多悲风，朝日照北林。"

⑥案："清晨登陇首"句，今考未得。

⑦谢灵运《岁暮》诗："明月照积雪，朔风劲且哀。"案：以上标明品诗宗旨，并举例以明之。

⑧ 案：王渔洋《香祖笔记》曰："越处女与勾践论剑术曰：'妾非受于人也，而忽自有之。'司马相如《答盛览论赋》曰：'赋家之心，得之于内，不可得而传。'诗家妙谛，无过此数语云云。"亦即仲伟"直寻"之义也。

⑨ 案："颜延"即颜延之，省字以就文句也。《宋书·谢灵运传》曰："纵横俊发，过于延之，深密则不如也。"又《传论》曰："延年之体裁明密。"

⑩ 案：《南齐书·文学传论》曰："今之文章，略有三体。次则缉事比类，非对不发，博物可嘉，职成拘制。或全借古语，用申今情，崎岖牵引，直为偶说。"亦与仲伟之说相发。

⑪《南史·任昉传》曰："晚节转好作诗，用事过多，属诗不得流便。自尔都下士慕之，转为穿凿。"案：《南史·王僧孺传》曰："其文丽逸，多用新事，人所未见者。"又《王谌传》曰："谌从叔摛，以博学见知。尚书令王俭尝集才学之士，总校虚实，类物隶之，谓之隶事，自此始也。俭尝使宾客隶事，多者赏之。事皆穷，摛后至。俭以所隶示之，摛操笔便成，举坐击赏。"又《刘峻传》曰："武帝每集文士策经史事，曾策锦被事，咸言已罄。帝试呼问峻，峻忽请纸笔，疏十馀事，坐客皆惊，帝不觉失色。"诸传所言，并可与仲伟相发。

⑫ 案：以上揭当时文弊而刺之。

⑬ 案：《文赋》见《文选》。李善注引臧荣绪《晋书》曰："机妙解情理，作《文赋》。"

⑭《隋书·经籍志·总集类》："《翰林论》三卷，李充撰。梁五十四卷。"案：《论》已佚，严可均《全晋文》辑存数则。

⑮ 案：《宋书·王微传》不言著《鸿宝》。《隋志·子部·杂家》有"《鸿宝》十卷"，不著撰人姓名，不知即微撰否？

⑯ 案：《颜光禄集》无论文专篇，惟《庭诰》内有论文之言，或即指此。

⑰《隋志·总集类》："《文章流别集》四十一卷。梁六十卷。《志》二卷。《论》二卷。"案：《集》、《志》、《论》均佚，《全晋文》辑存《流别论》十馀则。

⑱ 案：以上言本书与诸家论文之书并异其趣也。《文心雕龙·序

志》篇曰:"详观近代之论文者多矣,至于魏文述《典》,陈思序书,应场文论,陆机《文赋》,仲治《流别》,弘范《翰林》,各照隅隙,鲜观衢路。"又曰:"魏《典》密而不周,陈书辩而无当,应《论》华而疏略,陆《赋》巧而碎乱,《流别》精而少巧,《翰林》浅而寡要。"又《才略》篇曰:"挚虞品藻流别,有条理焉。"亦与仲伟之说相发。

⑲《隋志·总集类》:"《诗集》五十卷。谢灵运撰。"又:"《诗集钞》十卷。谢灵运撰。"

⑳《隋志·史部·杂传类》:"《文士传》五十卷。张隐撰。"案:《三国志》注所引有张骘《文士传》、张衡《文士传》;《太平御览》引书目录,张骘《文士传》、张隐《文士传》之外,又有张鄢《文士传》。"隐"、"鄢"、"衡",盖即"骘"之讹也。

㉑ 案:以上言本书与诗文选集亦不同流。

㉒《汉书·司马迁传》:"网罗天下放失旧闻。"

㉓"轻欲",犹"便欲"也。《战国策·齐策》:"使轻车。"注云:"轻,便。"《文选·典引》曰:"惇睦辨章之化洽。"李善注:"《尚书》曰:'平章百姓。''辨'与'平',古字通也。"曹子建《与杨德祖书》曰:"刘季绪才不能逮于作者,而好诋诃文章,掎摭利病。"

㉔ 案:凡百二十又三人。言"二十人"者,举成数也。

㉕《晋书·阮籍传》曰:"子浑,有父风,少慕通达。籍谓曰:'仲容已预吾此流,汝不得复尔。'"《左传》曰:"昔高阳氏有才子八人。"

㉖《易·系辞》曰:"化而裁之谓之变。"韩康伯注:"因而制其会通适变之道也。"司马迁《报任少卿书》曰:"然此可为知者道,难为俗人言也。"

【许校】

〔1〕明钞本作"性情"。

〔2〕明钞本作"犹"字。

〔3〕明钞本无"则"字。

〔4〕明钞本作"载"字。

〔5〕明钞本无"夫"字。

〔6〕明钞本作"张"字。

【许疏】

（1）案：《沧浪诗话》云："诗有别才，非关学问。"[1]

（2）《诗纪·别集》注："徐幹《杂诗》。"

（3）《诗纪·别集》注："陈思《杂诗》。"

（4）案：吴均《答柳恽》首句云："清晨发陇西。"沈约《有所思》起句云："西征登陇首。"仲伟殆误合二句为一句耶？《汉书·武帝纪》：太始二年诏云："往者朕郊见上帝，西登陇首，获白麟以馈宗庙。"又《礼乐志》载《郊祀歌》云："朝陇首，览西垠。雷电寮，获白麟。"即赋其事。是"登陇首"之语确有史实可稽，仲伟于是为失言矣。王士禛《论诗》云："五字清晨登陇首，羌无故实使人思。定知妙不关文字，已是千秋幼妇词。"则又为仲伟所误矣。

（5）《诗纪·别集》注："谢康乐《岁暮》。"

（6）案：文资事义者谓之"补假"，《文心雕龙》专辟《事类》篇以论之矣。"直寻"之义，在即景会心，自然灵妙，实即禅家所谓"现量"是也。《薑斋诗话》卷下曰："禅家有'三量'，惟'现量'发光，为依佛性。'长河落日圆'，初无定景；'隔水问樵夫'，初非想得，则禅家所谓'现量'也。'僧敲月下门'，只是妄想揣摩，若即景会心，则或'推'或'敲'，必居其一，何劳拟议哉！"

（7）《诗源辩体》卷之七曰："颜、谢诸子，语既雕刻，而用事实繁，故多有难明耳。"

（8）案："昉既博物，动辄用事"，仲伟已评之于后矣。元长诗，陈祚明评其"刻画裁成，特少警思"，亦此之谓也。

（9）郑文焯曰："《苕溪》引'牵联补衲'，'英旨'作'英特'，'罕值'作

[1] "非关学问"，《沧浪诗话》原作"非关书也"。

'罕遇'。胡仔所见,当据宋本。"

(10)《文心雕龙·事类》篇所谓"文章之外,据事以类义"者也。

(11)案:陆机《文赋》妙解情理,心识文体,自可谓之"通"矣。但仲伟谓其"无贬",则殊不见然。赋中明有"虽应不和"、"虽和不悲"、"虽悲不雅"、"既雅不艳"云云,即区分褒贬之证也。

(12)严可均《全晋文》只辑数条,馀并亡佚,颇难悬揣。

(13)《隋书·经籍志·杂家》载《鸿宝》十卷。书今未见。

(14)案:延之《庭诰》亦有论文之语。其论律吕音调(即宪子),曾见诮于王融,下文载之。其论言、笔之分,复为刘勰所诋,具详《文心雕龙·总术》篇。

(15)《隋书·经籍志·史部》载《文章志》四卷,挚虞撰。书今未见。

(16)《隋书·经籍志·总集》载谢灵运《诗英》九卷。疑即指此。

(17)《隋书·经籍志·史部》载《文士传》五十卷,张隐撰。"隐"字疑为"骘"字形近而讹。书今未见。

(18)案:仲伟评小谢"绮丽风谣",已非尽五言。又评夏侯湛见重潘安仁,以《世说》考之,乃湛《周诗》为安仁所称,然《周诗》实四言也。可知古人著书,例不甚严。

(19)"变裁",犹前言"流别"也。

昔曹、刘殆文章之圣,陆、谢为体贰之才。锐精研思,千百年中,而不闻宫商之辨,四声之论。或谓前达偶然不见,岂其然乎?①(1)

尝试言之:古曰诗颂,皆被之金竹,故非调五音,无以谐会。②若"置酒高堂上"、(2)"明月照高楼",(3)为韵之首。③故三祖(4)之词,文或不工,而韵入歌唱。此重音韵之义也,与世之言宫商异矣。④(5)今既不被管弦,亦何取于声律耶?

齐有王元长者,⑤尝谓余云:"宫商与二仪俱生,自古词人不知之。惟颜宪子⑥乃云'律吕音调',而其实大谬。唯见范晔、谢庄颇识之耳。"(6) 常欲进《知音论》,未就。王元长创其首,谢朓、沈约扬其波。(7) 三贤或贵公子孙,⑦(8) 幼有文辩。于是士流景慕,务为精密,襞积细微,专相凌架。⑧故使文多拘忌,伤其真美。⑨余谓文制本须讽读,不可蹇碍,⑩但令清浊通流,口吻调利,斯为足矣。⑪(9) 至平、上、去、入,则余病未能;蜂腰、鹤膝,闾里已具。⑫(10)

陈思赠弟,⑬(11) 仲宣《七哀》,⑭(12) 公幹思友,⑮(13) 阮籍《咏怀》,⑯(14) 子卿"双凫",⑰(15) 叔夜"双鸾",⑱(16) 茂先寒夕,⑲(17) 平叔衣单,⑳(18) 安仁倦暑,㉑(19) 景阳苦雨,㉒(20) 灵运《邺中》,㉓(21) 士衡《拟古》,㉔(22) 越石感乱,㉕(23) 景纯咏仙,㉖(24) 王微风月,㉗(25) 谢客山泉,㉘(26) 叔源离宴,㉙(27) 鲍昭[1] 戍边,㉚(28) 太冲《咏史》,㉛(29) 颜延入洛,㉜(30) 陶公《咏贫》之制,㉝(31) 惠连《捣衣》之作,㉞(32) 斯皆五言之警策者也。此谓篇章之珠泽,(33)[1]文采之邓林。㉟(34)

【古笺】

①《南史·陆厥传》曰:"永明末,盛为文章,吴兴沈约、陈郡谢朓、琅琊王融以气类相推毂,汝南周颙善识声韵。为文皆用宫商,以平、上、去、入为四声。"又《沈约传》曰:"约撰《四声谱》,以为在昔词人,累千载而不悟,而独得胸衿,穷其妙旨。"又《宋书·谢灵运传论》曰:"夫五色相生,八音协畅,由乎玄黄律吕,各适物宜。欲使宫羽相变,低昂舛节。若前有浮声,则后须切响。一简之内,音韵尽殊;两句之中,轻重悉异。妙达此旨,始可言文。自灵均以来,多历年所,虽文体稍精,而此秘未睹。至于高言

---

[1] "此谓",古氏《诗品笺》作"所以谓"。

妙句,音韵天成,皆暗与理合,匪由思至。张、蔡、曹、王,曾无先觉;潘、陆、颜、谢,去之弥远。"案:仲伟"或谓"云云,即指休文而言也。陆厥《与沈约书》曰:"但观历代众贤,似不都闇此,而云此秘未睹,近于诬乎?自魏文属《论》,深以清浊为言;刘桢奏书,大明体势之致。岨峿妥帖之谈,操末续颠之说,兴玄黄于律吕,比五色之相宜。苟此秘未睹,兹论为何所指邪?故愚谓前英已早识宫徵,但未屈曲指的,若今论所申。论者乃可言未穷其致,不得言曾无先觉也。"韩卿辟休文声律之说,比仲伟详尽多矣。又案:《文心雕龙·声律》篇曰:"声含宫商,肇自血气。先王因之,以制乐歌。"又曰:"夫宫商大和,譬诸吹籥;翻回取韵,颇似调瑟。瑟资移柱,故有时而乖贰;籥含定管,故无往而不壹。陈思、潘岳,吹籥之调也;陆机、左思,瑟柱之和也。概举而推,可以类见。"此亦潜辟休文也。

② 案:颜延之《庭诰》曰:"荀爽云:'《诗》者,古之乐章。然则《雅》、《颂》之乐篇全矣。'于是后之诗率以歌为名。挚虞《文论》,足称优洽。所纂至七言而止,九言不见者,将由声度阐缓,不协金石也。"是古诗颂必被金竹,晋、宋文人犹多知之也。《礼记·乐记》曰:"乐者,德之华也;金石丝竹,乐之器也。诗,言其志也;歌,咏其声也;舞,动其容也。三者本于心,然后乐器从之。"《史记·孔子世家》曰:"三百五篇,孔子皆弦歌之,以求合《韶》、《武》、《雅》、《颂》之音。"此皆古诗颂"皆被金竹"之证。

③ 曹子建《箜篌引》:"置酒高殿上,亲交从我游。"《七哀诗》:"明月照高楼,流光正徘徊。"案:"置酒高殿上",仲伟引作"高堂上",盖所见异文也。若阮瑀《杂诗》:"我行自凛秋,季冬乃来归。置酒高堂上,友朋集光辉。"字虽不误,而非"韵首",仲伟必非指此。

④《魏志·明帝纪》曰:"景初元年,有司奏:'武皇帝拨乱反正,为魏太祖。文皇帝应天受命,为魏高祖。帝制作兴治,为魏烈祖。三祖之庙,万世不毁。'"又《武帝纪》注引《魏书》曰:"太祖创造大业,文武并驰,登高必赋,及造新诗,被之管弦,皆成乐章。"《南史·萧惠基传》曰:"解音律,尤好魏三祖曲。"案:此言前达非不重音韵,特异近世声律之谈耳。

⑤ 王融,字元长。

⑥ 颜延之,谥宪子。

⑦ 谢灵运《拟魏太子邺中集》诗曰:"王粲,家本秦川,贵公子孙。"直案:王融为宋中书令王僧达之孙;谢朓为宋仆射谢景仁之从孙;祖述,吴兴太守;父纬,散骑侍郎,故云"或贵公子孙"。

⑧《文选·子虚赋》曰:"襞积褰绉。"张揖曰:"襞积,简齰也。"《思玄赋》曰:"美襞积以酷烈兮。"旧注:"襞积,衣缝也。"

⑨ 案:此言文用四声后之弊也。《南史·庾肩吾传》曰:"齐永明中,王融、谢朓、沈约文章始用四声,以为新变,至是转拘声韵,弥为靡丽。"

⑩《文心雕龙·声律》篇曰:"迁其际会,则往蹇来连,其为疾病,亦文家之吃也。"

⑪ 案:《南齐书·文学传论》曰:"杂以风谣,轻唇利吻。"《文心雕龙·声律》篇:"吐纳律吕,唇吻而已。"《金楼子》曰:"至如文者,惟须唇吻遒会,情灵摇荡。"并与仲伟之说相发。

⑫《南史·陆厥传》曰:"沈约、谢朓、王融、周颙为文皆用宫商,以平、上、去、入为四声,以此制韵,有平头、上尾、蜂腰、鹤膝。五字之中,音韵悉异;两句之内,角徵不同。不可增减,世呼为'永明体'。"案:《南史·沈约传》:"武帝问周舍曰:'何谓四声?'舍曰:'"天子圣哲"是也。'然帝竟不遵用。"不特仲伟"病未能"也。

⑬ 案:指《赠白马王彪》诗。

⑭ 见《文选》。

⑮ 案:刘桢《赠徐幹》诗曰:"思子沉心曲,长叹不能言。""思友"当指此也。

⑯ 嗣宗《咏怀》八十馀首,《文选》录其十七首。

⑰《初学记》十八引苏武《别李陵》诗曰:"二凫俱北飞。"《古文苑》亦载之,但"二凫"作"双凫"。

⑱ 嵇康《赠秀才入军》诗曰:"双鸾匿景曜。"见《文选》。

⑲ 案:当指《杂诗》"暮度随天运"一首,见《文选》。

⑳ 案:何晏诗今存二首,无"衣单"句。

㉑ 案：当指《在怀县作》"南陆迎修景"一首，见《文选》。

㉒ 案：当指《杂诗》"黑蜧跃重渊"一首，见《文选》。

㉓ 灵运《拟魏太子邺中集》诗，见《文选》。

㉔ 士衡《拟古》，见《文选》。

㉕ 案：当指《扶风歌》。

㉖ 景纯《游仙诗》十二首，《文选》录其七首。

㉗ 案：王微诗今存五首，无"风月"句。

㉘ 案：灵运多山水之作，故曰"谢客山泉"。

㉙ 案：《初学记》十八引谢混《送二王在领军府集》诗曰："苦哉远征人，将乖萃余室。明窗通朝晖，丝竹盛萧瑟。乐酒辍今辰，离端起来日。""离宴"当指此也。

㉚ 案：指《代出自蓟北门行》也。

㉛ 太冲《咏史》，见《文选》。

㉜ 延之《北使洛》诗，见《文选》。

㉝ 陶公《咏贫士》七首，《文选》录其一首。

㉞ 惠连《捣衣》诗，见《文选》。

㉟《山海经·海外北经》曰："夸父与日逐走，入日，渴而死。弃其杖，化为邓林。"《蜀志·郤正传》曰："方今朝士山积，髦俊成群，犹鳞介之潜乎巨海，毛羽之集乎邓林。"案："文采邓林"，喻文之盛也。《文赋》："水怀珠而川媚。""篇章珠泽"盖本此。

【许校】

〔1〕明钞本作"照"字。

【许疏】

（1）《南齐书·陆厥传》载厥《与沈约书》论宫商云："沈尚书亦云：自灵均以来，此秘未睹，或暗与理合，匪由思至。张、蔡、曹、王，曾无先觉；潘、陆、颜、谢，去之弥远。"

（2）阮瑀《杂诗》。

（3）曹植《七哀》。

（4）魏武帝操，太祖；文帝丕，高祖；明帝叡，烈祖。

（5）详见下第（10）条引《诗源辩体》。陈澧《切韵考·通论》云："范蔚宗言宫商，犹后世之言平仄也。"盖宫为平，商为仄欤？

（6）《南齐书·陆厥传》载范詹事《自序》："性别宫商，识清浊，特能适轻重，济艰难。古今文人，多不全了斯处。"《南齐书·乐志》曰："宋孝武使谢庄造明堂辞，庄依五行数，木数用三，火数用七，土数用五，金数用九，水数用六。"案：庄辞今存《宋明堂歌》九首，《宋世祖庙歌》二首。

（7）《师友诗传录》载阮亭曰："齐、梁后拘限声病，喜尚形似。锺嵘尝以讥谢玄晖、王元长矣。然二公岂失为一代文宗耶！"

（8）王融，字元长，宋征虏将军王僧达孙。避齐和帝讳，以字行。谢朓，宋仆射谢景仁之从孙。沈约，宋征虏将军沈林子之孙。

（9）黄侃《文心雕龙·声律札记》引此云："斯可谓晓音节之理，药声律之拘。"

（10）《诗源辩体》卷三十五曰："锺嵘与王融、谢朓、沈约同时，而论诗不为所惑，良可宗尚。其论三子云：'曹、刘、陆、谢，不闻宫商之辨，四声之论。三祖之词，文或不工，而韵入歌唱。此重音韵之义也，与世之言宫商者异矣。文制本须讽读，不可塞碍。但令清浊通流，口吻调利，斯为足矣。平、上、去、入，余病未能；蜂腰、鹤膝，闾里已具'云云。此论堪为吐气。"案："蜂腰"、"鹤膝"，乃沈休文所谓"八病"之二。"蜂腰"者，第二字不得与第五字同声，如"远'与'君别'者'，乃至雁门关"。一说第三字不得与第七字同韵，如"徐步'金'门旦，言'寻'上苑春"。"鹤膝"者，第五字不得与第十五字同声，如"新裂齐纨'素'，皎洁如霜雪。裁为合欢'扇'，团团似明月"。详见《诗纪·别集二》所载。黄侃《文心雕龙·声律札记》曰："记室云：'蜂腰、鹤膝，闾里已具。'盖谓虽寻常歌谣，亦自然不犯之，可无严设科禁也。"

（11）如《赠白马王彪》诗是。王葆心曰："记室品诗，别择其尤，别标目录,备记'陈思赠弟'以下之成式。彦和所谓'选文以定篇',亦其意也。"

（12）案：即篇名。

（13）如《赠徐幹》诗是。

（14）汪师韩《诗学纂闻》曰："诗有一人之集止一题者,《阮步兵集》四言十三篇、五言八十篇,其题皆曰《咏怀》。"

（15）案：庾信《哀江南赋》曰："李陵之双凫永去,苏武之一雁空飞。"白居易《与元九书》云："五言始于苏、李,去《诗》未远,梗概尚存。故兴离别则引'双凫'、'一雁'为喻,犹得风人之什二三焉。"盖自唐以前人早认"双凫"诗为汉苏武之作。近人梁任公疑系六朝之苏子卿,羌无征证,恐不可从。又案：《前汉书·扬雄传》：《解嘲》辞曰："双凫飞不为之少。"雄,古今之善摹拟者,此语自有所本,殆出于苏武之此诗欤？又何逊《秋夕叹白发》云："违俗等双凫。"当亦本此。

（16）《赠秀才入军》第十九首开句云："双鸾匿景曜。"即指此首。

（17）"寒夕"自系其诗所用之字,必非檃括诗句之意者。此诗殆已佚去,或即以《杂诗》"繁霜降当夕"当之,恐误。

（18）"衣单"诗亦佚。

（19）《悼亡》诗第二首有"溽暑随节阑"之句,疑即指此。

（20）《杂诗》第十首有云："阶下伏泉涌,堂上水衣生。洪潦浩方割,人怀昏垫情。""苦雨"盖指此诗。

（21）拟诗也。

（22）计有十四首,详下"古诗"品第（3）条注。

（23）如《重赠卢谌》及《扶风歌》是。

（24）今存《游仙诗》十四首是也。

（25）案：江文通《杂体诗》有《王徵君微养疾》一首,中云："清阴往来远,月华散前墀。"写"风月"也。原诗自有此。

（26）《文心雕龙·明诗》以为宋初"庄、老告退,而山水方滋",盖即指灵运也。

（27）丁刊《全晋诗》卷七载《送二王在领军府集》诗,题下有夹注云:"此诗见宋版《初学记》卷十八,作谢琨。又劣版末二句作谢琨。"案:此诗末二句云:"乐酒辍今辰,离端起来日。"似"离宴"即指此诗。

（28）如《代出自蓟北门行》是。

（29）诗凡八首。

（30）谓《北使洛》诗也。

（31）如《乞食》一首、《咏贫士》七首及《饮酒》第十五首皆是。

（32）"捣衣",篇名。

（33）郑文焯校云:"自'陈思赠弟'句,并有韵之文,故疑末句当以'泽'字煞。"

（34）"邓林",见《海外北经》。毕沅云:"'桃林'即'邓林'也。'邓'、'桃'音相近。"案:《中山经》云:"桃林广员三百里。"是其地之大可知,借以喻文彩总萃之处也。《周书·王褒庾信传论》云:"曹、王、陈、阮,负宏衍之思,挺栋干于邓林。"

卷　上

古　诗①(1)

　　其体源出于《国风》。(2)陆机所拟十四首,②文温以丽,③意悲而远,惊心动魄,可谓几乎一字千金。④(3)其外"去者日以疏"四十五首,⑤(4)虽多哀怨,颇为总杂。⑥旧疑是建安中曹、王所制。⑦(5)"客从远方来"、⑧"橘柚垂华实",⑨亦为惊绝矣。⑩(6)人代冥灭,而清音独远,⑪悲夫!

【古笺】

　　①《文选·古诗十九首》李善注:"并云'古诗',盖不知作者。"

　　②陆机《拟古》今存十二首,见《文选》。

　　③《西京杂记》曰:"枚皋文章敏疾,长卿制作淹迟,皆尽一时之誉,而长卿首尾温丽。"

　　④《史记·吕不韦传》曰:"使其客著所闻集论,号《吕氏春秋》。布咸阳市门,悬千金其上,延诸侯游士宾客,有能增损一字者,予千金。"案:"文温"以下赞古诗,非称陆机也。

　　⑤"去者日以疏",《文选·古诗十九首》之第十四首。除《十九首》外,古诗今存者无过十馀首。合《十九首》,止得卅馀首。较仲伟所见,又佚十馀首也。

　　⑥《礼记·月令》注:"总,猥卒。""总杂",犹"猥杂"也。

　　⑦案:"去者日以疏"诸篇温丽淳厚,自是汉风。试取建安篇什与之同诵,鸿沟立判矣。旧疑"曹、王所制",必不然已。

⑧《古诗十九首》之第十八首。

⑨《十九首》外别标《古诗三首》之第一首。

⑩ 案：《文心雕龙·辨骚》篇曰："惊采绝艳，难与并能矣。"又赞曰："惊才风逸。"仲伟所云"惊绝"，盖"惊采绝艳"或"惊才绝艳"之省词。

⑪ 案：使果出曹、王之手，则人代甚近，何云"冥灭"？知仲伟亦不以"旧疑"为然也。

【许疏】

(1) 案：古诗多无主名之诗，故锺嵘有"人代冥灭"之叹。而刘勰、徐陵谓中有枚乘、傅毅之作，则作者殆兼两汉。更以时序言之："凛凛岁云暮"篇，以"凉风"、"蝼蛄"状时，明系秋节，而谓"岁暮"，则必在汉武未改历以前，仍秦制以十月为岁首之时也。盖以十月为岁首，则秋杪自可谓之"岁暮"矣。(友人戴静山据《读书杂志》三"春正月"条所考及陈垣《二十史朔闰表·例言》，定汉武太初改历仅改岁首，而四时十二月并不改。)又"东城高且长"篇，亦既言"秋草"，复云"岁暮"，厥例亦同。两篇自皆为西汉作品无疑。若以地理言之：李善既举"驱车上东门"及"游戏宛与洛"("青青陵上柏"篇句)为"辞兼东都"，近人黄侃复释之曰："阮嗣宗《咏怀》诗注：《河南郡图经》曰：'东有三门，最北头有上东门。'"(文雨案：《洛阳伽蓝记》："东面有三门，北头第一门曰建春门，汉曰上东门。")案：此东都城门名也，故疑为东汉人之辞。《古诗》注曰：'《汉书》：南阳郡有宛县。洛，东都也。'案：张平子《南都赋》注引挚虞曰：'南阳郡治宛、洛之南，故曰南都。'《南都赋》曰：'夫南阳者，真所谓汉之旧都者也。'赋以'宛'、'洛'互言，明在东汉之世。"然则"驱车上东门"及"青青陵上柏"两篇为东汉作品无疑。

(2) 案：《文心雕龙·宗经》篇亦分析《易》、《书》、《诗》、《礼》、《春秋》为各种文体之源，与本书论诗源意相似。刘熙载《诗概》云："《古诗十九首》与苏、李同一悲慨，然《古诗》兼有豪放旷达之意，与苏、李之一于委曲含蓄，有阳舒阴惨之不同。知人论世者自能得诸言外，固不必如锺嵘《诗品》谓古诗出于《国风》，李陵出于《楚辞》也。"

（3）吴汝纶《古诗钞》云："陆机所拟，今可见者十二首。锺记室云'十四首'，盖二篇亡佚矣。旧传为枚乘作者，殆此诸篇。《玉台》所录枚乘《杂诗》皆在此。惟'今日良宴会'、'青青陵上柏'、'明月皎夜光'三首，以非《玉台》体，徐陵不录。而李善据'游戏宛与洛'与'驱车上东门'，辨其非尽枚乘。知此三篇，旧必亦云乘作。陆所拟亡二篇，其一篇必'驱车上东门'矣，馀一篇不可复考。且《诗品》以此十四篇者'惊心动魄'，'一字千金'，而疑'去者日以疏'以下四十五首为'建安中曹、王所制'；《玉台》亦以'凛凛岁云暮'、'孟冬寒气至'、'客从远方来'等诗篇，引为古诗，不云枚乘，知此十四篇与馀篇，古自分划，不杂厕也。"案：吴说甚是，惟于陆氏篇章欠考。陆氏除"行行重行行"、"今日良宴会"、"迢迢牵牛星"、"涉江采芙蓉"、"青青河畔草"、"明月何皎皎"、"兰若生春阳"、"青青陵上柏"、"东城高且长"、"西北有高楼"、"庭中有奇树"、"明月皎夜光"十二章拟作外，其《驾言出北阙行》，唐人《艺文类聚》于题下有"驱车上东门"五字，为十四篇拟作之一甚明，毋劳以《选注》迂回定之。又其"遨游出西城"，以辞气考之，亦明是"回车驾言迈"之作。吴《钞》发其疑，而不指出陆氏所拟之篇，诚有遗憾已。胡应麟《诗薮》内编卷二以为此诸诗"兴象玲珑，[1]意致深婉，真可以泣鬼神，动天地"，其言似本仲伟。

（4）案：此"四十五首"，就现存汉京之诗考之：本品所举，则有"客从远方来"、"橘柚垂华实"二首；十九首除上所举，馀篇尚有"冉冉孤生竹"、（《文心雕龙·明诗》篇曰："古诗佳丽，或称枚叔。其'孤竹'一篇，盖傅毅之词。"可知旧本均题为"古诗"，彦和亦无断然之意也。）"去者日以疏"、"生年不满百"、"凛凛岁云暮"、"孟冬寒气至"五首；此外则有古诗"上山采蘼芜"、"四坐且莫喧"、"悲与亲友别"、"穆穆清风至"、"橘柚垂华实"、"十五从军征"、"新树兰蕙葩"、"步出城东门"八首；又古诗"采葵莫伤根"、"甘瓜抱苦蒂"二首；又《太平御览》九百九十四引古诗之"青青陵

---

[1]　"兴象"，原误作"气象"，据《诗薮》改。

诗 品

中草"一首。统计以上，仅得古诗十八首耳。别有明黄庭鹄《古诗冶》，本王世贞之说，录"两汉古诗十八首"，号称"后十九首"。其前六首，即上举古诗八首之前六首也；其第七首以下，曰《长歌行》，曰《鸡鸣高树巅》，曰《陌上桑》，曰《相逢行》，曰《伤歌行》，曰《羽林郎》，曰《董娇饶》，曰《飞鹄行》，曰《艳歌行》，曰《饮马长城窟行》，曰《古八变歌》，曰《艳歌》，皆乐府诗而移称古诗者也。诚若是，则费锡璜《汉诗说》连举"荒昧高古"之"江南可采莲"、"里中有啼儿"、"晨行梓道中"、"枣下何攒攒"四首，亦得充数矣。推之凡五言乐府，如《怨诗行》、《尹赏歌》、《邪径童谣》，均可备篇。窃恐汉代声诗与徒诗，容有辞同及声调互用者，此系诗、乐初分时之现象。若遂泯其标界，概目以古诗，终非事实所允也。《诗薮》杂编卷一云："古诗'冉冉孤生竹'、'驱车上东门'，又载《乐府》，则《饮马长城窟》之类，旧亦锺氏'四十五首'数中，未可知也。"此说亦不敢苟同。又杨升庵《诗话》载汉无名氏诗"客从北方来"一首，又谓从类书中会合丛残得"闺中有一妇"一首，又杂录汉古诗逸句，谓皆四十馀首之遗句见于类书中者也。然明人伪撰及仿古之风皆极盛行，庭鹄之效颦萧《选》，固不足取，而升庵匿类书之名所录者，亦难保必无杜撰耳。又王闿运目《玉台》所载古绝句四首为古诗，察其音制，何殊《子夜》、《读曲》？闿运殆袭李于麟《古今诗删》之误耳。《诗源辩体》卷三云："'日暮秋云阴'乃六朝人诗，'菟丝从长风'则六朝乐府语耳。"所辟甚是。

（5）案：四十五首中，如"上山采蘼芜"篇，李因笃评云："怨而不乱，《小雅》之遗。""橘柚垂华实"篇，李因笃评云："写逐臣弃友之悲，托之橘柚，犹《楚词》言香草也。"然则仲伟所谓"多哀怨"者，宜指此种。其所谓"总杂"，约含二义：一系杂有乐府性质，二系体兼文质。盖以声情言之，四十五首中固有题为古诗而实乐府体者，如锺惺评"橘柚垂华实"、"十五从军征"数篇，"声情全是乐府"是也。而声情之最显而易知者，当系用问答谈话一体。仍以"十五从军征"为例，张玉毂《赏析》云："问'有阿谁'，'遥望'二句，乡人答辞。"陈祚明《评选》云："此乐府体。"此即总杂乐府之证也。《诗薮》内编卷一云："魏文兄弟，崛起建安。自是有专工古诗者，

38

有偏长乐府者。"以此言推之,则汉京古诗实与乐府相混。又四十五首之体,实兼文质。《诗薮》内编卷二云:"古诗自质而甚文。"举"上山采蘼芜"、"四坐且莫喧"、"翩翩堂前燕"、"洛阳城东路"、"长安有狭邪"等诗为例。是即总杂文质之证也。而《诗薮》杂编卷一云:"惟'悲与亲友别'、'兰若生春阳'七篇,(案:指"兰若生春阳"、"悲与亲友别"、"穆穆清风至"、"橘柚垂华实"、"十五从军征"、"新树兰蕙葩"、"步出上东门"七篇。然"橘柚"已见称于本品,胡氏亦失言矣。)奇警略逊,疑锺氏所谓'总杂'者。"其说殊有未晰。至杂编又谓"兰若"等诗"词气温厚,非建安所及,不得谓出曹、王",则洵为近实。然仲伟亦仅举"旧疑",本未标为定论,自不为过。观《北堂书钞·乐部·筝》所引曹植诗"弹筝奋逸响,新声妙入神"二句,又见《古诗十九首》"今日良宴会"篇。《书钞》当有旧据,足证仲伟所疑亦未必尽出臆见也。若许学夷《诗源辩体》云:"又或疑《十九首》多建安中曹、王所制,其说亦似有见。班固《咏史》质木无文,当为五言之始。盖先质木,后完美,其造诣与唐人相类。"是则徒求理论之通畅,与今动辄曰以文学史眼光观察者如出一辙,而核实与否则在所不计也。又案:"曹、王"分指曹植、王粲,而冯舒《诗纪匡谬》"乐府起于汉,又其辞多古雅"条引此作"陈王",又纪昀《四库·古诗解提要》亦引作"陈王",则专指曹植一人。

　　(6) 案:《十九首》有"客从远方来",不在《玉台》所载枚乘诗内。"橘柚垂华实"亦古诗,但不在《十九首》内。《诗薮》杂编卷一云:"锺氏取'客从远方来'、'橘柚垂华实'二首为优。今读'去者日以疏'、'生年不满百'等篇已列《十九首》者,词皆绝到,非'行行重行行'下。外九首,'上山采蘼芜'一篇章旨浑成,特为神妙。"案:胡氏所谓"外九首",乃指《十九首》以外之九首,即"兰若生春阳"、"上山采蘼芜"、"四坐且莫喧"、"悲与亲友别"、"穆穆清风至"、"橘柚垂华实"、"十五从军征"、"新树兰蕙葩"、"步出城东门"九首是也。然胡氏亦薄昭明所刊落者耳,其鉴裁未必果胜仲伟。

汉都尉李陵⁽¹⁾诗^①

其源出于《楚辞》。⁽²⁾ 文多凄怆^[1]，怨者之流。^{②(3)} 陵，名家子，^③有殊才，生命不谐，声颓身丧。^④使陵不遭辛苦，其文亦何能至此！^⑤

【古笺】

① 《汉书》曰："李陵，字少卿，广之孙也。少为侍中，善骑射，爱人。武帝以为有广之风，拜为骑都尉。天汉中，将步卒五千击匈奴，转斗矢尽，遂降。单于以女妻之，立为右校王。在匈奴二十馀年，卒。"

② 《史记·屈原传》曰："《小雅》怨诽而不乱。"

③ 《史记·甘茂传》："文信侯曰：'甘罗年少，然名家之子孙。'"

④ 司马迁《报任少卿书》曰："李陵既生降，颓其家声。"

⑤ 《太平御览》八百五十六引颜延之《庭诰》曰："李陵众作，总杂不类，元是假托，非尽陵制。至其善篇，有足悲者。"案：陵诗除《文选》所录三首外，又有《录别》八首，见《艺文类聚》及《古文苑》。延之所谓"总杂不类，元是假托"者，当即指此。然曰"非尽陵制"，则固有陵制者矣。"善篇足悲"，非《文选·与苏武诗》三首而何？余别有苏、李诗《辨证》。《隋志·别集类》："汉骑都尉李陵集二卷。"《唐志》："李陵集二卷。"

【许校】

〔1〕明钞本无"怆"字。

【许疏】

（1）《前汉书》卷五十四《李广传》："陵，字少卿，广之孙也。少为侍中，善骑射，爱人。武帝以为有广之风，拜为骑都尉。天汉中，将步卒五千击匈奴，转斗矢尽，遂降。单于以女妻之，立为右校王。在匈奴二十馀年，卒。"《隋志》："汉骑都尉李陵集二卷。"

（2）案：仲伟此说，谢榛《四溟诗话》讦其"一脉不同"。实则"楚臣去境"与汉将"负戈外戍"，所处悲境何殊？即以少卿《别歌》与《楚辞·国殇》较其体制，亦非无源流可言也。奈何纷纷附响谢山人者之未之思耶！近代王闿运答唐凤廷问汉唐诗家流派，曾言："汉初有诗，即分两派，枚、苏宽和，李陵清劲。自后五言，莫能外之。"厥语实于无意中符合仲伟之评见。仲伟隐枚、苏于"古诗"中，以"温丽"称之，上配《国风》，是即湘绮所谓前者一派；次以少卿"怨者之流"，附于《楚辞》，是即湘绮所谓后者一派。张玉毂《古诗赏析》云："论其气体，苏较敷腴，李较清折，其犹李唐中之太白、少陵二家乎？"是更沿流言之，可补仲伟所不及见者。

（3）《诗源辩体》云："冯元成云：'少卿怨而不怒。'愚案：少卿三篇，慷慨悲怀，自是羁臣口吻。如'屏营衢路侧，执手野踟蹰'、'风波一失所，各在天一隅'、'临河濯长缨，念子怅悠悠'、'行人怀往路，何以慰我愁'、'行人难久留，各言长相思'等句，皆羁臣口吻也。"案：此说亦都尉源出《楚辞》之证。

汉婕妤班姬⁽¹⁾诗^①

其源出于李陵。⁽²⁾"团扇"短章,^②辞旨清捷,怨深文绮,得匹妇之致。⁽³⁾侏儒一节,可以知其工矣。^{③(4)}

【古笺】

①《汉书·外戚传》曰:"孝成班婕妤,帝初即位,选入后宫。俄而大幸,为婕妤,居增成舍。后赵飞燕姊弟亦从自微贱兴,婕妤失宠,求供养太后长信宫。作赋自伤悼。成帝崩,婕妤充园陵。薨。"

②案:"'团扇'短章",谓《怨歌行》也。中有"裁为合欢扇,团团似明月"句,故云。刘彦和谓此歌"见疑后代",殆因《汉书》不载邪?

③桓谭《新论·道赋》篇:"谚曰:'侏儒见一节,而长短可知。'"《隋志》:"汉成帝班婕妤集一卷。"

【许疏】

(1)《前汉书》九十七《外戚传》:"孝成班婕妤,帝初即位,选入后宫。始为少使,俄而大幸,为婕妤,居增成舍。成帝游于后庭,尝欲与婕妤同辇载,婕妤辞曰:'观古图画,贤圣之君皆有名臣在侧,三代末主乃有嬖女。今欲同辇,得无近似之乎?'婕妤诵诗,及'窈窕'、'德象'、'女师'之篇。(颜注:"皆古箴戒之书也。")每进见上疏,依则古礼。其后赵氏姊弟骄妒,婕妤恐见危,求供养太后长信宫,上许焉。婕妤退处东宫,作赋自伤悼。成帝崩,婕妤充奉园陵。薨,因葬园中。"

42

（2）案：《文心雕龙·明诗》篇以李陵、班婕仔连称。而仲伟序西京诗人，起李都尉，讫班婕仔；此更著其源流，盖以二人同具骚怨耳。

（3）案："'团扇'短章"，即所传《怨歌行》十句。李因笃《音评》云："'团扇'之歌，怨而不乱。"成书《选评》云："清婉秀弱，想见柔肠百结。"张玉毅《赏析》云："意婉音和，不流噍杀。"诸氏称誉其工，与仲伟所评初无二致。《诗源辩体》云："班婕仔乐府五言《怨歌行》，托物兴寄，而文采自彰。冯元成谓'怨而不怒，风人之遗'，王元美谓'可与《十九首》、苏、李并驱'是也。成帝品录词人，不应遂及后宫，不必致疑。"此更辨其刘勰之所疑，其言洵有见解。前此严羽《诗话》却因未憭此层，至妄易诗人主名。今人复不自知为严氏所欺，纷献疑义，盍亦取许伯清之论，以上窥仲伟之旨乎？

（4）《全后汉文》录《新论·道赋》篇云："谚曰：'侏儒见一节，而长短可知。'孔子言：'举一隅足以三隅反。'观吾小时二赋，亦足以揆其能否。"

魏陈思王植⁽¹⁾诗^①

其源出于《国风》。⁽²⁾骨气奇高,⁽³⁾词采华茂,^{②(4)}情兼雅怨,^{③(5)}体被文质,^④粲溢今古,卓尔不群。^{⑤(6)}嗟乎!陈思之于文章也,⁽⁷⁾譬人伦之有周、孔,⁽⁸⁾鳞^[1]羽之有龙凤,^{⑥(9)}音乐之有琴笙,^⑦女工之有黼黻。^{⑧(10)}俾尔怀铅吮墨者,抱篇章而景慕,映馀晖以自烛。⁽¹¹⁾故孔氏之门如用诗,则公幹升堂,思王入室,景阳、潘、陆,自可坐于廊庑之间矣。^{⑨(12)}

【古笺】

①《魏志》:"陈思王植,字子建,太祖子,文帝同母弟也。建安十六年,封平原侯,寻徙封临淄。明帝太和三年,徙东阿。六年,加封陈王。薨,年四十一。谥曰思。"

②《魏志》裴注引鱼豢《魏略·武诸王传》曰:"植之华采,思若有神。"《魏志·植传》评曰:"陈思文才富艳,足以自通后叶。"案:《艺文类聚》五十五引陈思王《前录序》曰:"故君子之作也,俨乎若高山,勃乎若浮云,质素也如秋蓬,摛藻也如春葩。泛乎洋洋,光乎皜皜,与《雅》、《颂》争流可也。"不啻自评其文矣。

③《史记·屈原传》曰:"《国风》好色而不淫,《小雅》怨诽而不乱,若《离骚》者,可谓兼之矣。""情兼雅怨",谓兼《国风》、《小雅》之长也。

④《宋书·谢灵运传论》曰:"三祖、陈王,咸蓄盛藻。甫乃以情纬文,以文被质。"

44

⑤《汉书·景十三王传赞》曰：“夫惟《大雅》，卓尔不群，河间献王近之矣。”

⑥《孟子》曰：“圣人，人伦之至也。”又曰：“麒麟之于走兽，凤凰之于飞鸟，类也；圣人之于民，亦类也。出于其类，拔乎其萃，自生民以来，未有盛于孔子者也。”

⑦《文选》注引桓谭《新论》曰：“八音广博，琴德最优。”潘岳《笙赋》曰：“惟笙也，能总众清之林。非天下之和乐，不易之德音，其孰能与于此！”

⑧《周礼·考工记》曰：“白与黑，谓之黼。”《说文》：“黻，黑与青相次。”《汉书》：“宣帝曰：‘辞赋大者与古诗同义，小者辩丽可喜，如女工有绮縠。’”

⑨《法言·吾子》篇：“如孔子之门用赋也，则贾谊登堂，相如入室矣。如其不用何？”案：《论语》记孔子用《诗》之言甚众，如《学而》篇：“子贡曰：‘《诗》云：“如切如磋，如琢如磨。”其斯之谓与？’子曰：‘赐也，始可与言《诗》已矣。’”《述而》篇曰：“子所雅言，《诗》、《书》、执礼，皆雅言也。”《八佾》篇：“子夏问曰：‘“巧笑倩兮，美目盼兮，素以为绚兮”，何谓也？’子曰：‘绘事后素。’曰：‘礼后乎？’子曰：‘起予者商也，始可与言《诗》已矣。’”《泰伯》篇：“子曰：‘兴于《诗》，立于礼，成于乐。’”《为政》篇曰：“《诗》三百，一言以蔽之，曰：‘思无邪。’”《子路》篇曰：“诵《诗》三百，授之以政，不达，使于四方，不能专对，虽多，亦奚以为？”《季氏》篇：“陈亢问于伯鱼曰：‘子亦有异闻乎？’对曰：‘未也。尝独立，鲤趋而过庭，曰：“学《诗》乎？”对曰：“未也。”“不学《诗》，无以言。”鲤退而学《诗》。’”《阳货》篇：“子曰：‘小子何莫学乎《诗》？《诗》可以兴，可以观，可以群，可以怨。’”又曰：“子谓伯鱼曰：‘汝为《周南》、《召南》矣乎？人而不为《周南》、《召南》，其犹正墙面而立也与？’”据此，孔氏之门特重用《诗》，仲伟于是为失言。

【许校】

〔1〕明钞本作"麟"字。

【许疏】

(1)《魏志·陈王传》:"陈思王植,字子建。年十岁馀,诵读《诗》、《论》及辞赋数十万言。善属文。建安十六年,封平原侯。十九年,徙封雍丘王。太和三年,徙封东阿。六年二月,封为陈王。发疾薨,时年四十一。景初中,撰录前后所著赋颂诗铭杂论凡百馀篇,副藏内外。"《隋志》:"魏陈思王曹植集三十卷。"《岁寒堂诗话》卷上曰:"锺嵘《诗品》以古诗第一,子建次之,此论诚然。"

(2)胡应麟《诗薮》内编卷二曰:"陈王四言,源出《国风》。"此以体言。刘熙载《诗概》云:"曹子建《赠丁仪王粲》有云:'欢怨非贞则,中和诚可经。'此意足推风雅正宗。"此以义言。黄子云《野鸿诗的》曰:"子建诗骎骎乎有三代之隆焉。"此以气象言。

(3)《诗薮》内编卷二云:"陈王才藻宏富,骨气雄高。'八斗'之称,良非溢美。"元陈绎曾《诗谱》曰:"陈思王斫削精洁,自然沉健。"然则仲伟所云,亦恃有琢磨之功耳。陈祚明《评选》曰:"陈思王诗,如天马飞行,笯云凌山,赴波逾阻,靡所不臻,曾无一蹶。"

(4)案:子建《薤露行》收句云:"骋我径寸翰,流藻垂华芬。"自述如此。《诗薮》内编卷二曰:"子建华赡精工。"又曰:"子建《名都》、《白马》、《美女》诸篇,辞极赡丽,然句颇尚工,语多致饰,视东、西京乐府,天然古质,殊自不同。"又曰:"子建《送应氏》、《赠王粲》等篇全法苏、李词藻,气骨有馀。"

(5)谢灵运《拟魏太子邺中集·平原侯植诗序》曰:"公子不及世事,但美遨游,然颇有忧生之嗟。"

(6)陈思王《前录序》曰:"故君子之作也,质素也如秋蓬,摛藻也如春葩。"案:此以"蓬"喻质高,以"葩"喻藻艳,亦文质兼举。《兰庄诗话》云:"曹子建诗质朴浑厚,春容隽永,风调非后人易到。陈子昂、李太白慕以为宗,信乎晋以下鲜其俪也。予每读其诗,洒然有千古之想。"

（7）《诗源辩体》卷四注云:"'文章',诗赋通称。"

（8）案:子建《薤露行》云:"孔氏删《诗》《书》,王业灿已分。"似子建一生精神事业,未尝无希圣之意。刘熙载《诗概》云:"子建诗隐有'仁义之人,其言蔼如'之意。"窃谓子建之诗,譬之诸子,则儒家也。

（9）子建《薤露行》又云:"鳞介尊神龙,走兽宗麒麟。"

（10）杜甫《寄张彪三十韵》云:"曹植休前辈。"仇兆鳌云:"自东汉至建安,诗盛于七子,而以子建为称首。《诗品》谓其'骨气奇高,词采华茂,粲溢今古,卓尔不群。譬人伦之有周孔,鳞羽之有龙凤,音乐之有琴笙,女工之有黼黻',据此可见其压倒前辈矣。"

（11）《序》云:"陈思为建安之杰,公幹、仲宣为辅。次有攀龙托凤,自致于属车者,盖将百计。"

（12）案:此数语为张为《诗人主客图》所本。《茗香诗论》曰:"前人谓:'孔氏之门如用诗,则公幹升堂,思王入室,景阳、潘、陆自可坐于廊庑之间。'噫!是何言也?以汉之乐府古歌辞升堂,《十九首》入室,廊坐陶、杜,庶几得之。"《诗源辩体》卷四云:"锺嵘云:'孔氏之门如用诗,则公幹升堂,思王入室。'此但以其才质所就言之,必至李、杜、高、岑,方可以堂室论也。"斯二说者,一上移之于汉,一下移之于唐,皆凭己之好恶为说耳。

魏文学刘桢⁽¹⁾诗^①

其源出于古诗。⁽²⁾仗气爱奇,⁽³⁾动多振绝。^{②(4)}真骨凌霜,⁽⁵⁾高风跨俗。^{③(6)}但气过其文,⁽⁷⁾雕润恨少。⁽⁸⁾然自陈思以下,桢称独步。^{④(9)}

【古笺】

①《魏志·王粲传》:"东平刘桢,字公幹。被太祖辟为丞相掾属,以不敬被刑。刑竟,署吏。"案:《魏志》不言桢为文学,而《隋志》云:"魏太子文学刘桢集四卷。录一卷。"与仲伟合,知《魏志》略之也。

② 魏文帝《与吴质书》曰:"公幹有逸气,但未遒耳。其五言诗之善者,妙绝时人。"谢灵运《拟邺中集》诗曰:"刘桢卓荦偏人,而文最有气,所得颇经奇。"《御览》三百八十五引《文士传》曰:"刘桢辞气锋烈,莫有折者。"《文心雕龙·体性》篇:"公幹气褊,故言壮而情骇。"又《才略》篇曰:"刘桢情高以会采。"案:诸说并与仲伟相发。惟颜延之《庭诰》云:"刘桢五言流靡。"则异议耳。

③ 案:何义门评公幹《赠从弟》诗曰:"'峻骨凌霜,高风跨俗',要惟此等足当之。"

④ 案:魏文称公幹五言"妙绝时人",仲伟之评殆因此发。然《典论》又云:"刘桢壮而不密。"其不能飞轩绝迹,一举千里,亦明矣。"独步"之评,非笃论也。

【许疏】

(1)《魏志·王粲传》:"东平刘桢,字公幹。被太祖辟为丞相掾属,以不敬被刑。刑竟,署吏。二十二年,卒。"《隋志》:"魏太子文学刘桢集四卷。录一卷。"

(2)陈祚明《评选》云:"公幹诗古而有韵,比汉多姿。"

(3)谢灵运《拟魏太子邺中集·刘桢诗序》曰:"卓荦偏人,而文最有气,所得颇经奇。"

(4)徐祯卿《谈艺录》曰:"刘桢锥角重陷,割曳缀悬。"

(5)皎然《诗式》曰:"邺中七子,刘桢语与兴驱,势逐情起,不由作意,气格自高。"陆时雍《诗镜总论》曰:"刘桢稜层,挺挺自持。"

(6)葛立方《韵语阳秋》卷二十曰:"公幹尝有《赠从弟》云:'亭亭山上松,瑟瑟谷中风。风声一何盛,松枝一何劲。'其寄意如是。"

(7)案:此有赞从仲伟之说者,如《诗薮》内编卷二云:"公幹才偏,气过词。"《诗源辩体》卷四云:"公幹诗声咏常劲,锺嵘称公幹'气过其文'是也。如'灵鸟宿水裔,仁兽游飞梁。华馆寄流波,溪达来风凉'、'步出北寺门,遥望西苑园。细柳夹道生,方塘含清源'、'凉风吹沙砾,霜风何皑皑。明月照缇幕,华灯散炎辉'等句,声韵为劲。"又有否从仲伟之说者,如陈祚明《评选》云:"公幹诗有气故高,如翠峰插空,高云曳壁,秀而不近,几无浩荡之势,颇饶顾盼之姿。《诗品》以为'气过其文',此言未允。"自以正说为是。

(8)皎然《诗式》"邺中集"条云:"刘桢不拘对属,偶或有之。"

(9)《诗源辩体》卷四云:"公幹、仲宣,一时未易优劣。锺嵘以公幹为胜,刘勰以仲宣为优。予尝为二家品评,公幹气胜于才,仲宣才优于气。锺嵘谓'陈思已下,桢称独步',元美谓'二曹龙奋,公幹角立'是也。"刘熙载《诗概》云:"公幹气胜,有陈思之一体。"(案:融斋此言实隐本仲伟"晋平原相陆机"品。)

魏侍中王粲⁽¹⁾诗^①

其源出于李陵。⁽²⁾发愀怆之词，^{②(3)}文秀而质羸。^{③〔1〕(4)}在曹、刘间别构一体。^{④(5)}方陈思不足，比魏文有馀。^{⑤(6)}

【古笺】

①《魏志》曰："王粲，字仲宣，山阳高平人。有异才。献帝西迁，徙居长安。以西京扰乱，乃之荆州，依刘表。表卒，粲劝表子琮归太祖。太祖辟为丞相掾。魏国既建，拜侍中。建安二十二年，卒。"

② 案："发愀怆之词"，指《七哀》诗。谢灵运《拟邺中集》诗曰："王粲遭乱流寓，自伤情多。"亦指《七哀》言之。

③《文心雕龙·隐秀》篇曰："文之英蕤，有隐有秀。秀也者，篇中之独拔者也。"案："文秀"、"质羸"相对，言文辞秀拔而体质羸弱也。何义门未达此旨，便谓："仲宣诗极沉郁顿挫，锺记室以为'文秀而质羸'，殆所未喻矣。"《魏志》曰："王粲容貌短小。"又曰："刘表以粲貌寝而体弱，不甚重也。"魏文帝《与吴质书》曰："仲宣独自善于辞赋，惜其体弱，不足起其文。"是并仲宣"质羸"之证。

④ 案：建安诸子虽才性各异，而体制大略相同。仲伟此言未当。

⑤ 案：江淹《杂体诗序》曰："公幹、仲宣之论，家有曲直。"今考刘彦和曰："兼善则子建、仲宣，偏美则太冲、公幹。"又曰："仲宣溢才，捷而能密，文多兼善，辞少瑕累。摘其诗赋，则七子之冠冕。"沈休文曰："子建、仲宣，以气质为体，并标能擅美，独映当时。"梁简文曰："远则杨、马、曹、王。"是皆右王者也。江文通曰："仆以为各具美兼善而已。"是调和者也。

抑王扬刘,首推仲伟。然"殆圣"之誉,固知溢量;"独步"之评,亦恐难值。王、刘比肩,同事思王,则平心之论耳。

【许校】

〔1〕明钞本此句作"文质而秀赢"。

【许疏】

(1)《魏志·王粲传》:"王粲,字仲宣,山阳高平人也。太祖辟为丞相掾,赐爵关内侯,后迁军谋祭酒。魏国既建,拜侍中。善属文,举笔便成,无所改定,时人常以为宿构。然正复精意覃思,亦不能加也。著诗赋论议垂六十篇。建安二十一年从征吴,二十二年春道病,卒,时年四十一。"《隋志》:"后汉侍中王粲集十一卷。"

(2)谢灵运《拟魏太子邺中集·王粲诗序》曰:"家本秦川,贵公子孙。遭乱流寓,自伤情多。"盖与李陵为"名家子,生命不谐,声颓身丧"者,同有身世之悲。故仲伟评陵"文多凄怆",评粲"发愀怆之词",足见二人寄情篇什之相似矣。

(3)徐祯卿《谈艺录》曰:"仲宣流客,慷慨有怀。"陈祚明评选其诗曰:"王仲宣诗如天宝乐工,身经播迁之后,作《雨淋铃》曲,发声微吟,觉山川奔逆,风声云气,与歌音并至。只缘述亲历之状,故无不沉切。"

(4)按:此有否从仲伟之说者,如《文选》何义门评王粲《咏史》诗云:"仲宣诗极沉郁顿挫,而锺记室以为'文秀而质赢',殆所未喻。"亦有赞从仲伟之说者,如《诗源辩体》卷四云:"仲宣诗声韵常缓,锺嵘称仲宣'文秀而质赢'是也。如'常闻诗人语,不醉且无归。今日不极欢,含情欲待谁'、'军中多饫饶,人马皆溢肥。徒行兼乘还,空出有馀资'、'征夫怀亲戚,谁能无恋情。抚衿倚舟樯,眷眷思邺城'等句,声韵为缓。"殆各有所见耳。

(5)《诗薮》内编卷二云:"陈王精金粹璧,无施不可。公幹才偏,气过词;仲宣才弱,肉胜骨。"

　　(6) 陈祚明《评选》云:"王仲宣诗跌宕不足,而直挚有馀。伤乱之情,《小雅》、变《风》之馀也。与子桓兄弟气体本殊,无缘相比。"刘熙载《诗概》云:"仲宣情胜,有陈思之一体。"(案:融斋此语,实隐本仲伟"晋平原相陆机"品,盖"文"即"情"也,互文自无不可。)

晋步兵阮籍⁽¹⁾诗^①

其源出于《小雅》。⁽²⁾无雕虫之功,^{②(3)}而《咏怀》之作,可
以陶性灵,⁽⁴⁾发幽思。^{③(5)}言在耳目之内,情寄八荒之表,⁽⁶⁾
洋洋乎会于《风》《雅》,^{④(7)}使人忘其鄙近,自至⁽¹⁾远大。⁽⁸⁾颇
多感慨之词。⁽⁹⁾厥旨渊放,⁽¹⁰⁾归趣难求。^{⑤(11)}颜延年⁽²⁾注解,
怯言其志。^{⑥(12)}

【古笺】

①《魏志·王粲传》:"阮瑀子籍,才藻艳逸,而倜傥放荡,行己寡欲,
以庄周为模则。官至步兵校尉。"《晋书》:"阮籍,字嗣宗,陈留尉氏人。
辟太尉掾,进散骑常侍。求为步兵校尉,纵酒昏酣,遗落世事。"案:嗣宗
卒时尚未易代,称"晋"非也。《隋志》正称"魏步兵校尉阮籍集"也。

②《法言·吾子》篇:"或问:'吾子好赋?'曰:'然。童子雕虫
篆刻。'"

③《文选》注引臧荣绪《晋书》曰:"籍作五言《咏怀》诗八十馀篇,为
世所重。"

④《论语》曰:"师挚之始,《关雎》之乱,洋洋乎盈耳哉!"

⑤案:《文心雕龙·明诗》篇曰:"阮旨遥深。"又《体性》篇曰:"嗣宗
倜傥,故响逸而调远。"并与仲伟之说相发。江文通《拟咏怀》曰:"精卫衔
木石,谁能测幽微?"盖知阮诗者也。

⑥《文选》阮嗣宗《咏怀》,李善引颜延年注曰:"说者:阮籍在晋文

代,尝虑祸患,故发此咏耳。"又曰:"嗣宗身仕乱朝,尝恐罹谤遇祸,因兹
发咏,故每有忧生之嗟。虽志在讥刺,而文多隐避。百世之下,难以情
测,故粗明大意,略其幽旨也。"案:延年亦身当易代之际,故不敢质言。

【许校】

〔1〕明钞本作"致"字。

〔2〕明钞本无"年"字。

【许疏】

(1)《晋书》四十九:"阮籍,字嗣宗,陈留尉氏人也。文帝辅政,籍闻
步兵厨营人善酿,有贮酒三百斛,乃求为步兵校尉。景元四年卒,时年五
十四。籍能属文,初不留思。作《咏怀》诗八十馀篇,为世所重。"《隋志》:
"魏步兵校尉阮籍集十卷。梁十三卷,录一卷。"

(2)顺德黄先生《阮步兵咏怀诗注自叙》曰:"锺嵘有言:嗣宗之诗,
源于《小雅》。夫《雅》废国微,谓无人服《雅》,而国将绝尔。今注嗣宗诗,
开篇'鸿号''翔鸟','徘徊''伤心',视《四牡》之诗'翩翩者雏,载飞载下,
集于苞栩。王事靡盬,我心伤悲',〔1〕抑复何异?嗣宗,其《小雅》诗人之
志乎!"

(3)陈祚明评选其诗曰:"阮公《咏怀》,神至之笔。观其抒写,直取
自然,初非琢练之劳,吐以匠心之感。"

(4)刘熙载《诗概》云:"此为以性灵论诗者所本。杜诗亦云:'陶冶
性灵成底物,新诗改罢自长吟。'"《竹林诗评》云:"阮籍之作,如剡溪雪
夜,孤楫沿流,乘兴而来,兴尽而已。"

(5)王船山评选《咏怀》诗曰:"且其托体之妙,或以自安,或以自悼,
或标物外之旨,或寄疾邪之思。"

(6)王世贞《卮言》卷三云:"阮公《咏怀》,远近之间,遇境即际,兴穷

---

〔1〕"我心伤悲",《小雅·四牡》原作"不遑将父"。

即止，坐不着论宗佳耳。"王船山评选《咏怀》诗曰："此诗以浅求之，若一无所怀，而字后言前，眉端吻外，有无尽藏之怀，令人循声测影而得之。"许学夷《诗源辩体》卷四曰："嗣宗五言《咏怀》八十二首，中多兴比，体虽近古，然多以意见为诗，故不免有迹。其他托旨太深，观者不能尽通其意，锺嵘谓其'言在耳目之内，情寄八荒之表'是也。"

（7）王船山评选《咏怀》诗曰："步兵《咏怀》，自是旷代绝作，远绍《国风》，近出入于《十九首》。"张历友《师友诗传录》曰："昔人谓《十九首》为《风》馀，又曰诗母。"又步兵渊源于《雅》，已见第（2）条所释。

（8）《诗数》内编卷二曰："嗣宗《咏怀》，兴寄冲远。"徐祯卿《谈艺录》曰："阮生优缓有馀。"王船山评选《咏怀》诗曰："步兵以高朗之怀，脱颖之气，取神似于离合之间。大要如晴云出岫，舒卷无定质。而当其有所不及，是弘忍之力，肉视荆、聂矣。"

（9）陈祚明评选《咏怀》诗曰："嗣宗《咏怀》诗如白首狂夫，歌哭道中，辄向黄河乱流欲渡。彼自有所以伤心之故，不可为他人言。"

（10）《文心雕龙·明诗》曰："阮旨遥深。"

（11）王船山《评选》曰："步兵《咏怀》，意固径庭，而言皆一致。信其但然，而又不徒然；疑其必然，而彼固不然。不但当时雄猜之渠长，无可施其怨忌；且使千秋以还，了无觅脚根处。"

（12）今《文选》所载颜延年注数条，止辑事类，未标义谛。延年《咏阮步兵》有云："物故不可论，途穷能无恸？"则延年虽"怯言其志"，固非不明其志者也。成书《古诗存》评《咏怀》诗云："着一毫穿凿，便不必读此。"盖得延年之意矣。

晋平原相陆机⁽¹⁾诗^①

其源出于陈思。⁽²⁾才高词赡，举体华美。^②气少于公幹，⁽³⁾文劣于仲宣。^{③(4)}尚规矩，⁽⁵⁾不贵绮错，⁽⁶⁾有伤直致之奇。⁽⁷⁾然其咀嚼英华，厌饫膏泽，文章之渊泉也。^{④(8)}张公叹其大才，信矣！^{⑤(9)}

【古笺】

① 《文选·文赋》注引臧荣绪《晋书》曰："机，字士衡，吴郡人。祖逊，吴丞相。父抗，吴大司马。年二十而吴亡，退居旧里，与弟云勤学积十一年，誉流京邑。被征为太子洗马，与弟云俱入洛。"《晋书》曰："机，太康末与弟云俱入洛。成都王颖表为平原内史。后遇害。"

② 臧荣绪《晋书》曰："陆机天才绮练。"《宋书·谢灵运传论》曰："降及元康，潘、陆特秀。缛旨星绸，繁文绮合。"

③ 案：《文心雕龙·明诗》篇曰："晋世群才，稍入轻绮。张、潘、左、陆，比肩诗衢。采缛于正始，力柔于建安。"亦与仲伟之说相发。

④ 《北堂书钞》引《抱朴子》佚篇曰："吾见二陆之文，犹玄圃积玉，莫非夜光也。方之他人，如江汉之与横污。"

⑤ 《世说·文学》篇刘孝标注引《文章传》曰："机善属文，司空张华见其文章，篇篇称善。犹讥其太冶，谓曰：'人之作文，患于不才。至子为文，乃患太多也。'"

【许疏】

（1）《晋书》五十四："陆机，字士衡，吴郡人也。少有异才，文章冠世，成都王颖表为平原内史。所著文章凡三百馀篇，并行于世。"《隋志》："晋平原内史陆机集十四卷。梁四十七卷，录一卷，亡。"《文选·文赋》李注引臧荣绪《晋书》曰："陆机与弟云勤学，天才绮练，当时独绝，新声妙句，系踪张、蔡。"近人刘师培曰："案：臧书以机文为'绮练'，所评至精。"《渔洋诗话》曰："陆机宜在中品。"案：曹、陆体自足继，故记室重之。若《文选》亦多取陆诗，则又非记室一人之见矣。

（2）《诗纪·别集》四引李空同曰："陆机本学陈思王，而四言浑成过之，然五言则不及矣。"《诗源辩体》卷五曰："士衡乐府五言，体制声调与子建相类，而俳偶雕刻，愈失其体，时称曹、陆为乖调是也。"

（3）《诗纪·别集》二引《何氏语林》云："陆平原天才秀逸，辞藻宏丽。"《艺苑卮言》卷三曰："陆士衡翩翩藻秀，颇见才致，无奈俳弱何。"盖与公幹"卓荦有气"者殊矣。

（4）按：记室以"文秀"许仲宣。刘彦和《文心雕龙·隐秀》云："雕削取巧，虽美非秀。"是陆文之不逮仲宣者，乃由其俳偶雕刻，渐失自然浑成之气欤？《诗源辩体》卷五论士衡五言云："如《从军行》、《饮马长城窟》、《门有车马客》、《苦寒行》、《前缓声歌》、《齐讴行》等，则体皆敷叙，语皆构结，而更入于俳偶雕刻矣。中如'怀往欢绝端，悼来忧成绪'、'永叹遵北渚，遗思结南津'、'夕息抱影寐，朝徂衔思往'、'丰条并春盛，落叶后秋衰'、'淑气与时陨，馀芳随风捐'、'男欢智倾愚，女爱衰避妍'、'淑貌色斯升，哀音承颜作'、'福钟恒有兆，祸集非无端'、'烈心厉劲秋，丽服鲜芳春'、'规行无旷迹，短步岂逮人'等句，皆俳偶雕刻者也。"

（5）船山《古诗评选》卷四曰："平原拟古，步趋如一。"李重华《贞一斋诗说》曰："陆士衡拟古诗名重当世，余每病其呆板。"陈祚明《选评》曰："士衡诗束身奉古，亦步亦趋，在法必安，选言亦雅，思无越畔，语无溢幅。"

（6）按：此旨盖见于《文赋》。《文赋》历举或"言徒靡而弗华"，或"徒寻虚以逐微",或"务嘈囋而妖冶"诸弊,实即排斥"绮错"之言也。

(7)《诗源辩体》卷五云:"士衡五言声韵粗悍,复少温厚之风。如'逍遥春王圃,踟蹰千亩田。回渠绕曲陌,通波扶直阡'、'无迹有所匿,寂寞声必沉。肆目眇弗及,缅然若双潜'、'鸣玉岂朴儒,凭轼皆俊民。烈心厉劲秋,丽服鲜芳春'等句,皆声韵粗悍者也。"黄子云《野鸿诗的》亦曰:"平原五言乐府,一味排比敷衍,间多硬句,且踵前人步伐,不能流露性情,均无足观。"

(8)按:此数语,可谓明士衡之职志矣。《文赋》云:"游文章之林府,嘉丽藻之彬彬。"可证。

(9)《诗纪·别集》四引《文章传》曰:"机善属文,司空张华见其文章,篇篇称善。犹讥其作文大冶,谓曰:'人之作文,患于不才。至子为文,乃患太多也。'"黄子云《野鸿诗的》云:"平原当日偶为茂先一语之褒,故得驰名江左。昭明喜其平调,又多采录。后因沿袭而不觉,实晋诗中之下乘也。"按:其言稍过,不如锺评抑扬之有当。

晋黄门郎潘岳⁽¹⁾诗^①

其源出于仲宣。⁽²⁾《翰林》叹其"翩翩然如翔禽之有羽毛,衣服⁽¹⁾之有绡縠,犹浅于陆机"。^{②(3)}谢混云:"潘诗烂若舒锦,⁽⁴⁾无处不佳;陆文如披沙简金,往往见宝。"^{③(5)}嵘谓益寿轻华,⁽⁶⁾故以潘为胜;《翰林》笃论,故叹陆为深。余常言,陆才如海,潘才如江。^{④(7)}

【古笺】

①《文选·藉田赋》注引臧荣绪《晋书》曰:"潘岳,字安仁,荥阳中牟人。弱冠辟司空太尉府,举秀才,高步一时,为众所疾。"《晋书》曰:"岳少以才绮发名。举秀才,累迁给事黄门侍郎。素与孙秀有隙,及赵王伦辅政,秀遂诬岳与石崇为乱,诛之。"

②《初学记》引李充《翰林论》曰:"潘安仁为文,犹翔禽之羽毛,衣被之绡縠。"案:《世说·文学》篇注引孙兴公曰:"潘文浅而净,陆文深而芜。"又引《晋阳秋》曰:"岳善属文,清绮绝世。"又引《续文章志》曰:"岳为文,选言简章,清绮绝伦。"并与《翰林论》相发。

③案:《世说·文学》篇注引孙兴公云:"潘文烂若披锦,无处不善;陆文若排沙简金,往往见宝。"仲伟以为益寿之言,岂益寿祖述兴公邪?

④案:《晋书·文苑传论》曰:"机文喻海,潘藻称江。"即本仲伟。又案:江淹《杂体诗序》曰:"安仁、士衡之评,人立矫抗。"是潘、陆齐名之论,当时亦纷纭难定也。

【许校】

〔1〕明钞本作"被"字。

【许疏】

(1)《晋书》五十五:"潘岳,字安仁,荥阳中牟人也。辟司空太尉府,举秀才,出为河阳令,转怀令。寻为著作郎,迁给事黄门侍郎。美姿仪,辞藻绝丽,尤善为哀诔之文。"《文选·藉田赋》注引臧荣绪《晋书》:"潘岳,字安仁。总角辩慧,摛藻清艳。"《隋志》:"晋黄门郎潘岳集十卷。"《渔洋诗话》曰:"潘岳宜在中品。"案:王、潘相次,与曹、陆相次同意。

(2)按:《世说》引孙绰云:"潘文浅而净。"与记室评仲宣"文秀而质羸"者同。刘熙载《诗概》云:"王仲宣、潘安仁,悲而不壮。"则王、潘为同派尤明。

(3)按:晋李充有《翰林论》五十四卷,今多亡佚,仅存数条。《初学记》二十、《御览》五百九十九并引有一条云:"潘安仁之为文也,犹翔禽之羽毛,衣被之绡縠。"视仲伟所录,详犹弗逮。

(4)安仁诗如《辩体》所举"幽谷茂纤葛,峻岩敷荣条。落英陨林趾,飞茎秀陵乔"、"川气冒山岭,惊湍激若阿。归雁映兰渚,游鱼动圆波"等句,诚所谓"烂若舒锦"者也。

(5)按:《世说·文学》篇引孙绰云与此同,缘古人恒凭口耳传述故耳。近人刘师培曰:"盖陆氏之文工而缛,潘氏之文虽绮而清,故孙氏论文以为潘美于陆。"

(6)按:张华尝誉陆机为文,患其才多。谢混(字叔源,小字益寿)抑陆扬潘,实反张华之说。故姚振宗《隋考志证》云:"'轻华',谓张华也。"又云:"据《世说》,'益寿'云云乃孙绰之言也。"

(7)按:此评潘、陆二人高下,实遵《翰林》之论。《诗源辩体》卷五云:"安仁体制既亡,气格亦降。察其才力,实在士衡之下。元美谓安仁'气力胜士衡',误矣。锺嵘云:'陆才如海,潘才如江。'"黄子云《野鸿诗的》云:"安仁情深而语冗繁,唯《内顾》诗'独悲'云云一首、《悼亡》诗'曜灵'云云一首,抒写新婉,馀罕佳构。昔人谓之'潘、江',过矣!"此皆承仲伟贬潘之意,或又加甚其辞也。陈祚明《评选》曰:"安仁情深之子,每一涉笔,淋漓倾注,宛转侧折,旁写曲诉,刺刺不能自休。夫诗以道情,未有情深而语不佳者。所嫌笔端繁冗,不能裁节,有逊乐府古诗含蕴不尽之妙耳。安仁过情,士衡不及情;安仁任天真,士衡准古法。夫诗以道情,天真既优,而以古法绳之,曰未尽善,可也。盖古人能用法者,中亦以天真为本也。情则不及,而曰吾能用古法,无实而袭其形,何益乎? 故安仁有诗,而士衡无诗。锺嵘惟以声格论诗,曾未窥见诗旨。其所云陆深而芜,潘浅而净,互易评之,恰合不谬矣。不知所见何以颠倒至此?"倩父此评,[1]实亦遥本益寿,与记室左倾于《翰林论》者自殊。倩父不寻其立说之点,颛恃意气争之,已属不当;且"深芜"与"浅净"二种意谊,亦有误解。

---

[1] 陈祚明字应为胤倩,因其《采菽堂古诗选》题名作"虎林陈祚明胤倩父评选",前人一时疏忽,往往误以为其字为"倩父"。此处姑仍其旧,不作改正,下文亦不另说明。

晋黄门郎张协⁽¹⁾诗^①

其源出于王粲。⁽²⁾文体华净,少病累。⁽³⁾又巧构形似之言。^{②(4)}雄于潘岳,靡于太冲。⁽⁵⁾风流调达,实旷代之高手。⁽⁶⁾词彩葱蒨,音韵铿锵。^③使人味之,亹亹不倦。⁽⁷⁾

【古笺】

①《文选·咏史》诗注引臧荣绪《晋书》曰:"张协,字景阳,载弟也。兄弟并守道不竞,以属咏自娱。少辟公府,后为黄门侍郎。因托疾,遂绝人事,终于家。"《晋书》曰:"协与兄载齐名。时天下已乱,遂屏居草泽,以属咏自娱,终于家。"

②《宋书·谢灵运传论》曰:"相如工为形似之言。"

③ 案:《文心雕龙·明诗》篇曰:"景阳振其丽。"又《才略》篇曰^[1]:"孟阳、景阳,才绮而相埒。"又《时序》篇曰:"应、傅、三张之徒,并结藻清英,流韵绮靡。"曰"丽",曰"绮",曰"结藻清英,流韵绮靡",亦与仲伟"调彩葱菁,^[2]音韵铿锵"之说相发。

【许疏】

(1)《晋书》五十五:"张协,字景阳。少有儁才,与载齐名。以属咏自娱,拟诸文士。永嘉初,征为黄门侍郎。托疾不就,终于家。"《隋志》

---

[1] "《才略》",原误作"《体性》",据《文心雕龙》改。
[2] 古氏《诗品笺》正文据何文焕《历代诗话》本,作"调彩葱菁"。

"晋黄门郎张协集三卷。梁四卷,录一卷。"

(2)《诗源辩体》卷五曰:"宋景濂谓'安仁、茂先、景阳学仲宣',此论出于锺嵘,不免以形似求之。"案:仲宣、景阳同以情胜,形制犹次焉尔。江淹《杂体诗序》曰:"仲宣文多兼善,辞少瑕累。"与此品协诗"少病累"同。

(3)刘熙载《诗概》云:"张景阳诗开鲍明远。明远遒惊绝人,然练不伤气,必推景阳独步。《苦雨》诸诗,尤为高作,故锺嵘《诗品》独称之。《文心雕龙·明诗》云:'景阳振其丽。''丽'何足以尽景阳哉!"

(4)《渔隐》前集八引《诗眼》云:"'形似'之意,盖出于诗人之赋,'萧萧马鸣,悠悠旆旌'是也。古人形似之诗,如镜取形、灯取影也。"船山《古诗评选》卷四曰:"诗中透脱语,自景阳开先,前无倚,后无待,不资思致,不入刻画,居然为天地间说出,而景中宾主,意中触合,无不尽者。"又云:"此犹天之寒暑,物之生成,故曰化工之笔。"

(5)陈祚明《评选》云:"《诗品》谓'雄于潘岳,靡于太冲',此评独当。一反观之,正是'靡'类安仁。其情深语尽同,但差健,有斩截处,正是'雄'类太冲。其节高调亮同,但不似太冲简老,一语可当数语。固当胜潘逊左。"按:倩父易语虽无不可,而仲伟则实未失言。试就潘、张之诗观之:安仁写景之诗曰"游鱼动圆波"、"时菊耀秋华",兴象本极生发,而继之曰"依水类浮萍,寄松似悬萝",则顿失之弱矣;若景阳"寒花发黄采,秋草含绿滋",亦写即景,而能振之曰"闲居玩万物"、"高尚遗王侯",得非"雄于安仁"乎?更就张、左之诗观之:景阳诗曰"密叶日夜疏,丛林森如束",太冲诗曰"柔条旦夕劲,绿叶日夜黄",同写秋象,词亦近似;而太冲诗终之曰"高志局四海,块然守空堂。壮齿不恒居,岁暮常慨慷",幽情忽奋,靡辞为之变色;若景阳则终意屈于象,逐靡不返。执是定品,岂非所谓"靡于太冲"乎?

(6)陈祚明《评选》又云:"景阳诗写景生动,而语苍蔚。自魏以来,未有是也。"

(7)《诗源辩体》卷五云:"景阳五言杂诗华彩俊逸,实有可观。[1]

---

[1] "实有可观",《诗源辩体》原无此句。

如'房栊无行迹,庭草萋以绿。青苔依空墙,蜘蛛网四屋'、'浮阳映翠林,回飙扇绿竹。飞雨洒朝兰,轻露栖丛菊'、'借问此何时,蝴蝶飞南园。流波恋旧浦,行云思故山'等句,皆华彩俊逸者也。锺嵘谓景阳'雄于潘岳',至'使人亹亹不倦',此论甚当。沧浪《诗评》止称太冲而不及景阳,未免为过耳。"

晋记室左思⁽¹⁾诗^①

其源出于公幹。⁽²⁾文典以怨，颇为精切，⁽³⁾得讽谕之致。^{②(4)}虽野于陆机，^{③(5)}而深于潘岳。⁽⁶⁾谢康乐常^{〔1〕}言："左太冲诗，潘安仁诗，古今难比。"^{④(7)}

【古笺】

①《晋书》曰："左思，字太冲，齐国临淄人。齐王冏命为记室，辞疾不就。以疾终。"

② 案："文典以怨"，"得讽谕之致"，谓《咏史》八首也。

③ 案：《论语》曰："质胜文则野。""野"字本此。

④《文心雕龙·才略》篇曰："左思奇才，业深覃思，尽锐于《三都》，拔萃于《咏史》。"案：思诗《咏史》自是卓荦，《招隐》亦复秀出。

【许校】

〔1〕明钞本无"常"字。

【许疏】

（1）《晋书》九十二《文苑传》："左思，字太冲，齐国临淄人也。勤学，貌寝，口讷，而辞采壮丽。"《隋志》："晋齐王府记室左思集二卷。梁有五卷，录一卷。"

（2）按：仲伟前评公幹诗，以为"仗气爱奇，动多振绝"，但"雕润恨少";《艺苑卮言》卷三亦谓"太冲莽苍","但太不雕琢";《诗源辩体》卷五又论"太冲语多讦直",是皆是征其渊源之所自也。刘熙载《诗概》:"刘公幹、左太冲诗壮而不悲。"以刘、左同谈,则关系愈见。

(3)按:太冲《咏史》云:"卓荦观群书。"则其典可知。又云:"著论准《过秦》。"是欲效贾生之伤,则其怨亦自明矣。张玉毂《古诗赏析》卷十一曰:"太冲《咏史》,初非呆衍史事,特借史事以咏己之怀抱也。或先述己意,而以史事证之;或先述史事,而以己意断之;或止述己意,而史事暗含;或止述史事,而己意默寓。"是则其精切可知。

(4)按:此可举例以明之:王船山评选太冲《咏史》"荆轲饮燕市"一首曰:"'豪右何足陈'之下,复就意中平叙四句,不更施论断。风雅之道,言在而使人自动,则无不动者;恃我动人,亦孰令动之哉? 太冲一往,全以结构养其深情。三国之降为西晋,文体大坏,古度古心,不绝来兹者,非太冲其焉归?"

(5)陈祚明《评选》云:"太冲一代伟人,其雄在才,而其高在志。有其才而无其志,语必虚侨;有其志而无其才,音难顿挫。锺嵘以为'野于陆机',悲哉! 彼安知太冲之陶乎汉、魏,化乎矩度哉!"刘熙载《诗概》云:"'野'者,诗之美也,故表圣《诗品》中有'疏野'一品。若锺仲伟谓左太冲'野于陆机','野'乃不美之辞。然太冲是豪放,非野也,观《咏史》自见。"按:此二家之说,并未喻仲伟之旨。惟许学夷举太冲"贵者虽自贵,视之若埃尘。贱者虽自贱,重之若千钧"等句,以为"太不雕琢,方之士衡,有过与不及之分",斯为得"野于陆机"之解欤?

(6)按:潘文浅净,而太冲精典,故相形见深。黄子云《野鸿诗的》云:"太冲祖述汉、魏,而修词造句,全不沿袭一字,落落写来,自成大家。视潘、陆诸人,何足数哉!"盖推太冲高出一时,有严沧浪之意,而与锺旨微殊。

(7)按:康乐诗实擅有二种之长:一曰妙合自然,取之于喻,犹如初发芙蓉;二曰经纬绵密,察诸其文,恒见丽典络绎。自前者言之,潘诗轻华,容有螺蛤之思;由后者言之,左诗精切,尤笃平生之好。其所以置左

于潘上者,亦缘己之所作,多出深思苦索,锻练而成,如"池塘春草"。卒
然信口而致者,殆罕有焉。《丹铅馀录》云:"左太冲《招隐》诗:'峭蒨青葱
间,竹柏得其真。'五言诗用四连绵字,前无古,后无今。"

宋临川太守谢灵运⁽¹⁾诗^①

　　其源出于陈思,杂有景阳之体。⁽²⁾故尚巧似,⁽³⁾而逸荡过之,⁽⁴⁾颇以繁芜为累。⁽⁵⁾嵘谓若人兴多才高,^{②〔1〕}寓目辄书,^③内无乏思,外无遗物,⁽⁶⁾其繁富,宜哉!然名章迥句,处处间起;⁽⁷⁾丽典新声,络绎奔会。^{④(8)}譬犹青松之拔灌木,白玉之映尘沙,未足贬其高洁也。初,钱唐杜明师夜梦东南有人来入其馆,是夕即灵运生于会稽。旬日而谢玄亡。⁽⁹⁾其家以子孙难得,送灵运于杜^{〔2〕}治养之。⁽¹⁰⁾十五方还都,故名"客儿"。^{⑤(11)}

【古笺】

　　①《宋书》曰:"谢灵运,陈郡阳夏人,袭封康乐公。宋受禅,降爵为侯。文帝登祚,征秘书监,授临川内史。"

　　② 案:《宋书·谢灵运传论》曰:"灵运之兴会标举。"亦与仲伟之说相发。

　　③ 案:灵运山水之作,皆寓目即书者也。

　　④《文心雕龙·明诗》篇曰:"宋初文咏,体有因革,庄、老告退,而山水方滋。俪采百字之偶,争价一句之奇。情必极貌以写物,辞必穷力而追新,此近世之所竞也。"案:彦和此论,不啻为谢客而发。又鲍照曰:"谢五言如初发夫蓉,自然可爱。"梁简文曰:"谢客吐言天拔,出于自然。"并与仲伟之说相辅。

⑤ 原注："'治',音稚,奉道之家靖室也。"

【许校】

〔1〕明钞本"高"下有"博"字。

〔2〕明钞本作"社"字。

【许疏】

（1）《宋书》卷六十七："谢灵运,陈郡阳夏人也。祖玄,晋车骑将军。父瑍,早亡。灵运少好学,博览群书。文章之美,江左莫逮。从叔混,特知爱之。袭封康乐公。性奢豪,车服鲜丽,衣裳器物,多改旧制。世共宗之,咸称谢康乐也。父、祖并葬始宁县,并有故宅及墅,遂移籍会稽,修营别业,傍山带江,尽幽居之美。每有一诗至都邑,贵贱莫不竞写,宿昔之间,士庶皆遍。远近钦慕,名动京师。灵运诗书皆兼独绝,每文竟,手自写之,文帝称为二宝。"《隋志》："宋临川内史谢灵运集十九卷。梁二十卷,录一卷。"

（2）按:《诗源辩体》卷七引李献吉云:"康乐诗是六朝之冠,然其始本于陆平原。"但仲伟已云平原"源出陈思",知献吉所言,仍不离《诗品》之旨也。陈祚明选灵运《酬从弟惠连》五章,评其"源出陈思",此恐仅就联章体而言耳。实则陈思之"词彩华茂",大为灵运导其先路。又陈思之诗已有响字,《诗家直说》举其"朱华冒绿池"、"时雨静飞尘"之"冒"、"静"二字为例;而灵运诗尤为数见,如"蘋萍泛沉深,菰蒲冒清浅"、"初篁包绿箨,新蒲含紫茸"、"白云抱幽石,绿篠媚清涟"、"海鸥戏春岸,天鸡弄和风"等句,中字尽响,是与陈思又有源可溯也。皎然《诗式》云:"谢诗上蹑《风》、《骚》,下超魏、晋,建安制作,其椎轮乎!"斯为得其宗旨矣。黄子云《野鸿诗的》云:"景阳写景,渐启康乐。"意殆谓灵运所杂之体乎?陈祚明《评选》以为陈思、景阳都非灵运所屑,盖亦过矣。

（3）按:仲伟前评景阳"巧构形似之言",此"故"字实承景阳体而云。陈绎曾《诗谱》云:"谢灵运以险为主,以自然为工。"盖即申释"巧似"二字之义。

（4）按：定陶孙器之[1]评诗曰："谢康乐如东海扬帆，风日流丽。"而景阳亦"风流调达"，故堪相较。

（5）萧纲《与湘东王书》："学谢则不届其精华，但得其冗长。"汪师韩《诗学纂闻》曰："锺嵘《诗品》既见其'以繁芜为累'矣，而乃云'譬犹青松之拔灌木，白玉之映尘沙，未足贬其高洁。'后人刻画山水，无不奉谢为昆仑虚，不敢异议。"

（6）船山《古诗评选》卷五曰："谢诗有极易入目者，而引之益无尽；有极不易寻取者，而径遂正自显。然顾非其人，弗与察尔。言情则于往来动止、缥缈有无之中，得灵蠁而执之有象；取象则于击目经心、丝分缕合之际，貌固有而言之不欺。而且情不虚情，情皆可景；景非滞景，景总含情。神理流于两间，天地供其一目，大无外而细无垠。落笔之先，匠意之始，有不可知者存焉。岂徒'兴会标举'，如沈约之所云者哉！"方虚谷《颜鲍谢诗评》云："灵运尤情多于景，而为谢氏诗之冠。"

（7）按：此即沈约所谓"如弹丸脱手"也。《沧浪诗话》云："谢灵运之诗，无一篇不佳。"

（8）按：焦竑《题谢康乐集辞》曰："弃淳白之用，而竞丹膔之奇；离质木之音，而任宫商之巧。岂非世运相乘，古始易解，即谢客有不得而自主者耶？"此论"丽典新声"由乎风会之义甚明。黄庭鹄《古诗冶》卷十三引冯时可评曰："康乐设奇托怪，钩深抉隐，穷四时之变，极万物之类。"陈祚明《评选》云："谢康乐诗如湛湛江流，源出万山之中，穿岩激石，瀑挂湍回，千转百折，喷为洪涛。及其浩漾澄湖，树影山光，云容花色，[2]涵彻洞深。盖缘派远流长，时或潴为小涧，亦复摇曳澄漾，波荡不定。"二家形容"络绎奔会"之致最尽。

---

[1] "定陶孙器之"，当作"敖陶孙器之"。按：敖陶孙，字器之，撰有《敖器之诗话》。以下所引评诗语即见该书。明人杨慎《升庵诗话》引其语，题为"孙器之评诗"，又改"敖陶"为"定陶"，盖误以"定陶"为地名，"孙"为姓氏，"器之"为人名。许氏即承讹袭谬。此处姑仍其旧，下文亦不逐一说明。

[2] "花"，《采菽堂古诗选》原作"草"。

（9）按：沈约《宋书》本传云："谢灵运祖玄，晋车骑将军。父瑛，生而不慧，为秘书郎，蚤亡。灵运幼便颖悟，玄甚异之，谓亲知曰：'我乃生瑛，瑛那得生灵运？'"若记室所云者不误，则灵运生甫旬日，车骑何能辨其聪慧，见亲知而叹之耶？仲伟殆误其父瑛为祖玄欤！

（10）旧注："'治'，音稚，奉道之家靖室也。"

（11）《异苑》："初，钱塘杜明师梦有人入其馆，是夕灵运生于会稽。旬日而谢玄亡。其家以子孙难得，送灵运于杜治养之，十五方还都，故名客儿。"（见杜诗《岩麓山道林二寺行》《详注》引。）

卷　中

汉上计秦嘉、⁽¹⁾嘉妻徐淑⁽²⁾诗^①

夫妻事既可伤，文亦凄怨。⁽³⁾为五言者不过数家，而妇人居二。^{②(4)}徐淑叙别之作，亚于"团扇"矣。^{③(5)}

【古笺】

①《玉台新咏》秦嘉《赠妇诗序》云："秦嘉，字士会，陇西人也，为郡上掾。其妻徐淑，寝疾还家，不获面别，赠诗云尔。"《隋书·经籍志》"后汉黄门郎丁廙集"下注云："梁又有妇人后汉黄门郎秦嘉妻徐淑集一卷。亡。"案：严可均《后汉秦嘉妻徐淑传》曰："陇西秦嘉，字士会，后汉桓帝时人，官黄门郎。妻同郡徐氏女，名淑，有才章，适嘉。嘉仕郡，淑居下县，有疾。嘉举上计掾，将行，以车迎淑为别，而与淑书云云。淑答书云云。嘉遂行，入洛，寻除黄门郎。居数年，病卒于津乡亭。初，淑生一女，无子。及嘉奉使，淑乞子而养之。寻守寡，时犹丰少，兄弟将嫁之。誓而不许，为书与兄弟云云。淑竟毁形不嫁，哀恸伤生。亡后，子还所生。朝廷通儒移其乡邑，录淑所养子，还继秦氏之祀。淑所著诗文，有集一卷。"《周礼·小宰》："赞冢宰受岁会，岁终，则令群吏致事。"郑玄注："使赍岁尽文书来至，若今上计。"贾公彦疏："汉之朝集使，谓之上计史，谓上一年计会文书及功状也。"

②"妇人居二"，谓班姬与淑。但蔡琰《悲愤》载于范史，仲伟不数，何邪？

③秦嘉、徐淑《叙别》诗，见《玉台新咏》。"团扇"，谓班姬《怨歌行》。

【许疏】

(1)《全后汉文》卷六十六小传:"秦嘉,字士会,陇西人。桓帝时仕郡,举上计掾。入洛,除黄门郎。病卒于津乡亭。"

(2) 严可均《铁桥漫稿》卷七《后汉秦嘉妻徐淑传》:"陇西秦嘉妻者,同郡徐氏女也。名淑,有才章,适嘉。嘉仕郡,淑居下县,有疾。嘉举上计掾,将行,以车迎淑为别,而与淑书曰:'不能养志,当给郡使,随俗顺时,僶俛当去,知所苦故尔。未有瘳损,想念悒悒,劳心无已。当涉远路,趋走风尘,非志所慕,惨惨少乐。又计往还,将弥时节。念发同怨,意有迟迟,欲暂相见,有所属托。今遣车往,想必自力。'淑答书曰:'知屈珪璋,应奉藏使,策名王府,观国之光。虽失高素皓然之业,亦是仲尼执鞭之操也。自初承问,心愿东还,迫疾,惟宜抱叹而已。日月已尽,行有伴侣,想严装已办,发迈在近。谁谓宋远,企予望之。室迩人遐,我劳如何!深谷逶迤,而君是涉;高山岩岩,而君是越,斯亦难矣。长路悠悠,而君是践;冰霜惨烈,而君是履。身非形影,何得动而辄俱?体非比目,何得同而不离?于是咏萱草之喻,以消两家之思;割今者之恨,以待将来之欢。今适乐土,优游京邑,观王都之壮丽,察天下之珍妙,得无目玩意移,往而不能出邪!'嘉重报淑书曰:'车还空反,甚失所望,兼叙远别,恨恨之情,顾有怅然。间得此镜,既明且好,形观文彩,世所希有,意甚爱之,故以相与。(以上嘉与淑书、淑答嘉书、嘉重报淑书,并见《艺文类聚》三十二。以下据群书引见汇录之。)并致龙虎组缇履一纳、宝钗一双,价值千金;好香四种,各一斤;素琴一张,常所自弹也。明镜可以鉴形,宝钗可以耀首,好香可以去秽,麝香可以辟恶气,素琴可以娱耳。(《艺文类聚》三十二、《北堂书钞》一百三十六引两条,《御览》六百九十七、七百十七、七百十八又九百八十一引两条。)'淑又报嘉书曰:'既惠音令,兼赐诸物,厚顾殷勤,出于非望。镜有文彩之丽,钗有殊异之观,芳香既珍,素琴益好。(《文选》嵇康《赠秀才入军》诗注作"又好"。)惠异物于鄙陋,割所珍以相赐,非丰恩之厚,孰肯若斯?览镜执钗,情想仿佛;操琴咏诗,思心成结。救以芳香馥身,喻以明镜鉴形,此言过矣,未获我心也。昔诗人有"飞蓬"

之感,班婕妤有"谁荣"之叹。(《艺文类聚》三十二。)今君征未旋,镜将何施?明镜鉴形,当待君至。(《御览》七百十七。)未奉光仪,则宝钗不列也;未侍帏帐,则芳香不发也。(《艺文类聚》三十二,《御览》七百十八、九百八十一。)今奉越布手巾二枚、细布袜一量、严器中物几具;旄牛尾拂一枚,可以拂尘垢;金错盌一枚,可以盛书水;琉璃盌一枚,可以服药酒。(《艺文类聚》七十三,《北堂书钞》一百三十六,《御览》六百九十七、七百三、七百十六、七百十七、七百六十。)'嘉遂行,入洛,寻除黄门郎。居数年,病卒于津乡亭。初,淑生一女,无子。及嘉奉使,淑乞子而养之。寻守寡,时犹丰少,兄弟将嫁之。誓而不许,为书与兄弟曰:'盖闻君子导人以德,矫俗以礼,是以列士有不移之志,贞女无回二之行。淑虽妇人,窃慕杀身成义,死而后已。凤遭祸罚,丧其所天,男弱未冠,女幼未笄。是以偭俛求生,将欲长育二子,上承祖宗之嗣,下继祖祢之礼。然后觐于黄泉,永无惭色。仁兄德弟,既不能厉高节于弱志,发明德于阃昧,许我他人,逼我于上。乃命官人,讼之简书。夫智者不可恶以事,仁者不可胁以死。晏婴不以白刃临颈,改正直之词;梁寡不以毁形之痛,忘执节之义。高山景行,岂不思齐?计弟不能匡我以道,博我以文,虽曰既学,吾谓之未也。(《御览》四百四十一引杜预《女记》。)'淑竟毁形不嫁,哀恸伤生。(刘知幾《史通》。)亡后,子还所生。朝廷通儒移其乡邑,录淑所养子,还继秦氏之祀。(《通典》六十九,晋咸和五年散骑侍郎贺侨妻于氏上表。可均按:于氏表云:"还继秦氏之祀。"下云:"异姓尚不为嫌。"是淑所养子,异姓子也。)淑所著诗文,有集一卷。(《隋志》:"梁有妇人后汉黄门郎秦嘉妻徐淑集一卷。亡。"《唐志》不著录。嘉字士会,见《北堂书钞》原本一百三十六"组履"注。)"按:嘉官上计,淑书则称"藏使"。盖"藏使"者,库藏之使。上计之职,输赋于国库,故以称之。

(3)按:嘉《留郡赠妇》诗三首序云:"嘉为郡上计,其妻徐淑,寝疾还家,不获面别,赠诗云尔。"又《艺文类聚》三十二载秦嘉妻徐淑文曰:"身非形影,何得动而辄俱?体非比目,何得同而不离?"诚所谓"悲莫悲于生别离"也。嘉与淑赠答诗并皆凄怆,不可卒读。

（4）按：一即班姬，一即指淑。班"团扇"诗已详前释。淑诗今所存《答秦嘉》一首，据《玉台新咏考异》云："此亦歌词，特连'兮'字为五言耳。然钟嵘《诗品》谓：'五言不过数家，而妇人居二。徐淑叙别之作，亚于"团扇"。'则当时固以为五言诗矣。"要之，纪氏以此即充仲伟所指之例，殊未必然。他家五言，当时固未有此种也。姚宽《西溪丛语》以秦嘉《留郡赠妇》诗之第一首为即淑诗，人多不信，恐其误据小序耳。今既不能断言，但颇疑淑本有集一卷，已佚，其中当有五言诗欤？

（5）李因笃评淑诗云："不在'团扇'之亚。"说似与仲伟相反。按：仲伟语意，似亦以时代为次，今语即"班姬第二"之谓也。所以置淑中卷者，以与其夫秦嘉连述，故降而合之，于行文为便耳。嘉不如淑，诗自可睹。李因笃评云："淑诗不烦追琢，质任自然，胜于秦搋矣。"

魏文帝⁽¹⁾诗^①

其源出于李陵,⁽²⁾颇有仲宣之体,则新奇。^{②(3)}百馀篇,^[1]率皆鄙直如偶语。^{③(4)}惟"西北有浮云"十馀首,^④殊美赡可玩,始见其工矣。⁽⁵⁾不然,何以铨衡群彦,^⑤对扬厥弟者耶?^{⑥(6)}

【古笺】

①《魏志》曰:"文帝讳丕,字子桓,武帝太子也。"

②《津逮秘书》本、《汉魏丛书》本均作"新奇",《历代诗话》本作"所计"。直案:"新奇"、"所计"均不词,原文当是"所制百许篇","所"字以形近讹为"新"字,"制"字以音近讹为"奇"字或"计"字也。

③ 陈寿评曰:"文帝天资文藻,下笔成章。"刘勰亦曰:"魏文之才,洋洋清绮。"仲伟谓之"鄙直",过矣。

④"西北有浮云",文帝《杂诗》第二首也。

⑤"铨衡群彦",谓《典论·论文》历评徐、陈、应、刘、王、孔诸人文章得失也。

⑥《文心雕龙·才略》篇曰:"魏文之才,洋洋清绮。旧谈抑之,谓去植千里。然子建思捷而才儁,诗丽而表逸;子桓虑详而力缓,故不竞于先鸣,而乐府清越,《典论》辩要,迭用短长,亦无懵焉。但俗情抑扬,雷同一响,遂令文帝以位尊减才,陈思以势窘益价,未为笃论也。"案:此说足为

[1]"颇有仲宣之体则新奇百馀篇",当校改标点作"颇有仲宣之体则、新歌百许篇",古、许两家注均有误,此处姑依许氏标校。

魏文吐气,然子桓之才虽不"去植千里",亦非同日可论。

【许疏】

(1)《魏志·文帝纪》:"文皇帝讳丕,字子桓,武帝太子也。好文学,以著述为务,自所勒成垂百篇。"《隋志》:"魏文帝集十卷。梁二十三卷。"《诗源辩体》卷四云:"子桓五言在公幹、仲宣之亚,锺嵘《诗品》以公幹、仲宣处上品,子桓居中品,得之。元瑞谓子桓过公幹、仲宣远甚,予未敢信。"

(2)王船山评选文帝《杂诗》二首云:"果与'行行重行行'、'携手上河梁'狎主齐盟者,唯此二诗而已。"亦以文帝诗推并李陵。然则仲伟固不昧于其源所自出,而谢山人殆可谓轻议前贤矣。

(3)按:仲伟已云仲宣源出李陵,此又云文帝源于李陵而有仲宣之体,故可致其"新奇",说殊周至。今以文帝诗观之,例如《于谯作》、《孟津》诸首,华腴矫健,则陈倩父所谓"建安体"者,自不能与少卿尽肖,应共仲宣而论矣。此"新奇"二字,所断正恰。或本"新奇"作"所计",殆刻之误焉。(《对雨楼丛书》校刊本便不误。)又按:《诗镜总论》云:"子桓、王粲时激《风》《雅》馀波,子桓逸而近《风》,王粲庄而近《雅》。"然则文帝之与仲宣,大检似,而亦有流别矣。

(4)按:文帝诗如《煌煌京雒行》、《折杨柳行》,议论故事,运以排偶。仲伟所评"鄙直如偶语"者,殆此种欤?

(5)按:"西北有浮云",系《杂诗》第二首起句。《艺苑卮言》卷三云:"子桓之《杂诗》二首可入《十九首》,不能辨也。"徐祯卿《谈艺录》云:"曹丕资近美媛。"正言其文温以丽耳。

(6)按:文帝《典论·论文》及《与吴质书》皆"铨衡群彦"之作。谢康乐《拟邺中集》亦此意。仲伟前云"平原兄弟,郁为文栋",本无轩轾之意,与此许文帝"对扬厥弟"正同。王船山谓仲伟"伸子建以抑子桓,莽许陈思以入室",是徒议表面之编列,未之细剔原文也。

晋中散^①嵇康⁽¹⁾诗^②

　　颇似魏文。过为峻切，^③讦直露才，^④伤渊雅之致。⁽²⁾然托喻^{〔1〕}清远，良有鉴裁，亦未失高流矣。⁽³⁾

【古笺】

　　①　案：康死于景元三年，称"晋中散"，非也。《晋书·嵇绍传》正称"魏中散大夫康"。

　　②《晋书》曰："嵇康，字叔夜，谯国铚人。拜中散大夫。以吕安事系狱，遇害。"

　　③　案：《文心雕龙·明诗》篇曰："嵇志清峻。"亦与仲伟之说相发。

　　④《论语》曰："恶讦以为直者。"《集解》引包注："讦，谓攻发人之阴私也。"班固《离骚序》曰："屈原露才扬己。"案：《魏志》注引《康别传》："孙登谓康曰：'君性烈而才儁，其能免乎？'"亦谓叔夜"讦直露才"也。征之拒锺会、绝山涛，尤信。

【许校】

　　〔1〕明钞本作"谕"字。

【许疏】

　　(1)《晋书》四十九："嵇康，字叔夜，谯国铚人也。其先姓奚，会稽上虞人，以避怨徙焉。铚有嵇山，家于其侧，因而命氏。康有奇才，学不师受,博览无不该通,长好老、庄,与魏宗室婚,拜中散大夫。以吕安事系狱,遇害。"《隋志》:"魏中散大夫嵇康集十二卷。梁十五卷,录一卷。"

(2)按:仲伟评魏文,已嫌其百许篇之率直;此谓叔夜之"峻切",则又过之。颜延年《咏嵇中散》有云:"立俗迕流议,寻山洽隐沦。鸾翮有时铩,龙性谁能驯?"皆可谓知人之论。即如叔夜《幽愤》诗所云"性不伤物,频致怨憎。昔惭下惠,今愧孙登",已足为颜、锺二家评咏之征证矣。陈倩父云:"叔夜婞直,所触即形。"又云:"婞直之人,必不能为婉转之调。"岂其然欤!《诗源辩体》卷四曰:"王元美云:'嵇叔夜土木形骸,不事藻饰,想于文亦尔。如《养生论》、《绝交书》,类信笔成者。诗少涉矜持,更不如嗣宗。'愚按:叔夜四言虽稍入繁衍,而实得风人之致,以其出于性情故也;惟五言或不免于矜持耳。"此亦王船山评叔夜"四言居胜"之意。殆以五、四言相较云然。若谓四言非矜持,则不免掩护前人矣。仲伟固不如是也。

(3)按:如叔夜《酒会》数首,淡宕有致,王船山所谓"赋即事自远",陈祚明所谓"未有酒会之意,但觉身世之感甚深",诚皆知言矣。陈祚明又云:"嵇中散诗如独流之泉,临高赴下。其势一往必达,不能曲折潆洄,然固澄澈可鉴。"亦可谓达仲伟所谓"鉴裁"之意。《文心雕龙·明诗》篇云:"嵇旨清峻。"又云:"叔夜含其润。"近人刘师培曰:"按:锺氏《诗品》谓'康诗露才,颇伤渊雅之志,然托喻清远,良有鉴裁,亦未失高流',与彦和所评相近。"窃谓彦和系颛从艺苑立论,仲伟结语许其"高流",似尚存知人论世之旨。叶少蕴《石林诗话》以为叔夜不肯附晋,绝高于阮,岂得嵇、阮连称。陈绎曾《诗谱》曰:"嵇康人品胸次高,自然流出。"盖深得之。

晋司空张华⁽¹⁾诗①

其源出于王粲。其体华艳,②⁽²⁾兴托不奇。⁽³⁾巧用文字,务为妍合。⁽¹⁾⁽⁴⁾[1]虽名高曩代,而疏亮之士,犹恨其儿女情多,风云气少。③⁽⁵⁾谢康乐云:"张公虽复千篇,一⁽²⁾体耳。④⁽⁶⁾[2]"今置之中品疑弱,处之下科恨少,在季、孟之间矣。⑤

【古笺】

①《晋书》曰:"张华,字茂先,范阳方城人。仕至司空。赵王伦将篡,称诏害之。"

②《晋书》本传曰:"辞藻温丽。""华艳"、"温丽",其评略同。

③《世说·排调》篇:"头责秦子羽曰:'子曾不如范阳张华,淹伊多姿态。'"注引《文士传》曰:"华为人少威仪,多姿态。"案:此虽讥其为人,然与文"务妍冶","儿女情多",实相表里也。

④案:陆云《与兄平原书》曰:"张公箴诔,自过五言诗耳。"亦不满茂先诗也。

⑤《史记·孔子世家》:"景公曰:'奉子以季氏,吾不能。以季、孟之间待之。'"孔安国曰:"鲁三家,季氏为上卿,最贵;孟氏为下卿,不用事。言待之以二者之间也。"

---

[1] "妍合",古氏《诗品笺》作"妍冶"。
[2] "一体耳",古氏《诗品笺》作"犹一体耳"。

【许校】

〔1〕明钞本作"冶"字。

〔2〕明钞本"一"上有"犹"字。

【许疏】

(1)《晋书》三十六:"张华,字茂先,范阳方城人也。学业优博,辞藻温丽。拜黄门侍郎、中书令,加散骑常侍,代下邳王晃为司空。著《博物志》十篇及文章,并行于世。"《隋志》:"晋司空张华集十卷,录一卷。"

(2)按:仲伟评士衡诗,"其源出于陈思",而"文劣于仲宣"。刘熙载《诗概》云:"仲宣情胜,得陈思之一体。""情"即谓"文",系互词。盖仲宣、士衡皆有得于陈思之文。仲伟此云茂先诗"源出王粲",当亦言其文耳。故此称"其体华艳",与上称士衡"举体华美",意正相同。近人刘师培云:"晋代之诗,张华与士衡体近。"其言洵是。王船山云:"张公始为轻俊,以洒子建、仲宣之朴涩。"然则茂先虽源出魏人,而自是晋倡,非袭古不变者也。

(3)《诗谱》评之云:"气清虚,思颇率。"《古诗归》卷八云:"张茂先诗有何首高妙动人处?《答何劭》诗、《杂诗》已被选而复汰之,味不足也。"《诗源辩体》卷五亦云:"茂先五言,如'居欢惜夜促,在戚怨宵长'、'道长苦智短,责重困才轻',则伤于拙矣。"

(4)《文心雕龙·时序》云:"茂先摇笔而散珠。"亦言其文字之"妍冶"也。《诗源辩体》云:"茂先如'朱火清无光,兰膏坐自凝'、'佳人处遐远,兰室无容光'、'巢居知风寒,穴处识阴雨。不曾远别离,安知慕俦侣'等句,其情甚丽。"

(5)按:茂先情丽,殊见虚思清气。大抵时代推迁,渐致浅绮,其势然也。元遗山《论诗》云:"风云若恨张华少,温李新声奈尔何?"有江河日下之感矣!

(6)《诗源辩体》卷五云:"张茂先五言得风人之致,题曰《杂诗》、《情诗》,体固应尔。或疑其调弱,非也。观其《答何劭》二作,其调自别矣。

但格意终少变化,故昭明不多录耳。谢康乐云:'张公虽复千篇,犹一体也。'语虽或过,亦自有见。"《野鸿诗的》云:"茂先失于气馁而不健,然其雍和温雅,中规中矩,颇有儒者气象。《情诗》、《杂诗》等篇,不免康乐'千篇一体'之讥。馀若《厉志》诸什,断不可一概掩之。"陈祚明曰:"张司空范古为趋,声情秀逸,盖步趋绳墨之内者,未可以'千篇一体'少之。"三说皆不以康乐所云为非,特最后一说毫不着贬意耳。

魏尚书何晏、晋冯翊守孙楚、
晋著作郎王瓒、晋司徒掾
张翰、晋中书令潘尼诗

平叔"鸿鹄"〔1〕之篇，风规见矣。子荆"零雨"之外，正长"朔风"之后，虽有累札，良亦无闻。〔7〕季鹰"黄华"之唱，正叔"绿蘩"之章，虽不具美，而文彩高丽。并得虬龙片甲，凤凰一毛。事同驳圣，宜居中品。

【古笺】

①《文选》注引《典略》曰："何晏，字平叔，南阳人。仕至尚书，为司马宣王所诛。"

②《晋书》曰："孙楚，字子荆，太原中都人。惠帝初，为冯翊太守，卒。"

③《文选》注引臧荣绪《晋书》曰："王瓒，字正长，义阳人。辟司空掾，历散骑侍郎，卒。"案：《隋志》："散骑侍郎王讚集五卷。"字作"讚"，与《诗品》合。[1]

④《晋书》曰："张翰，字季鹰，吴郡吴人。齐王冏辟为大司马东曹掾。见秋风起，思吴中菰菜、莼羹、鲈鱼脍，遂命驾而归。"案：《隋志》："大司马东曹掾张翰集二卷。"与本传同。仲伟云"司徒掾"，疑误。

---

[1] 古氏《诗品笺》正文标题作"晋著作王讚"。

⑤《晋书》曰："潘尼,字正叔。与岳俱以文章见知。历黄门侍郎、侍中、中书令,迁太常卿,卒。"

⑥《世说·规箴》篇注引《名士传》曰："是时曹爽辅政,识者虑有危机。晏有重名,与魏姻戚,内虽怀忧,而无复退也。著五言诗以言志,曰:'鸿鹄比翼游,群飞戏太清。常畏失网罗,忧祸一旦并。岂若集五湖,从流唼浮萍。永宁旷中怀,何为忧惕惊?'"

⑦ 孙楚《征西官属送于陟阳候作》诗曰:"晨风飘歧路,零雨被秋草。"

⑧ 王讚《杂诗》曰:"朔风动秋草,边马有归心。"《宋书·谢灵运传论》曰:"子荆'零雨'之章,正长'朔风'之句,并直举胸情,非傍诗史。"

⑨ 张翰《杂诗》曰:"青条若总翠,黄华如散金。"潘尼《迎大驾》诗曰:"青松荫修岭,绿繁被广隰。"《文心雕龙·才略》篇曰:"季鹰辨切于短韵。"

【许校】

〔1〕明钞本作"雁"字。

【许疏】

(1)《魏志·曹真传》:"晏,何进孙也。母尹氏,为太祖夫人。晏少以才秀知名,好《老》、《庄》言,作《道德论》及诸文赋著述凡数十篇。"《隋志》:"魏尚书何晏集十一卷。梁十卷,录一卷。"

(2)《晋书》五十六:"孙楚,字子荆,太原中都人也。才藻卓绝,爽迈不群。惠帝初,为冯翊太守。"《隋志》:"晋冯翊太守孙楚集六卷。梁十二卷,录一卷。"

(3)《文选》注引臧荣绪《晋书》:"王瓒,字正长,义阳人。辟司空掾,历散骑侍郎,卒。"《隋志》:"梁有散骑侍郎王瓒集五卷,亡。"[1]

(4)《晋书》九十二《文苑传》:"张翰,字季鹰,吴郡吴人也。有清才,善属文。其文笔数十篇,行于世。"《隋志》:"梁有大司马东曹掾张翰集二

------

〔1〕"王瓒",《隋书·经籍志》原作"王讚"。

卷,录一卷。"

(5)《晋书》五十五:"潘尼,字正叔。少有清才,与岳俱以文章见知。永兴末,为中书令。"《隋志》:"晋太常卿潘尼集十卷。"

(6) 何晏《拟古》诗首句即"鸿鹄比翼游",故以称篇。其诗云:"常恐失网罗,忧祸一旦并。"盖有讽时自规之意。陈祚明《评选》云:"非不自知,[1]而不自克,悲哉!"

(7) 按:孙楚《征西官属送于陟阳侯作》诗有"零雨被秋草"之句,王赞《杂诗》有"朔风动秋草"之句。《过庭诗话》云:"孙楚'晨风飘歧路'、王赞'朔风动秋草',自陈思诗'惊风飘白日'来,而陈思乃得之《楚辞·悲回风》也。"而沈休文则云:"子荆'零雨'之章,正长'朔风'之句,并直举胸情,非傍诗史,正以音律调韵,[2]取高前式。"然则仲伟所谓"累札无闻"者,即言子荆、正长他诗坐少此种,并非谓他诗皆不佳也。方东树喜立异说,至谓"零雨"、"朔风"并非佳制,其《昭昧詹言》卷一云:"正长'朔风',原本《风》《雅》,韵律似《十九首》,然无甚警妙。若子荆'零雨',非所知也。姚先生云:'子荆以丧妻而归,故其词云尔。'余谓即如是,而篇中无一言交代明白,'三命'十句,与起处词意全不相贯接,何足取乎?"

(8) 按:张翰《杂诗》有"黄华如散金"之句,潘尼《迎大驾》有"绿蘩被广隰"之句。"唱"、"章"互文。

(9) 郑文焯云:"'驳圣'可对'杂霸',并新语之妙伦。"

---

[1] "自知",《采菽堂古诗选》原作"知之"。
[2] "调韵",原脱漏,据《宋书·谢灵运传论》补。

86

魏侍中应璩⁽¹⁾诗^①

　　祖袭魏文。⁽²⁾善为古语，⁽³⁾指事殷勤，⁽⁴⁾雅意深笃，得诗人激刺之旨。^{②(5)}至于"济济今日所"，⁽⁶⁾华靡可讽味焉。^{③(7)}

【古笺】
　　①《魏志·王粲传》："汝南应玚，字德琏。玚弟璩，官至侍中。"注引《文章叙录》曰："璩字休琏。"
　　②《文选》注引张方贤《楚国先贤传》曰："应休琏作百一篇诗，讥切时事。"李充《翰林论》曰："应休琏五言诗百数十篇，以风规治道，盖有诗人之旨焉。"《文心雕龙·明诗》篇曰："若乃应璩《百一》，独立不惧，辞谲义贞，亦魏之遗直也。"并与仲伟之说相发。
　　③案：休琏诗，除《文选》所录一首外，诸书所载尚有四首，而"济济今日所"句俄空焉。《隋志·总集》有"应贞注应璩《百一诗》八卷"。

【许疏】
　　(1)《魏志·王粲传》："玚弟璩，以文章显，官至侍中。"注引《文章叙录》曰："璩字休琏，博学，好属文，善为书记文。明帝世，历官散骑常侍。齐王即位，稍迁侍中。大将军长史曹爽秉政，多违法度，璩为诗以讽焉。其言虽颇谐合，多切时要，世共传之。复为侍中，典著作。嘉平四年卒，追赠卫尉。"《隋志》："魏卫尉卿应璩集十卷。梁有录一卷。"
　　(2)按：魏世群才，诗多五言，竞摹互赏，本成风气。《文心雕龙·明诗》曰:"建安之初,五言腾踊。文帝、陈思,纵辔以骋节;王、徐、应、刘,望路而争驱。慷慨以任气,磊落以使才。造怀指事,不求纤密之巧;驱辞逐貌,惟取昭晰之能,此其所同也。"然则仲伟评文帝"对扬厥弟","颇有仲宣之体";评王粲"方陈思不足,比魏文有馀";评刘桢次于陈思;此又评应璩"祖袭魏文",因类似以相较,仍同彦和之旨;因相较分高下,则存抑扬之意。谢山人妄议"一脉不同",直未思《文心》之言,亦昧于建安以下之风尚矣。至璩诗与魏文有似,尤易言之。如陈祚明评璩《百一诗》"年命在桑榆"章云:"此自质切。"成书评:"此诗有所为而言,不妨直质。"皆与仲伟评魏文"鄙质"(或本作"直"字)之言相合。再如璩《杂诗》纯用古事,此与魏文《煌煌京雒行》、《折杨柳行》议论故事者尤近。徐昌毂《谈艺录》谓璩诗"微伤于媚",与仲伟评魏文"美赡可玩",更觉同脉。

(3)《诗源辩体》卷四论云:"应璩《百一诗》则犹近拙朴。"《诗薮》外编卷一云:"如'下流不可处,君子慎厥初'、'所占于此土,是为仁智居',皆拙朴语。"按:《齐书·文学传论》所言"三体",其次一体,所谓"全借古语,用申今情",即举"应璩指事"为例。盖加以事义,故其诗不得奇。

(4)按:《齐书·文学传论》亦称:"应璩指事。"成书《古诗存》评璩《杂诗》云:"纯用古事,笔力足以运之,故佳。"

(5)《文心雕龙·明诗》曰:"应璩《百一》,独立不惧,辞谲义贞,亦魏之遗直也。"黄庭鹄《古诗冶》评《百一诗》"下流不可处"云:"本讥朝士,而借己以讽,亦微而婉矣。"

(6)闻黄季刚先生有云:"应之'济济今日所'是其诗佚句,刻有讹字。"今案:"济济今日所"恐系应诗首句,亦如嵇康《答二郭》开句"天下悠悠者"之比。黄氏岂疑"所"字有讹?查汉京固用之甚多,不容再疑。如《散乐俳歌辞》"呼俳噏所"、《郑白渠歌》"田于何所",用法与应此句正同。

(7)按:"华靡"即陶潜品中所谓"风华清靡",特用字有衍省耳。仲伟以潜诗原出于璩,故评语亦同。

晋清河守陆云、①⁽¹⁾晋侍中石崇、②⁽²⁾晋襄城太守曹摅、③⁽³⁾晋朗陵公何劭⁽⁴⁾诗④

　　清河之方平原，殆如陈思之匹白马。⑤于其哲昆，故称二陆。⁽⁵⁾季伦、颜远，并有英篇。⑥⁽⁶⁾笃而论之，朗陵为最。⁽⁷⁾

【古笺】

　　①《晋书》曰："陆云，字士龙。成都王颖表为清河内史。机被收，并收云。"

　　②《晋书》曰："石崇，字季伦，渤海南皮人。累迁侍中、卫尉，为赵王伦所诛。"

　　③《晋书》曰："曹摅，字颜远，谯国谯人。惠帝末，为襄城太守，后为征南司马。与流人王逌战，死之。"

　　④《晋书》曰："何劭，字敬祖，陈国阳夏人。累迁尚书左仆射。薨，赠司徒。"案：劭父曾封朗陵公，劭袭其爵也。

　　⑤《北堂书钞》引《抱朴子》佚篇曰："吾见二陆之文，犹玄圃积玉，无非夜光。他人方之，若江汉之于横污。及其精处，妙绝汉魏之人也。"案：葛洪之评，无所轩轾。不如刘彦和云："陆机才欲窥深，辞务索广，故思能入巧，而不制繁。士龙朗练，以识检乱，故能布采鲜净，敏于短篇。"为笃论也。

　　⑥《文心雕龙·才略》篇曰："曹摅清靡于长篇。"

【许疏】

(1)《晋书》五十四:"陆云,字士龙。六岁能属文,与兄机齐名,虽文章不及,而持论过之。成都王颖表为清河内史。所著文章三百四十九篇,又撰《新书》十篇,并行于世。"《隋志》:"晋清河太守陆云集十二卷。梁十卷,录一卷。"

(2)《晋书》三十三:"石崇,字季伦,渤海南皮人也。少敏惠,好学不倦。拜黄门郎,累迁散骑常侍、侍中。"《隋志》:"晋卫尉卿石崇集六卷。梁有录一卷。"

(3)《晋书》九十《良吏传》:"曹摅,字颜远,谯国谯人也。好学,善属文。惠帝末,为襄城太守。永嘉二年,为征南司马。"《隋志》:"梁有征南司马曹摅集三卷,录一卷。"

(4)《晋书》三十三:"何劭,字敬祖,陈国阳夏人也。博学,善属文。赵王伦篡位,以劭为太宰。所撰荀粲、王弼传及诸奏议文章,并行于世。永宁元年,薨,赠司徒,谥曰康子。"按:劭父曾封朗陵侯,劭嗣爵,故亦称朗陵公也。《隋志》:"梁有太宰何劭集一卷,录一卷。"

(5)按:仲伟下卷评陈思与白马答赠,如"以莛扣钟";清河与平原亦不乏往复之什,其品恐未至如是悬远,故云"殆如",乃大约言之耳。至当时二陆并称,自因兄弟关系,不必才堪齐等也。

(6)石崇之作,如《王明君辞》,徘徊哀怨。曹摅如《感旧》诗,亦有名言。摅又有《赠石崇》诗,宛转入情。

(7)按:本书所评止于五言,清河长于四言,盖非其选。又仲伟不贵用事,以警策为高,则季伦、颜远似均有不及朗陵之清隽欤?朗陵诗如《赠张华》云:"暮春忽复来,和风与节俱。俯临清泉涌,仰观嘉木敷。"读之状溢目前,此仲伟所以深许之也。

晋太尉刘琨、①(1)晋中郎卢谌(2)诗②

其源出于王粲。③(3)善为凄戾之词，自有清拔之气。(4)琨既体良才，又罹厄运，④故善叙丧乱，多感恨之词。(5)中郎仰之，⑤微不逮者矣。⑥(6)

【古笺】

①《晋书》曰："刘琨，字越石，中山魏昌人。永嘉元年，为并州刺史。愍帝即位，拜大将军、司空，都督并、冀、幽诸军事。元帝称制，转琨侍中、太尉。后为段匹磾缢杀。"

②《晋书》曰："卢谌，字子谅，范阳涿人。为刘琨司空主簿，转从事中郎。流离世故，终随冉闵军，于襄国遇害。"

③案：仲宣亦遭乱流离，故《七哀》诸诗凄怆特甚。仲伟谓"源出王粲"，当指此也。

④案：琨《答卢谌》诗曰："厄运初遘，阳爻在六。"

⑤《论语》曰："仰之弥高。"

⑥案：《晋书》曰："琨为匹磾所拘，自知必死，为五言诗赠其别驾卢谌。琨诗托意非常，摅畅幽愤，远想张、陈，感鸿门、白登之事，用以激谌。谌素无奇略，以常词酬和，殊乖琨心。"《文心雕龙·才略》篇曰："刘琨雅壮而多讽，卢谌情发而理昭，亦遇之于时势也。""雅壮"、"清拔"，其评略同。

【许疏】

(1)《晋书》六十二:"刘琨,字越石,中山魏昌人。少得儁朗之目,文咏颇为当时所许。"《隋志》:"晋太尉刘琨集九卷。梁十卷。刘琨别集十二卷。"《渔洋诗话》曰:"刘琨宜在上品。"案:琨、谌自系连及,亦犹下卷殷、谢之比。曰"谌不逮",曰"殷不竞",其义已见。

(2)《晋书》四十四:"卢谌,字子谅,范阳涿人也。好老、庄,善属文。元帝之初,征为散骑中书侍郎,而为末波所留,遂不得南渡。撰《祭法》,注《庄子》,及文集,皆行于世。"《隋志》:"晋司空从事中郎卢谌集十卷。梁有录一卷。"

(3)按:仲宣流客,慷慨有怀,论其处境,越石、子谅或有足拟,故诗并愀怆凄戾耳。仲伟述源,大致在此。必分别之,则仲宣文秀,当与越石不同。刘熙载曰:"钟嵘谓越石诗出于王粲,以格言耳。"盖不可尽以藻词求之也。

(4)《文心雕龙·才略》:"刘琨雅壮而多风,卢谌情发而理昭,亦遇之于时势也。"刘熙载曰:"兼悲壮者,其惟刘越石乎?"

(5)陈祚明曰:"越石英雄失路,满衷悲愤,即是佳诗。随笔倾吐,如金箭成器,本擅商声,顺风而吹,嘹飘凄戾,足使枥马仰喷,城乌俯咽。"按:如《重赠卢谌》云:"功业未及见,夕阳从西流。时哉不我与,去矣若云浮。朱实陨劲风,繁英落素秋。狭路倾华盖,骇驷摧双辀。何意百炼刚,化为绕指柔。"其感恨最深。

(6)按:卢谌《赠刘琨》二十章,其书中亦自谓:"贡诗一篇,不足以揄扬弘美,亦以摅其所抱而已。"

晋弘农太守郭璞⁽¹⁾诗^①

宪章潘岳。文体相辉,彪炳可玩。始变永嘉平淡之体,^②故称中兴第一。^③《翰林》⁽¹⁾以为诗首。^④但《游仙》之作,辞多慷慨,乖远玄宗。⁽²⁾而云"奈何虎豹姿",又云"戢翼栖榛梗",^⑤乃是坎壈咏怀,^⑥非列仙之趣也。^{⑦(3)}

【古笺】

① 《晋书》曰:"郭璞,字景纯,河东闻喜人。王敦起,璞为记室参军。敦将举兵,使璞筮。璞曰:'无成。'敦怒,收斩之。敦平,追赠弘农太守。"

② 《南齐书·文学传论》曰:"江左风味,盛道家之言,郭璞举其灵变。"《文心雕龙·明诗》篇曰:"江左篇制,溺乎玄风。袁、孙以下,虽各有雕采,然辞趣一揆,莫与争雄,所以景纯仙篇,挺拔而为俊矣。"所论并同仲伟。

③ 《文心雕龙·才略》篇曰:"景纯艳逸,足冠中兴。"《晋书》曰:"璞词赋为中兴之冠。"

④ "《翰林》",谓李充《翰林论》也。但"诗首"之论,今不得详。

⑤ 案:二句今不传。

⑥ 案:《文选·游仙诗》第四首末云:"愧无鲁阳德,回日向三舍。临川哀年迈,抚心独悲咤。""坎壈咏怀",意尤显矣。

⑦ 案:"乖远玄宗","非列仙之趣",言其名虽"游仙",实则"咏怀",非贬辞也。乃李善不寤,而有"见非前识"之言。沈归愚、陈沆亦遂集矢

仲伟,以为谬妄。然沈氏曰:"《游仙诗》本有托而言,坎壈咏怀,其本旨也。"陈氏曰:"'六龙安可顿'一首,直举胸臆,慷慨如斯。"其说皆本之仲伟,而反操矛入室,何哉?

【许校】

〔1〕明钞本无"林"字。

【许疏】

(1)《晋书》七十二:"郭璞,字景纯,河东闻喜人也。博学有高才,而讷于言论。词赋为中兴之冠,所作诗赋诔颂数万言。"《隋志》:"晋弘农太守郭璞集十七卷。梁十卷,录一卷。"《渔洋诗话》曰:"郭璞宜在上品。"案:李善谓"璞之制,文多自叙",未能"餐霞倒景","锱铢尘网",〔1〕其言或与记室品意有符。

(2)按:永嘉以还,为诗"理过其辞",江表诸公,"诗皆平典似《道德论》"。故潘岳、郭璞起而变革其体,中兴之功,不可没也。其时之人,如谢益寿大变太元之气〔2〕,而以"轻华"尊潘,谓其"烂若舒锦,无处不佳",此与仲伟评郭"用儁上之才","文体相辉,彪炳可玩"者,义极一致。《文心雕龙·才略》云:"景纯艳逸,足冠中兴。"其亦由于宪章安仁欤?

(3)刘熙载《艺概》云:"郭景纯亮节之士,《游仙诗》假栖遁之言,而激烈悲愤,自在言外。"许学夷曰:"愚按:景纯《游仙》中虽杂坎壈之语,至如'放情凌霄外,嚼蕊挹飞泉'、'神仙排云出,但见金银台'、'升降随长烟,飘飘戏九垓'、'鲜裳逐电曜,云盖随风回'等句,则亦称工矣。"陈祚明曰:"景纯本以仙姿游于方内,其超越恒情,乃在造语奇杰,非关命意。《游仙》之作,明属寄托之词。如以'列仙之趣'求之,非其本旨矣。"方东树曰:"景纯此诗,正道其本事。锺记室乃讥之,误也。"郑文焯曰:"湘绮

---

〔1〕"锱铢尘网",李善《文选注》原作"滓秽尘网,锱铢缨绂。"
〔2〕"太元",原误作"太玄",许氏所言当本自沈约《宋书·谢灵运传论》所云"叔源大变太元之气",因据改。

翁论璞《游仙诗》举典繁富,言之有物,盖托咏当时宫中之事,喻以列仙之
游,义多讽叹。而此谓坎壈自悲,未为得也。"案:昭明所选,亦未及"戢
翼栖榛梗"一篇,则仲伟所云,或为当时之通论也。

晋吏部郎袁宏⁽¹⁾诗^①

彦伯《咏史》,⁽²⁾虽文体未遒,而鲜明紧健,去凡俗远矣。^{②(3)}

【古笺】

①《晋书》曰:"袁宏,字彦伯,侍中猷之孙也。谢尚引为参军,累迁大司马桓温记室。后自吏部郎出为东阳郡。太元初,卒于东阳。"

②《世说·文学》篇曰:"袁虎少贫,尝为人佣载运租。谢镇西经船行,其夜清风朗月,闻江渚间估客船上有咏诗声,甚有情致。所诵五言,又其所未尝闻,叹美不能已。即遣委曲讯问,乃是袁自咏其所作《咏史》诗。因此相要,大相赏得。"刘孝标注:"虎,袁宏小字也。"注又引《续晋阳秋》曰:"虎少有逸才,文章绝丽。曾为《咏史》诗,是其风情所寄。"

【许疏】

(1)《晋书》九十二《文苑传》:"袁宏,字彦伯。有逸才,文章绝美。撰《后汉纪》三十卷,及《竹林名士传》三卷,诗赋诔表等杂文凡三百首,传于世。"《隋志》:"晋东阳太守袁宏集十五卷。梁二十卷,录一卷。"

(2)黄庭鹄注曰:"袁虎(宏小字)少孤贫,为人运租。谢尚镇牛渚,秋月,乘月率尔泛江,闻估客船上咏诗声,甚有情致,讯问,大相赏得,引宏参其军事。"《诗纪·别集》四引《续晋阳秋》曰:"虎少有逸才,文章绝丽。曾为《咏史》诗,其风情所寄。在运租船中讽咏,声既清会,辞亦藻拔，即《咏史》之作也。"

　　（3）按：彦伯《咏史》二首，谭元春评前首云："好眼好识，看断今古。"王船山则云："犹未免以论断争雄。"船山又评后首云："先布意深，后序事蕴藉。咏史高唱，无如此矣。"《文心雕龙·才略》云："袁宏发轸以高骧，故卓出而多偏。"亦即仲伟之旨。

晋处士郭泰机、[①](1)晋常侍顾恺之、[②](2)宋谢世基、[③](3)宋参军顾迈、[④](4)宋参军戴凯[(5)]诗[⑤]

泰机"寒女"之制,孤怨宜恨。[⑥](6)长康能以二韵答四首之美。[⑦](7)世基"横海",[⑧](8)顾迈"鸿飞"。[⑨](9)戴凯人实贫羸,而才章富健。[⑩]观此五子,文虽不多,气调警拔。吾许其进,则鲍照、江淹未足逮止。越居中品,佥曰宜哉。

【古笺】

①《文选》注引《傅咸集》曰:"河南郭泰机,寒素后门之士。不知余无能为益,以诗见激切,可施用之才,而况沉沦不能自拔于世。余虽心知之,而未如之何。此屈非复文辞可了,故直戏以答其诗云。"案:咸答诗今不传。

②《晋书》曰:"顾恺之,字长康,晋陵无锡人。义熙中,为散骑常侍。俗传恺之有三绝:才绝、痴绝、画绝。"

③《宋书·谢晦传》曰:"兄子世基,有才气。"

④案:《隋志》"宋王微集"下注云:"梁又有宋征北行参军顾迈集二十卷,亡。"馀无考。

⑤案:戴凯无考。《隋志》"宋汤惠休集"下注云:"梁又有戴凯之集六卷。亡。""戴凯"或即"凯之"而夺一字,未可知也。

⑥《文选》郭泰机《答傅咸》诗曰:"皦皦白素丝,织为寒女衣。"

⑦案:《艺文类聚》引顾恺之《神情》诗曰:"春水满四泽,夏云多奇

峰。秋月扬明辉,冬岭秀孤松。"仲伟谓"能以二韵答四首之美"者,或即指此。《世说·言语》篇曰:"顾长康拜桓宣武墓,作诗云:'山崩溟海竭,鱼鸟将何依?'"又《文学》篇注引《续晋阳秋》曰:"恺之为散骑常侍,与谢瞻连省,夜于月下长咏。自云得先贤风制,瞻每遥赞之。恺之得此,弥自力忘倦。"则恺之于诗亦甚自负矣。

⑧《宋书·谢晦传》:"世基临死,为连句诗曰:'伟哉横海鳞,壮矣垂天翼。一旦失风水,翻为蝼蚁食。'晦续之曰:'功遂侔昔人,退保无智力。已涉大行险,斯路信难陟。'"

⑨迈诗不传。

⑩凯诗不传。

【许疏】

(1)傅咸集有《答郭》诗,其序曰:"河南郭泰机,寒素后门之士。不知余无能为益,以诗见激切,可施用之才,而况沉沦不能自拔于世。余虽心知之,而未如之何。此屈非复文辞可了,故直戏以答其诗云。"

(2)《晋书》九十二《文苑传》:"顾恺之,字长康,晋陵无锡人也。博学有才气,所著文集及《启矇记》行于世。"《隋志》:"晋通直常侍顾恺之集七卷。梁二十卷。"

(3)《宋书》卷四十四:"谢晦兄绚,高祖镇军长史,早卒。世基,绚之子也,有才气。"

(4)《隋志》:"梁有征北行参军顾迈集二十卷。"

(5)《隋志》:"梁有戴凯之集六卷,亡。"

(6)按:郭泰机《答傅咸》(张玉毅曰:"按傅诗及序,则此乃赠傅,非答傅也,题误。")有"寒女虽巧妙,不得秉杼机。衣工秉刀尺,弃我忽如遗"之句。陈祚明评其诗曰:"郊、岛用意,不能过之。"然则仲伟所谓"孤怨宜恨",盖言其工也。

(7)案:其义未闻。《诗纪·别集》四引《历代吟谱》云:"顾长康拜桓温墓,赋诗曰:'山崩溟海竭,鱼鸟将何依?'画嵇康诗曰:'手挥五弦易,目送归鸿难。'"日本遍照金刚《文镜秘府论·论病》引长康诗"山崩"二句，以为"讳病"。

（8）按：世基将刑，为连句诗，开句曰："伟哉横海鳞。"故仲伟称之。

（9）"鸿飞"，应是顾迈逸句。

宋徵士①陶潜⑴诗②

其源出于应璩，③又协左思风力。⑵文体省静，殆无长语。⑶笃意真古，⑷辞兴婉惬。④每观其文，想其人德。世叹⑴其质直。⑸至如"欢言酌春酒"、⑤⑹"日暮天无云"，⑥⑺风华清靡，⑻岂直为田家语耶？⑦古今隐逸诗人之宗也。⑧⑼

【古笺】

① 案：颜延之诔云："有晋徵士陶渊明。"仲伟误也。

②《宋书》曰："陶潜，字渊明，或云渊明，字元亮，寻阳柴桑人。为彭泽令，去职，赋《归去来》。义熙末，徵著作佐郎，不就。卒。"案：《太平御览》五百八十六："锺嵘《诗评》曰：古诗、李陵、班婕妤、曹植、刘桢、王粲、阮籍、陆机、潘岳、张协、左思、谢灵运、陶潜十二人，诗皆上品。"据此则陶公本在上品，今传《诗品》列之中品，乃后人窜乱之本也。

③ 直案：此说最为后世非议，然璩世以文学显，冰生于水而寒于水，陶诗何渠不能出璩？考璩诗以讥切时事、风规治道为长，陶诗亦多讽刺，故昭明序云："语时事则指而可想。""源出于璩"，殆指此耳。

④ 案：仲伟所见，略同昭明。"文体省静"，即昭明所云"词采精拔"；"笃意真古"，即昭明所云"怀抱旷真"；"辞兴婉惬"，即昭明所云"抑扬爽朗"；"风力"，即"干青云而直上"之谓也；"风华"，即"横素波而旁流"之谓也。

⑤《读山海经》诗句。

⑥《拟古》诗句。

⑦　案：此举例以辟世人"质直"之说也。

⑧　案：六朝人如鲍照、江淹、梁昭明、梁简文、阳休之等，均好陶诗。陶公固不仅为"古今隐逸诗人之宗"，然古今隐逸诗人则未有不宗陶公者。仲伟之言，未为失也。

【许校】

〔1〕明钞本作"难"字。

【许疏】

（1）《晋书》九十四《隐逸传》："陶潜，字元亮，大司马侃之曾孙也。博学，善属文，所有文集并行于世。"《宋书》九十三《隐逸传》："陶潜，字渊明，或云渊明，字元亮，寻阳柴桑人也。自以曾祖晋世宰辅（曾祖侃，晋大司马），耻复屈身后代。自高祖王业渐隆，不复肯仕。所著文章皆题其年月，义熙以前，则书晋氏年号；自永初以来，唯云甲子而已。元嘉四年卒，时年六十三。"《隋志》："宋徵士陶潜集九卷。梁五卷，录一卷。"《渔洋诗话》曰："陶潜宜在上品。"案：本品所次，历受人议，实则记室绝无源下流上之例，故应、陶终同卷也。又《文选》收陶诗独少，则时议亦有所限云。《太平御览》刊上品末一人，虽陶潜名，显系后人添入。果属原有，何至次谢灵运下？适形其风尚陶诗，为宋人之见而已。

（2）《石林诗话》卷下曰："锺嵘论陶渊明，乃以为出于应璩，此语不知其所据。应璩诗不多见，惟《文选》载其《百一》诗一篇，所谓'下流不可处，君子慎厥初'者，与陶诗了不相类。五臣注引《文章录》云：'曹爽用事，多违法度。璩作此诗以刺在位，意若百分有补于一者。'渊明正以脱略世故、超然物外为意，顾区区在位者，何足累其心哉？且此老何尝有意欲以诗自名，而追取一人而模放之？此乃当时文士与世进取竞进而争长者所为，何期此老之浅，盖嵘之陋也。"《诗源辩体》卷六曰："锺嵘谓渊明诗，'其源出于应璩，又协左思风力'，叶少蕴尝辩之矣。愚按：太冲诗浑朴,与靖节略相类。又太冲常用鱼、虞二韵(鱼、虞古为一韵),靖节亦常用之,其声气又相类。应璩有《百一诗》,亦用此韵,中有云:'前者隳官去,有人适我闾。田家无所有,酌酒燊枯鱼。'又《三叟》诗简朴无文,中具问答,亦与靖节口语相近。嵘盖得之于骊黄间耳。"王船山评陶诗《拟古》"迢迢百尺楼"篇云:"此真《百一诗》中杰作。钟嵘一品,千秋论定矣。"又今人游国恩君举左思《杂诗》、《咏史》与渊明《拟古》、《咏荆轲》相比,以为左之胸次高旷,笔力雄迈,与陶之音节苍凉激越、辞句挥洒自如者,同其风力。此论甚是。

　　(3)《遯斋闲览》引王荆公曰:"如'结庐在人境,而无车马喧。问君何能尔? 心远地自偏',由诗人以来,无此句也。然则渊明趋向不群,词彩精拔(萧统《陶靖节集序》中语),晋、宋之间,一人而已。"元好问论渊明诗云:"豪华落尽见真淳。"

　　(4)元好问论渊明诗云:"南窗白日羲皇上,未害渊明是晋人。"

　　(5)陈后山曰:"陶渊明之诗,切于事情,但不文耳。"《沧浪诗话》云:"渊明之诗,质而自然。"

　　(6)《读山海经》之句。

　　(7)《拟古》之句。王船山《薑斋诗话》卷下曰:"'日暮天无云,春风散微和',想见陶令当时胸次,岂夹杂铅汞人能作此语。程子谓见濂溪,一月坐春风中。非程子不能知濂溪如此,非陶令不能自知如此也。"

　　(8)按:仲伟评应璩诗,用"华靡"二字;此衍言之,则曰"风华清靡"耳。

　　(9)《诗纪·别集》四引阳休之曰:"余览陶潜之文,辞采虽未优,而往往有奇绝异语,放逸之致,栖托仍高。"《薑斋诗话》又曰:"钟嵘谓陶令为'隐逸诗人之宗',亦以其量不宏而气不胜,下此者可知已。"而黄文焕则谓:"钟嵘以'隐逸'蔽陶,陶不得见也。析之以忧时念乱,思扶晋衰,思抗晋禅,经济热肠,语藏本末,涌若海立,屹若剑飞,斯陶之心胆出矣。"则尤有见于陶诗《咏荆轲》、《述酒》诸首之微旨,而非徒论其诗之风格也。

宋光禄大夫颜延之⁽¹⁾诗^①

其源出于陆机。⁽²⁾尚巧似,体裁绮密,情喻渊深,^②动无虚散,^③一句一字,皆致意焉。⁽³⁾又喜用古事,⁽⁴⁾弥见拘束。虽乖秀逸,是经纶文雅才。雅才减若人,则蹈于困踬矣。汤惠休曰:"谢诗如芙蓉出水,⁽⁵⁾颜如错彩镂金。"⁽⁶⁾颜终身病之。^④

【古笺】

①《宋书》曰:"颜延之,字延年,琅琊人。与陈郡谢灵运俱以词彩齐名。卒,赠散骑常侍,金紫光禄大夫如故。"

②《宋书·谢灵运传》曰:"纵横俊发,过于延之,深密则不如也。"又《传论》曰:"延年之体裁明密。"

③"散",谓散句也。延年诗非对不发,故云。

④《南史》曰:"延之尝问鲍照己与灵运优劣,照曰:'谢五言如初发芙蓉,自然可爱;君诗若铺锦列绣,亦雕绘满眼。'"惠休之说与此大同,岂照有是语而惠休袭之邪?《南史》又曰:"延之每薄惠休制作为委巷中歌谣。"汤之讥评虽切,殆亦因此而发。

【许疏】

(1)《宋书》九十三:"颜延之,字延年,琅琊临沂人也。少孤贫,居负郭,室巷甚陋。好读书,无所不览。文章之美,冠绝当时。孝建三年卒,时年七十三。追赠散骑常侍,特进金紫光禄大夫如故,谥曰宪子。延之与陈郡谢灵运俱以词采齐名,自潘岳、陆机之后,文士莫及也,江左称颜、谢焉。所著并传于世。"《隋志》:"宋特进颜延之集二十五卷。梁三十卷。又有颜延之逸集一卷,亡。"

(2)按:仲伟评士衡诗云:"才高辞赡,举体华美。"而成书《古诗存》评延年诗亦云:"力厚思深,吐属华赡。"此一同也。仲伟又评士衡诗"尚规矩",而王船山却评延年诗"立法自缚",此二同也。统以观之,颜源于陆,信哉!

(3)按:《文心雕龙·才略》篇曰:"陆机才欲窥深,辞务索广,故思能入巧,而不制繁。"与仲伟此评延年数语亦颇近。《宋书·谢灵运传论》云:"延年之体裁明密。"陈祚明《评选》曰:"延年束于时尚,填缀求工。《曲阿后湖》之篇,诚擅密藻,其它繁拶之作,间多滞响。"按:"虚"指"意浮"。仲伟《序》云:"意浮则文散,嬉成流移,文无止泊。"延年体密,故无是病也。

(4)张戒《岁寒堂诗话》卷上曰:"诗以用事为博,始于颜光禄。"例如《侍游曲阿》云:"虞风载帝狩,夏谚颂王游。"《应诏观北湖田收》云:"周御穷辙迹,夏载历山川。"《拜陵庙》云:"周德共明祀,汉道遵光灵。"皆才不胜学。

(5)案:《师友诗传录》载张实居曰:"出水芙蓉,天然艳丽,不假雕饰。"又案:《石林诗话》卷下曰:"汤惠休称谢灵运为'初日芙渠',最当人意。'初日芙渠',非人力所能为,而精彩华妙之意,自然见于造化之外。灵运诸诗,可以当此者亦无几。"案:延年亦有华妙之句,如《辩体》所举"流云蔼青阙,皓月鉴丹宫"、"故国多乔木,空城拟寒云"、"庭昏见野阴,山明望松雪",皆是。

(6)黄彻《碧溪诗话》卷五曰:"颜延之尝问鲍照己与灵运优劣,照曰:'谢五言如初发芙蓉,自然可爱;君诗铺锦列绣,亦雕缋满眼。'锺嵘《诗品》乃记汤惠休云:'谢如芙蓉出水,颜如错采镂金。'与本传不同。传又称延之尝薄惠休制作,以为'委巷中歌谣'耳。岂惠休因为延之所薄,遂为'芙蓉'、'错镂'之语,故史取以文饰之耶?"《诗源辩体》卷之七亦录汤、鲍二说,而论之云:"岂当时以艰涩深晦者为铺锦镂金耶? 然延年较灵运,其妙合自然者虽不可得,而拙处亦少,观其集当知之。"

宋豫章太守谢瞻、^{①(1)}宋仆射^②谢混、^{③(2)}
宋太尉袁淑、^{④(3)}宋徵君王微、^{⑤(4)}
宋征虏将军王僧达⁽⁵⁾诗^⑥

其源出于张华。才力苦弱,^⑦故务其清浅,^⑧殊得风流媚趣。⁽⁶⁾课其实录,则豫章、仆射,宜分庭抗礼;^⑨徵君、太尉,可托乘后车;^⑩征虏卓卓,^⑪殆欲度骅骝前。^{⑫(7)}

【古笺】

①《宋书》曰:"谢瞻,字宣远,陈郡阳夏人。为豫章太守。卒。"

② 案:混义熙八年被杀,称"宋仆射",误。

③《晋书》曰:"混,字叔源。历仕至尚书左仆射,以党刘毅被杀。"

④《宋书》曰:"袁淑,字阳源,陈郡阳夏人。历仕至太子左卫率,为元凶劭所杀,追赠侍中太尉。"

⑤《宋书》曰:"王微,字景玄,琅琊临沂人。除南平王铄右军咨议,称疾不就。"

⑥《宋书》曰:"王僧达,琅琊临沂人。历仕至中书令,屡经狂逆,于狱赐死。"

⑦ 案:宣远《张子房诗》、阳源《效白马篇》,岂得云"才力弱"邪?平典之风,变自叔源,其才亦自不弱。

⑧《南齐书·文学传论》曰:"谢混清新。"

⑨《宋书》曰:"谢瞻词采与族叔混、弟灵运抗。"

⑩《毛诗》曰:"命彼后车,谓之载之。"

⑪《文心雕龙》引刘公幹曰:"孔氏卓卓,信含异气。"

⑫《南史·王僧虔传》曰:"亡从祖中书令书,[1]子敬云:如骑骡,恒骎骎欲度骅骝前。"

【许疏】

(1)《宋书》五十六:"谢瞻,字宣远,一名檐,字通远,陈郡阳夏人。年六岁,能属文,为《紫石英赞果然》诗,当时才士莫不叹异。瞻善于文章,辞采之美,与族叔混、弟灵运相抗。"《隋志》:"宋豫章太守谢瞻集三卷。"

(2)《晋书》七十九:"谢混,字叔源。少有美誉,善属文。"《隋志》:"晋左仆射谢混集三卷。梁五卷。"

(3)《宋书》七十:"袁淑,字阳源,陈郡阳夏人。少有风气,不为章句之学,而博涉多通。好属文,辞采遒艳,纵横有才辩,文集传于世。"《隋志》:"宋太尉袁淑集十一卷,并目录。梁十卷,录一卷。"

(4)《宋书》六十二:"王微,字景玄,琅琊临沂人。少好学,无不通览。善属文,所著文集传于世。"《隋志》:"宋秘书监王微集十卷。"

(5)《宋书》七十五:"王僧达,琅琊临沂人。少好学,善属文。"《隋志》:"宋护军将军王僧达集十卷。梁有录一卷。"

(6)按:仲伟评张华诗"儿女情多,风云气少",即此评五人诗皆"清浅"、"风流"之意也。兹就五人现存之诗观之:宣远之诗,为《辩体》所举者,如"开轩灭华烛,月露皓已盈"、"巢幕无留燕,遵渚有来鸿。轻霞冠秋日,迅商薄清穹"、"四筵霑芳醴,中堂起丝桐"等句;叔源之诗,如"惠风荡繁囿,白云屯曾阿。景昃鸣禽集,水木湛清华"等句;阳源之诗,如"寒燠岂如节,霜雨多异同。乃知古时人,所以悲转蓬"等句;景玄之诗,如"思妇临高台,长想凭华轩。弄弦不成曲,哀歌送苦言"等句;僧达之诗,如

---

[1] "令书",原脱漏,据《南史·王僧虔传》补。

"聿来岁序暄,轻云出东岑。麦垄多秀色,杨园流好音"等句,皆语工而清浅者也。惟景玄规柂子建之句,则颇不弱,故仲伟又谓文通诗得"筋力"于景玄也。

(7)今就仲伟评诗之意推之,宣远不为厉响,叔源颇有闲情,自无轩轾之分。阳源语弱,而时寓古悲;景玄辞哀,而情入凄怨,若论五言之警策,自亚于二谢矣。僧达与颜延年赠答,虽加事义,未乖秀逸,由天才丰盛,不徒恃闲趣成什故也。谓之"度骅骝前",殆以此欤?

宋法曹参军谢惠连⁽¹⁾诗^①

　　小谢才思富捷,^{②(2)}恨其兰玉夙凋,^③故长辔未骋。《秋怀》《捣衣》之作,^④虽复灵运锐思,亦何以加焉。^{⑤(3)}又工为绮丽歌谣,风人第一。^{⑥(4)}《谢氏家录》云:"康乐每对惠连,辄得佳语。⁽⁵⁾后在永嘉西堂,思^[1]诗竟日不就。寤寐间忽遇惠连,即成'池塘生春草'^⑦。故常^[2]云:'此语有神助,非吾语也。'"^{⑧(6)}

【古笺】

　　①《宋书》曰:"谢惠连,十岁能属文。为司徒彭城王法曹参军。卒。"

　　② 对灵运而称,故曰"小谢"。

　　③ 案:惠连年仅三十七,故曰"夙凋"。《世说·言语》篇曰:"谢太傅问诸子侄:'子弟亦何预人事,而正欲使其佳?'诸人莫有言者。车骑答曰:'譬如芝兰玉树,欲使其生于庭阶耳。'"又《伤逝》篇曰:"庾文康亡,何扬州临葬,云:'埋玉树著土中,使人情何能已已!'"

　　④ 二诗见《文选》。

　　⑤《南史·谢方明传》曰:"灵运见惠连新文,每曰:'张华重生,不能易也。'"又《谢灵运传》曰:"灵运性无所推,惟重惠连。"

　　⑥ 案:《南史》曰:"惠连先爱幸会稽郡吏杜德灵。及居父忧,赠以五言十馀首,'乘流遵归路'诸篇是也。"此殆仲伟所谓"绮丽歌谣"邪?《南

史》又曰:"惠连轻薄,多尤累,故官不显。"盖亦指此。

⑦ "池塘生春草",灵运《登池上楼》句,见《文选》。《石林诗话》曰:"此语之妙,正在无意而与景遇。"后人欲以奇求之,失之矣。

⑧ 案:《南史》亦有此语,盖本此。

【许校】

〔1〕明钞本"思"下有"谢"字。

〔2〕明钞本作"尝"字。

【许疏】

(1)《宋书》五十三:"谢惠连,幼而聪敏,年十岁,能属文,族兄灵运深相知赏。元嘉七年,为司徒彭城王义康法曹参军。是时义康治东府城,城堑中得古冢,为之改葬,使惠连为祭文,留信待成,其文甚美。又为《雪赋》,亦以高丽见奇。文章并传于世。十年卒,时年三十七。既早亡,且轻薄多尤累,故官位不显。无子。"又卷五十一《宗室传》:"杜德灵雅有姿色,本会稽郡吏。谢方明为郡,方明子惠连爱幸之,为之赋诗十馀首,'乘流遵归渚'篇是也。"《隋志》:"宋司徒府参军谢惠连集六卷。梁五卷,录一卷。"

(2)下引《谢氏家录》一段佳话可证。盖"池塘"之句乃康乐率然信口之作,谓见惠连而成,非其己语,则知惠连捷思,固平时素著也。

(3)《古诗存》评云:"小谢诗平铺直叙,无见才力处,殊不足为乃兄接武。惟《秋怀》、《捣衣》二首,在集中为有意经营之作。"案:成书似用本品为说。刘履《选诗补注》不取《秋怀》诗,并诋其篇中"颓魄"、"倾曦"二句为"失理",未免苛论古人。

(4)按:仲伟评小谢"歌谣绮丽",用一"又"字,以本书所录"止乎五言","歌谣"则非尽五言故也。王船山评选《前缓声歌》云:"小谢乐府,奕奕标举,短歌微吟,亦复关情不浅。遥想此士风流,当知缑岭吹笙,月明人澹,而飘然欣赏,固不在洞庭张乐下也。"盖与仲伟评其"绮丽"者正合。

（5）按：此可见小谢亦多佳语。《辩体》举之曰："惠连如'亭亭映江月，飀飀出谷飙。斐斐气幕岫，泫泫露盈条'、'夕阴结空幕，宵月皓中闺'、'萧瑟合风蝉，寥唳度云雁。寒商动清闺，孤灯暖幽幔'等句，其语实工。"

（6）王若虚《滹南诗话》卷一云："谢灵运梦见惠连而得'池塘生春草'之句，以为神助。《石林诗话》云：'世多不解此语为工，盖欲以奇求之耳。此语之工，正在无所用意，猝然与景相遇，借以成章，故非常情所能到。'冷斋云：'古人意有所至则见于情，诗句盖寓也。谢公平生喜见惠连，而梦中得之。此当论意，不当泥句。'张九成云：'灵运平日好雕镂，此句得之自然，故以为奇。'田承君云：'盖是病起，忽然见此为可喜而能道之，所以为贵。'予谓天生好语，不待主张，苟为不然，虽百说何益？李元膺以为反覆求之，终不见此句之佳，正与鄙意暗同。盖谢氏之夸诞，犹存两晋之遗风。后世惑于其言而不敢非，则宜其委曲之至是也。"又按：刘桢《赠徐幹》诗云："细柳夹道生，方塘含清源。轻叶随风转，飞鸟何翩翩。"王夫之评云："谢客疑神授者，此乃白日得之，讵不欣幸？"

宋参军鲍照⁽¹⁾诗^①

　　其源出于二张。^{②(2)}善制形状写物之词。⁽³⁾得景阳之诙诡,⁽⁴⁾含茂先之靡嫚;⁽⁵⁾骨节强于谢混,⁽⁶⁾驱迈疾于颜延。⁽⁷⁾总四家而擅美,⁽⁸⁾跨两代而孤出。^③嗟其才秀人微,故致⁽¹⁾湮当代。^④然贵尚巧似,不避危仄,颇伤清雅之调。⁽⁹⁾故言险俗者,多以附照。^⑤

【古笺】

　　①《宋书》曰:"鲍照,字明远。临海王子顼为荆州,照为前军参军。子顼败,为乱兵所杀。"陈振孙《直斋书录解题》曰:"照,东海人。唐人避武后讳,改为'昭'。云上党人,非也。"

　　② 谓景阳、茂先。

　　③ 案:此评非上品不可,益信列照中品,非嵘定制。

　　④ 案:《宋书》不为照立传,仅附见于《临川王道规传》中,故曰"取湮当代"。[1]

　　⑤《南齐书·文学传论》曰:"次则发唱惊挺,操调险急,雕藻淫艳,倾炫心魂,亦犹五色之有红紫,八音之有郑卫,斯鲍照之遗烈也。"此论末流之失,与仲伟同。

――――――――

　　[1] 古氏《诗品笺》正文据何文焕《历代诗话》本作"故取湮当代"。

【许校】

〔1〕明钞本作"取"字。

【许疏】

(1)《宋书》五十一《宗室传》:"临川王义庆,招聚文学之士鲍照等。照,字明远,文辞赡逸,尝为古乐府,文甚遒丽。世祖以照为中书舍人。上好为文章,自谓物莫能及。照悟其旨,为文多鄙言累句。当世咸谓照才尽,实不然也。"《隋志》:"宋征虏记室参军鲍照集十卷。梁六卷。"《渔洋诗话》曰:"鲍照宜在上品。"案:明远与茂先同卷,亦犹应、陶同卷之意。

(2)仲伟下云:"得景阳之诙诡,含茂先之靡嫚。"等于自注。

(3)此可以鲍诗举例言之:《鲍参军诗注》卷三《吴兴黄浦亭庾中郎别》篇,黄先生《补注》曰:"本集《河清颂》'蠢行藻性'、《舞鹤赋》'钟浮旷之藻质'、《凌烟楼铭》'藻思神居',及此篇之'藻志',皆明远自造词,《诗品》所谓'善制形状写物之词'者也。"

(4)按:《庄子·德充符》李注云:"诙诡,奇异也。"今人刘盼遂云:"诙诡即吊诡,亦作吊傥,亦作倜傥,亦作佚荡。"然则此评其"诙诡",犹杜陵以"俊逸"题鲍耳。许学夷《诗源辩体》卷五于景阳诗中俊逸之句引证颇多,已见卷上"张协"品第七条注。又《辩体》卷七举明远诗之最轶荡者,如"蔓草缘高隅,修杨夹广津。迅风首旦发,平路塞飞尘"、"鸡鸣洛城里,禁门平旦开。冠盖纵横至,车骑四方来"、"骢马金络头,锦带佩吴钩。失意杯酒间,白刃起相雠"、"严秋筋竿劲,虏阵精且强。天子按剑怒,使者遥相望"、"疾风冲塞起,沙砾自飞扬。马毛缩如蝟,角弓不可张"等句,以为"较之颜、谢,如释险阻而就康庄",所见甚是。

(5)按:"靡嫚"即"靡曼"。《吕览·本生》篇高诱训解云:"靡曼,细理弱肌,美色也。"张茂先诗,仲伟评其"儿女情多"。举例言之,如《情诗》云:"兰蕙缘清渠,繁华荫绿渚。佳人不在兹,取此欲谁与?"《杂诗》云:"微风摇茝若,层波动芰荷。荣采曜中林,流馨入绮罗。"皆绮靡伤情。明远"绮靡"之句,《辩体》举其"归华先委露,别叶早辞风"、"蜀琴抽白雪,郢曲发阳春"、"珠帘无隔露,罗幌不胜风"、"扬芬紫烟上,垂彩绿云中"等句,并体性不远。《齐书·文学传论》曰:"雕藻淫艳,倾炫心魂,亦犹五色之有红紫,八音之有郑卫,斯鲍照之遗烈也。"则鲍诗之"靡嫚",此论亦发之,不独仲伟为然,盖亦一时之通谈耳。后世亟称其伟响而略其艳词,或不免有掩护之迹。《诗纪·别集》卷之五引曾原曰:"明远之诗,词气俊伟而乏浑涵,然未至流于靡丽,下此则皆靡丽矣。"说近崇古。

(6)《诗谱》曰:"六朝文气衰缓,唯刘越石、鲍明远有西汉气骨。"至如谢混之诗,仲伟已病其"浅弱",本不能与"操调险急"之鲍照相拟。特仲伟以二人同源出张华,故及之耳。考叔源《西池》之唱,起云:"悟彼蟋蟀唱,信此劳者歌。有来岂不疾,良游常蹉跎。"所谓佳制,已是索莫乏气之征。而明远之诗,任举其一首,靡不骨节坚强。如《秋日示休上人》起云:"枯桑叶易零,疲客心易惊。今兹亦何早,已闻络纬鸣。"何其出语之挺拔耶!

(7)陈祚明《评选》曰:"鲍参军诗如惊潮怒飞,回澜倒激,堆埼坞屿,荡潏浸汩,微寻曲到,不作安流,而批击所经,时多触阂,然固不足阻其汹涌之势。"刘熙载《诗概》云:"'孤蓬自振,惊沙坐飞',此鲍明远赋句也。若移以评明远之诗,颇复相似。"

(8)黄庭鹄《古诗冶》举鲍诗《咏秋》为例。

(9)《升庵诗话》卷八引定陶孙器之评诗曰:"鲍明远如饥鹰独出,奇矫无前。"

齐吏部谢朓⁽¹⁾诗^①

其源出于谢混。^{②(2)}微伤细密,颇在不伦。⁽³⁾一章之中,自有玉石,然奇章秀句,往往警遒。足使叔源失步,明远变色。⁽⁴⁾善自发诗端,^{③(5)}而末篇多踬,⁽⁶⁾此意锐而才弱也。至为后进士子⁽¹⁾所嗟慕。^{④(7)}朓极与余论诗,感激顿挫过其文。

【古笺】

①《南史》曰:"谢朓,字玄晖。为随王子隆镇西功曹,累迁尚书吏部郎。为江祐构死。"

②案:仲伟与玄晖同时,且尝极与论诗。"源出谢混",殆可信也。

③案:玄晖诗如"大江流日夜",如"洞庭张乐地",皆所谓"善发端"者。

④案:梁武帝绝重朓诗,云:"三日不读,即觉口臭。"梁简文推为"文章冠冕"。沈约云:"二百年无此诗。"刘孝绰既负重名,无所与让,唯服谢朓,常以谢诗置几案间,动静辄讽味。其为后进仰慕,有如此者。

【许校】

〔1〕明钞本"子"下有"之"字。

【许疏】

(1)《南齐书》四十七:"谢朓,字玄晖,陈郡阳夏人也。少好学,有美

齐吏部谢朓[(1)]诗[①]

其源出于谢混。[②(2)]微伤细密,颇在不伦。[(3)]一章之中,自有玉石,然奇章秀句,往往警遒。足使叔源失步,明远变色。[(4)]善自发诗端,[③(5)]而末篇多踬,[(6)]此意锐而才弱也。至为后进士子[(1)]所嗟慕。[④(7)]朓极与余论诗,感激顿挫过其文。

【古笺】

①《南史》曰:"谢朓,字玄晖。为随王子隆镇西功曹,累迁尚书吏部郎。为江祐构死。"

②案:仲伟与玄晖同时,且尝极与论诗。"源出谢混",殆可信也。

③案:玄晖诗如"大江流日夜",如"洞庭张乐地",皆所谓"善发端"者。

④案:梁武帝绝重朓诗,云:"三日不读,即觉口臭。"梁简文推为"文章冠冕"。沈约云:"二百年无此诗。"刘孝绰既负重名,无所与让,唯服谢朓,常以谢诗置几案间,动静辄讽味。其为后进仰慕,有如此者。

【许校】

〔1〕明钞本"子"下有"之"字。

【许疏】

(1)《南齐书》四十七:"谢朓,字玄晖,陈郡阳夏人也。少好学,有美

名。文章清丽,长五言诗。沈约常云:'二百年来无此诗也。'"《隋志》:"齐吏部郎谢朓集十二卷,谢朓逸集一卷。"《渔洋诗话》曰:"谢朓宜在上品。"案:叔源、玄晖同卷,与应、陶、张、鲍同卷,例并同。

(2) 按:叔源水木清华,想见闲雅之情;玄晖山水都邑,别饶旷逸之趣。谢家名章,接踵可称,固不容昧厥源之所自也。

(3)《存馀堂诗话》引刘后村曰:"谢康乐一字百炼乃出冶,玄晖尤丽密。谢朓诗如《暂使下都》云:'大江流日夜,客心悲未央。金波丽鳷鹊,玉绳低建章。'如《登三山》云:'白日丽飞甍,参差皆可见。馀霞散成绮,澄江净如练。'皆吞吐日月、摘蹑星辰之句。"陈祚明《评选》曰:"玄晖按章使字,法密旨工。"成书评玄晖《和徐都曹出新亭渚》:"何等细密。"按:玄晖诗正多此例,仲伟以为"不伦",亦坐尊古而贱今之见耳。

(4) 按:玄晖五言之警策者,有如《诗源辩体》卷八所举"日出众鸟散,山暝孤猿吟"、"天际识归舟,云中辨江树"、"南中荣橘柚,宁知鸿雁飞"、"春草秋更绿,公子未西归"、"大江流日夜,客心悲未央"、"金波丽鳷鹊,玉绳低建章"、"风动万年枝,日华承露掌"、"馀霞散成绮,澄江静如练"、"寒城一以眺,平楚正苍然"、"朔风吹飞雨,萧条江上来"等句,以视叔源,则后来居上矣。若明远慷慨任气、磊落使才者,视此工密之制,亦不能无愧逊,惟其紧健处亦尚略似。《诗薮》外编卷二曰:"明远得记室(左思)之雄,而以词为尚,故时与玄晖近也,而去魏远也。"

(5)《渔洋诗话》卷中云:"或问:'诗工于发端,如何?'应之曰:'如谢宣城"大江流日夜,客心悲未央。"'"王船山曾评此二语云:"旧称朓诗工于发端,如此发端语,寥天孤出,正复宛诣,岂不复绝千古?非但危唱雄声已也。"又评"朔风吹飞雨,萧条江上来"云:"发端峻甚,遽欲一空今古。"又评"沧波不可望,望极与天平"云:"此一发端者洵为惊人,然正一往得之。"

(6) 陈祚明《评选》云:"玄晖结句幽寻,亦铿湘瑟。而《诗品》以为'末篇多踬',理所不然。夫宦辙言情,旨投思遁,赋诗见志,固应归宿是怀。仰希逸流,贞观丘壑,以斯托兴,趣颇萧然。恒见其高,未见其踬。"

按：此论稍涉掩护，殆如王船山评玄晖"发端声情，所引太高"，故篇末难以为继欤？

（7）《太平广记》引《谈薮》曰："梁高祖重陈郡谢朓诗，常曰：'不读谢诗三日，觉口臭。'"《诗纪·别集》五引《语林》曰："谢玄晖长于五言诗，沈休文见之曰：'二百年来无此诗也。'"

齐光禄^①江淹⁽¹⁾诗^②

　　文通诗体总杂，⁽²⁾善于摹拟。^{③(3)}筋力于王微，⁽⁴⁾成就于谢朓。⁽⁵⁾初，淹罢宣城郡，遂宿冶亭。梦一美丈夫，自称郭璞，谓淹曰："吾有笔在卿处多年矣，可以见还。"淹探怀中，将⁽¹⁾五色笔以授之。⁽⁶⁾尔后为诗不复成语，故世传江淹才尽。^{④(7)}

【古笺】
　　① 案：宜曰"梁光禄"。
　　②《南史》曰："江淹，字文通，济阳考城人。天监中，迁金紫光禄大夫，改封醴陵侯。卒。"
　　③ 案：文通有《效阮公诗》十五首；又有《杂体诗》三十首，自序云："今作三十首，敩其文体。"仲伟所云，盖指此也。
　　④ 案：《南史》更有张景阳向淹索锦之说，惟《梁书》尽刊落之，但云"淹少以文章显，晚节才思微退，时人谓之才尽"而已。张天如曰："世传文通暮年才退，张载问锦，郭璞索笔，则几妒口矣。"又曰："江文通遭逢梁武，年华望暮，不敢以文陵主，意同明远。而蒙讥'才尽'，史臣无表而出之者，沈休文窃笑后人矣。"

【许校】
　　〔1〕明钞本作"得"字。

【许疏】

(1)"齐"当作"梁"。《梁书》十四:"江淹,字文通,济阳考城人也。天监元年,为散骑常侍、左卫将军,迁金紫光禄大夫。卒,谥曰宪伯。淹少以文章显,晚节才思微退,时人皆谓之才尽。凡所著述百馀篇,自撰为前、后集,并《齐史》十志,并行于世。"《隋志》:"梁金紫光禄大夫江淹集九卷,江淹后集十卷。梁二十卷。"《渔洋诗话》曰:"江淹宜在上品。"案:文通与王微、谢朓同卷,此意已叠见前例。

(2)文通诗不名一格,故云。

(3)《沧浪诗话》曰:"拟古惟江文通最长,拟渊明似渊明,拟康乐似康乐,拟左思似左思,拟郭璞似郭璞,独拟李都尉一首不似西汉耳。"皎然《诗式》曰:"'团扇'二首,江则假象见意,班则貌题直书。至如'出入君怀袖,动摇微风发。常恐秋节至,凉飙夺炎热',旨婉词正,有洁妇之节。但此两对,亦可以掩映江生。江生诗曰:'画作秦王女,乘鸾向烟雾。'兴生于中,无有古事。假使佳人玩之在手,'乘鸾'之意,飘然莫偕,虽荡如夏姬,自忘情改节。吾许江生情远词丽,方之班女,亦未可减价。"《诗家直说》云:"江淹拟刘琨,用韵整齐,造说沉著,不如越石吐出心肝;拟颜延年,辞致典缛,得应制之体,但不变句法耳。"《诗谱》曰:"江淹善观古作,曲尽心手之妙,其自作乃不能尔。"

(4)按:文通《杂体诗》有《王微君微养疾》一首,黄庭鹄《古诗冶》注云:"原诗缺。"今就文通拟作观之,其起语曰:"窈蔼潇湘空,翠涧澹无滋。"黄庭鹄引孙评云:"古峭甚。"然则以文通所拟必似者例之,此"古峭"之语,即"筋力于王微"也。

(5)按:文通调婉而词丽之诗,有如《诗源辩体》卷八所举"玉桂空掩露,金樽坐含霜"、"昔我别楚水,秋月丽秋天。今君客吴坂,春色缥春泉"、"愁生白霜日,思起秋风年"、"松气鉴青霭,霞光铄丹英"、"绛气下萦薄,白云上杳冥"、"电至烟流绮,水绿桂含丹"、"凉霭漂虚座,清香荡空琴"等句,似皆仲伟所谓"成就于谢朓"者也。

(6)王船山评选文通《清思》诗云:"一反一顺,而了无畔岸。郭景纯而后,绝响久矣!'梦笔'之说,岂以其彩哉?"又评选《郊外望秋答殷博士》云:"'长夜亦何际'五字,夫岂可以'彩笔'目之? 足见文通当时了无知己。"

(7) 按:此有二说:一以为文通才尽,由于后日官显,处富贵之境,忘其为诗,故精语亦歇。如《艺苑卮言》卷八云:"文通裂锦还笔入梦以来便无佳句,人谓才尽,殆非也。昔人夜闻歌'渭城'甚佳,质明迹之,乃一小民佣酒馆者,捐百缗,予使鬻酒。久之,不复能歌'渭城'矣。近一江右贵人,强仕之始,诗颇清淡,既涉贵显,虽篇什日繁,而恶道垒出。人怪其故,予曰:'此不能歌"渭城"也。'"一以为越世高谈,与时代背驰,故有"才尽"之讥。如王船山评选文通《卧疾怨别刘长史》云:"文通于时,乃至不欲取好景,亦不欲得好句,脉脉自持,一如处女,惟循意以为尺幅耳。此其以作者自命何如也? 前有'任笔沈诗'之俗誉,后有宫体之陋习,故或谓之'才尽'。彼自不屑尽其才,才岂尽哉!"

梁卫将军范云、①(1)梁中书郎丘迟(2)诗②

　　范诗清便宛转,如流风回雪。③(3)丘诗点缀映媚,似落花依草。(4)故当浅于江淹,而秀于任昉。④(5)

【古笺】

　　①《梁书》曰:"范云,字彦龙,南乡舞阴人。仕至尚书右仆射。卒,赠侍中、卫将军。"

　　②《梁书》曰:"丘迟,字希范,吴兴乌程人。高祖践阼,拜散骑侍郎,迁中书侍郎。卒。"

　　③曹子建《洛神赋》:"飘飖兮若流风之回雪。"

　　④案:《南史》取嵘此语入《迟传》,但末二句云:"虽取贱文通,而秀于敬子。"与此稍异。

【许疏】

　　(1)《梁书》卷十三:"范云,字彦龙,南乡舞阴人。善属文,便尺牍,下笔辄成,未尝定稿,时人每疑其宿构。高祖受禅,以侍中迁散骑常侍、吏部尚书,寻迁尚书右仆射。卒,赠侍中、卫将军。有集三十卷。"《隋志》:"梁尚书仆射范云集十一卷,并录。"

　　(2)《梁书》四十九《文学传》:"丘迟,字希范,吴兴乌程人也。八岁便属文。及长,州辟从事,举秀才,除太学博士。高祖践阼,拜散骑侍郎,拜中书郎,迁司徒从事中郎。卒官。所著诗赋行于世。"《隋志》:"梁国子博士丘迟集十卷,并录。梁十一卷。"

（3）按：此评范诗之声调也。陈祚明选其《赠张徐州谡》诗,有"造章警快"之评,即其例。

（4）按：此评丘诗之辞笔也。丘诗如《旦发鱼浦潭》中有云："村童忽相聚,野老时一望。诡怪石异象,嶙绝峰殊状。森森荒树齐,析析寒沙涨。藤垂岛易涉,崖倾屿难傍。"历写山水人物,有如仲伟所评者。《竹林诗评》云："丘迟之作,如琪树玲珑,金芝布濩,九霄春露,三岛秋云。"

（5）以仲伟所评,知范、丘二家均务于清浅,较诸江郎"古峭"之语"筋力于王微"者,为殊科矣。若夫任昉"博物","动辄用事",视范、丘清浅之章,殊损奇秀之致焉。

梁太常任昉⁽¹⁾诗^①

　　彦昇少年为诗不工,故世称"沈诗任笔",昉深恨之。^{②(2)}晚节爱好既笃,文^[1]亦遒变。善铨事理,拓体渊雅,得国士之风,故擢居中品。但昉既博物,^③动辄用事,⁽³⁾所以诗不得奇。^④少年士子效其如此,弊矣!

【古笺】

　　①《南史》曰:"任昉,字彦昇,乐安人。为新安太守。卒,追赠太常。"

　　②《南史》曰:"昉已以文才见知,时人云:'任笔沈诗。'昉闻,甚以为病。晚节转好作诗,欲以倾沈。用事过多,属辞不得流便。自尔都下士子慕之,转为穿凿,于是有'才尽'之谈矣。"

　　③《南史》曰:"昉博学,于书无所不见。"

　　④ 案:当时倾慕彦昇者多,仲伟擢昉中品,殆不得已,故抑扬之际,微文寓焉。自序所云"三品升降,差非定制。方申变裁,请寄知者",当为此辈发也。

【许校】

　　〔1〕明钞本作"又"字。

【许疏】

　　(1)《梁书》十四:"任昉,字彦昇,乐安博昌人。雅善属文,尤长载

笔,才思无穷,当世王公表奏,莫不请焉。昉起草即成,不加点窜。沈约一代词宗,深所推挹。高祖践祚,拜黄门侍郎,出为宁朔将军、新安太守。卒于官舍,追赠太常卿,谥曰敬子。所著文章数十万言,盛行于世。"《隋志》:"梁太常卿任昉集三十四卷。"

(2) 按:《南史·任昉传》云:"既以文才见知,时人云:'任笔沈诗。'昉闻,甚以为病。晚节转好作诗,用事过多,属辞不得流便。自尔都下之士慕之,转为穿凿。"与仲伟此评全合。陈祚明曰:"以彦昇之才,而晚节始能作诗,要将深诣于斯,不肯随俗靡靡也。今观其所存,仅二十篇许耳,而思旨之曲,情怀之真,笔调之苍,章法之异,每一篇如构一迷楼。必也冥心洞神,雕搜无象,然后能作。方将抉《三百篇》、《离骚》之蕴,发《十九首》、汉、魏之覆,云变澜翻,自成一家,而高视四代,此擘巨鳌手也。千秋而下,惟少陵与相竞爽。所造至此,锺嵘胡足以知之,而谓'动辄用事,诗不得奇'。悲夫! 奇孰奇于彦昇?且其诗具在,初亦未尝用事也。作此品题,何殊梦语!"按:陈说未是。史载彦昇有集三十四卷,今其所存诗仅二十许篇,则亡逸者必多,陈氏当亦无从证明其未尝用事也。况仲伟前曾云:"辞既失高,则宜加事义,虽谢天才,且表学问。"此又云:"善铨事理,拓体渊雅。"前后一贯,循实酌中,初非有所武断。其以"渊雅"许彦昇,又何尝有排斥之意耶? 陈氏坐昧其旨耳。

(3) 郑文焯云:"古以用事为疏处,所谓'词必己出'也。"

梁左光禄沈约⁽¹⁾诗^①

观休文众制，五言最优。⁽²⁾详其文体，察其馀论，固知宪章鲍明远也。⁽³⁾所以不闲于经纶，而长于清怨。⁽⁴⁾永明相王爱文，^{②(5)}王元长等皆宗附之。约于时，谢朓未遒，江淹才尽，范云名级故微，故约称独步。^③虽文不至，其工丽亦一时之选也。⁽⁶⁾见重闾里，诵咏成音。⁽⁷⁾嵘谓约所著既多，今剪除淫⁽¹⁾杂，收其精要，允为中品之第矣。^④故当词密于范，意浅于江也。⁽⁸⁾

【古笺】

① 《南史》曰："沈约，字休文，吴兴人。梁受禅，为尚书仆射，转左光禄大夫。卒。"

② 案："永明相王"，谓竟陵王子良。《南史》曰："时竟陵王招士，约与兰陵萧琛、琅琊王融、陈郡谢朓、南郡范云、乐安任昉等皆游焉。"

③ 案：《南史·沈约传》曰："谢玄晖善为诗，任彦昇工于笔，约兼而有之，然不能过。"然则"约称独步"，仅永明时耳。

④ 《南史》曰："锺嵘尝求誉于沈约，约拒之。及约卒，嵘品古今诗为评，言其优劣云云，盖追宿憾，以此报约也。"清《四库提要》曰："列约中品，未为排抑。"案：约身参佐命，劫持文柄，其人虽死，馀烈犹存。仲伟纡回曲折，列之中品，盖有苦心焉，非特不排抑而已。

【许校】

〔1〕明钞本作"泾"字。

【许疏】

(1)《梁书》卷十三："沈约，字休文，吴兴武康人也。笃志好学，能属文。高祖受禅，为尚书仆射，转左光禄大夫。卒，谥曰隐。所著文集一百卷，行于世。"《隋志》："梁特进沈约集一百一卷，并录。"

(2)按：陈绎曾《诗谱》云："沈约佳处，研削清瘦可爱，自拘声病，气骨苶然。唐诸家声律皆出此。"王船山《古诗评选》曰："休文得年七十三，吟成数万言，唯《古意》'明月虽外照，宁知心内伤'十字为有生人之气，其他如败鼓声，如落叶色，庸陋酸滞，遂为千古恶诗宗祖。大历人以之而称才子，宋人以之而称古文，高廷礼以之而标'正声'之目矣。"盖船山用《诗谱》说，乃至概加诛伐，未免变本加厉。观沈确士汰存休文诸诗，如《夜夜曲》、《新安江》、《直学省愁卧》、《宿东园》、《别范安成》、《游沈道士馆》、《早发定山》、《冬节后至丞相第》等篇，边幅尚阔，词气尚厚，在萧梁之代，亦推大家矣。

(3)陈祚明以为此评"宪章明远"，讹厥源流，易其说曰："休文诗体全宗康乐，以命意为先，以炼气为主，辞随意运，态以气流，故华而不浮，隽而不靡。"

(4)郑文焯云："'闲'当作'娴'。"按：此谓休文终非经国才，亦如明远之"才秀人微"，而有"清怨"之词也。《诗纪·别集》六引刘会孟曰："沈休文《怀旧》九首，杜子美《八哀》之祖也。"

(5)《文心雕龙·时序》篇云："魏武以相王之尊，雅爱诗章。"与此言萧子良重文，皆著上好之效。谢无量云："永明文学承元嘉之后，更钻研声律，于是四声八病之说始起，立骈文之鸿轨，启律诗之先路。当时竟陵王子良，实有提奖之功。竟陵王者，齐武帝第二子也。礼士好艺，天下词客，多集其门，而梁武帝与王融、谢朓、任昉、沈约、陆倕、范云、萧琛八人尤见敬异，号曰'竟陵八友'。八人之中，谢朓长于诗，任昉、陆倕长于笔，沈约则文、笔兼美云。"

（6）陈祚明曰："《诗品》独谓'工丽'见长，品题并谬。要其据胜，特在含毫之先。命旨既超，匠心独造，浑沦跌宕，具以神行。句字之间，不妨率直。"

（7）按：沈休文"酷裁八病"之说，仲伟极不谓然，尝曰："蜂腰鹤膝，间里已具。"盖薄之也。此又云："见重间里，诵咏成音。"亦露贬意。

（8）按：江、范二评，甫见于前，故连类及之耳。仲伟既评范诗"清便"，又评沈词"工丽"，则范畅而沈密可知；又既评范"浅于江"，而称江之"筋力"、"成就"独厚，则以"工丽"见选之沈诗，自亦视江为较浅矣。

卷　下

汉令史班固、①⑴汉孝廉郦炎、②⑵汉上计赵壹⑶诗③

　　孟坚才流，而老于掌故。④⑷观其《咏史》，有感叹⑴之词。⑸文胜托咏"灵芝"，怀寄不浅。⑤⑹元叔散愤"兰蕙"，⑺指斥"囊钱"，⑥⑻苦言切句，⑼良亦勤矣。斯人也而有斯困，悲夫！⑦

【古笺】

　　①《后汉书》曰："班固，字孟坚，北地人。显宗时，除兰台令史。坐窦宪败，死狱中。"

　　②《后汉书》曰："郦炎，字文胜，范阳人。州郡辟命，皆不就。后为妻家所讼，系狱死。"

　　③《后汉书》曰："赵壹，字元叔，汉阳西县人。郡举上计，十辟公府，并不就。终于家。"

　　④ 应劭《汉书注》曰："掌故，百石吏，主故事者。"

　　⑤ "灵芝生河洲"，炎《见志》诗第二篇也，见《后汉书·文苑传》。

　　⑥ 壹作《疾邪赋》，末假秦客、鲁生为诗二篇，有"文籍虽满腹，不如一囊钱"、"被褐怀珠玉，兰蕙化为刍"句，见《后汉书·文苑传》。

　　⑦ 壹诗又云："贤者虽独悟，所困在群愚。"《论语》："子曰：'斯人也而有斯疾也。'"

【许校】

　　〔1〕明钞本作"叹感"。

【许疏】

(1)《后汉书》卷七十《班固传》:"班固,字孟坚,北地人。显宗时,除兰台令史。坐窦宪败,死狱中。"《隋志》:"后汉大将军护军司马班固集十七卷。"

(2)《后汉书》卷一百十《文苑传》:"郦炎,字文胜,范阳人。州郡辟命,皆不就。后为妻家所讼,系狱死。"《隋志》:"梁有郦炎集二卷,录一卷。"

(3)《后汉书》卷一百十《文苑传》:"赵壹,字元叔,汉阳西县人。郡举上计,十辟公府,并不就。终于家。"《隋志》:"梁有上计赵壹集二卷,录一卷,亡。"《诗薮》外编卷一曰:"赵壹《疾邪》诗句格猥凡,汉五言最下者。"

(4)按:孟坚本领史笔,又擅诗才焉。

(5)孟坚《咏史》结句云:"百男何愦愦,不如一缇萦。"咏叹至深。

(6)陈祚明评"灵芝"章曰:"大致古劲,结句质言耳。然固慨深。"

(7)元叔《疾邪》诗第二首有"兰蕙化为刍"之句,陈祚明评此诗云:"忧激之词,情极坌涌。"

(8)元叔《疾邪》诗第一首有"文籍虽满腹,不如一囊钱"之句。

(9)案:仲伟深叹元叔之诗"言苦句切",故近代王闿运谓赵壹、程晓下开孟郊瘦刻一派(《王志》)。

魏武帝、^①⁽¹⁾魏明帝⁽²⁾诗^②

曹公古直，甚有悲凉之句。^③⁽³⁾叡不如丕，亦称三祖。^④⁽⁴⁾

【古笺】

①《魏志》曰："太祖武皇帝，沛国谯人也。姓曹，讳操，字孟德。"

②《魏志》曰："明皇帝讳叡，字元仲，文帝太子也。"

③ 案：如《蒿里行》云："白骨露于野，千里无鸡鸣。生民百遗一，念之断人肠。"尤其"悲凉"者也。

④ 案："三祖"，见《序》中。《文心雕龙·乐府》篇曰："至于魏之三祖，气爽才丽，宰割辞调，音靡节平。观其'北上'众引，'秋风'列篇，或述酣宴，或伤羁戍，志不出于淫荡，辞不离于哀思，虽三调之正声，实《韶》、《夏》之郑曲也。"

【许疏】

(1)《魏志·武帝纪》："太祖武皇帝，沛国谯人。姓曹，讳操，字孟德。少机警，有权数而任侠。举孝廉，为郎，迁南顿令。后封魏王。文帝追谥曰武皇帝。"《隋志》："魏武帝集二十六卷。梁三十卷，录一卷。梁又有武皇帝逸集十卷，亡。魏武帝集新撰十卷。"《渔洋诗话》云："下品之魏武宜在上品。"许学夷曰："按：嵘《诗品》以丕处中品，曹公及叡居下品。今或推曹公而劣子桓兄弟者，盖锺嵘兼文质，而后人专气格也。"

(2)《魏志·明帝纪》："明皇帝讳叡，字元仲，文帝太子也。"《隋志》："魏明帝集七卷。梁五卷，或九卷，录一卷。"

　　（3）元稹曰："曹氏父子鞍马间为文，往往横槊赋诗，故其遒文壮节，抑扬怨哀，悲离之作，尤极于古。"《升庵诗话》卷八引定陶孙器之《评诗》曰："魏武帝如幽燕老将，气韵沉雄。"

　　（4）许学夷注云："武帝，太祖；文帝，高祖；明帝，烈祖。"按：许注是也，结句总而言之耳。或本作"二祖"，误。《文心雕龙·乐府》篇亦称"三祖"。

魏白马王彪、^①⑴魏文学徐幹⑵诗②

　　白马与陈思答赠,③⑶伟长与公幹往复,④⑷虽曰以莛扣钟,⑤⑸亦能闲⑴雅矣。⑥

【古笺】

①《魏志》曰:"武皇帝孙姬生楚王彪,字朱虎。封寿春侯。黄初七年,徙封白马。太和六年,改封楚。"

②《魏志·王粲传》:"北海徐幹,字伟长。为司空军谋祭酒掾属、五官将文学。"

③子建《赠白马王彪》诗,见《文选》。《初学记》十八引曹彪《答东阿王》诗曰:"盘径难怀抱,停驾与君诀。即车登北路,永叹寻先辙。"

④公幹赠伟长诗,见《文选》。

⑤《说苑》:"赵襄子谓子路曰:'吾尝问孔子曰:"先生事七十君,无明君乎?"孔子不对,何谓贤邪?'子路曰:'建天下之鸣钟,撞之以莛,岂能发其音声哉?'"

⑥魏文帝《典论·论文》曰:"徐幹时有齐气,然粲之匹也。幹之《玄猿》、《漏卮》、《圆扇》、《橘赋》,虽张、蔡不过。然于他文,未能称是。"亦不许幹诗也。

【许校】

〔1〕明钞本作"閒"字。

【许疏】

(1)《魏志》卷二十:"武皇帝孙姬生楚王彪,字朱虎,封寿春侯。黄初七年,徙封白马。太和六年,改封楚。"

(2)《魏志》卷二十一《王粲传》:"北海徐幹,字伟长。为司空军谋祭酒掾属、五官将文学。"《隋志》:"魏太子文学徐幹集五卷。梁有录一卷,亡。"《渔洋诗话》曰:"徐幹宜在中品。"案:锺序曾举伟长胜语,而品第抑之,与公幹悬隔,殆以上卷无联品之例,偶因彪、植之赠答而数及幹作欤?

(3)按:陈思《赠白马王》诗,今具存。白马王亦有答诗,《初学记》载其诗曰:"盘径难怀抱,停驾与君诀。即车登北路,永叹寻先辙。"盖亦愤而成篇焉。近人丁福保刊《全三国诗》失收。

(4)公幹《赠徐幹》、伟长《答刘公幹》诗,今并存。

(5)《玉篇》云:"《东方朔传》曰:以莛撞钟,言其声不可发也。"《诗薮》外编云:"以公幹为巨钟,而伟长为小梃,抑扬不已过乎!"《渔洋诗话》曰:"建安诸子,伟长实胜公幹,而嵘讥其'以莛扣钟',乖反弥甚。"

魏仓曹属阮瑀、^{①(1)}晋顿丘太守欧阳建、^{②(2)}晋文学应璩、^{③(3)〔1〕}晋中书令嵇含、^{④(4)}晋河南太守阮侃、^{⑤(5)}晋侍中嵇绍、^{⑥(6)}晋黄门枣据⁽⁷⁾诗^⑦

元瑜、坚石七君诗，并平典不失古体。⁽⁸⁾大检似，而二嵇微优矣。^{⑧(9)}

【古笺】

①《魏志·王粲传》曰："陈留阮瑀，字元瑜。太祖以为司空军谋祭酒，管记室。徙为仓曹掾属。"

②《晋书》曰："欧阳建，字坚石，渤海人。为冯翊太守。赵王伦篡立，建遇祸。"案：史不言建为顿丘太守，惟《隋志》亦云"晋顿丘太守欧阳建集"，与《诗品》合。

③案：《魏志》曰："应场为五官将文学。场弟璩，官至侍中。"此已误场为璩，又误魏为晋也。《魏志》曰："汝南应场，字德琏。被太祖辟为丞相掾属，转为平原侯庶子，后为五官将文学。"

④《晋书》曰："嵇含，字君道。举秀才，除郎中，转中书侍郎。刘弘表为平越中郎将、广州刺史。为弘司马掩杀。"案：史不言含为中书令，《隋志》亦云"广州刺史嵇含集"。仲伟称"中书令"，殆误也。

⑤丁仲祜《全三国诗》引《陈留志》曰："阮侃，字德如，尉氏人。魏卫尉卿阮共之子。有俊才，而饰以名理，风仪雅润。与嵇康为友。仕至河

---

〔1〕 古、许两家均误作"应璩"，所作笺、疏亦误释，当据《吟窗杂录》本等作"应场"。

内太守。"《隋志》"晋山涛集"下注云:"梁有阮侃集五卷,录一卷。亡。"

⑥《晋书》曰:"嵇绍,字延祖,魏中散大夫康之子。累迁至侍中。王师败于荡阴,绍被害。"

⑦《晋书》曰:"枣据,字道彦,颍川长社人。贾充伐吴,请为从事中郎,徙黄门侍郎,太子中庶子。太康中,卒。"

⑧案:嵇绍诗今存《赠石季伦》一首,嵇含诗今存《悦晴》、《伉俪》二首,就所存观之,殊不见其优。

【许疏】

(1)《魏志·王粲传》:"陈留阮瑀,字元瑜。太祖以为司空军谋祭酒,管记室,徙为仓曹掾属。"《隋志》:"后汉丞相仓曹属阮瑀集五卷。梁有录一卷,亡。"

(2)《晋书》三十三:"欧阳建,字坚石,世为冀方右族。才藻美赡,擅名北州。历山阳令、尚书郎、冯翊太守。"不言为顿丘太守。《隋志》:"晋顿丘太守集二卷。"

(3)案:已见中卷,此与阮、嵇连类而及。中卷因为陶潜所师承,故载之。

(4)《晋书》八十九《忠义传》:"嵇含,字君道。举秀才,除郎中,转中书侍郎。刘弘表为平越中郎将、广州刺史,为弘司马掩杀。"案:史不言含为中书令。《隋志》:"梁有广州刺史嵇含集十卷,录一卷,亡。"

(5)《宋书·符瑞志下》:"晋武帝太康二年六月丁卯,白雀二见,河内南阳太守阮侃获以献。"丁仲祜《全三国诗》引《陈留志》曰:"阮侃,字德如,尉氏人。魏卫尉卿阮共之子。有俊才,而饰以名理,风仪雅润。与嵇康为友。仕至河内太守。"《隋志》:"梁有阮侃集五卷,录一卷,亡。"

(6)《晋书》八十九《忠义传》:"嵇绍,字延祖,魏中散大夫康之子。累迁至侍中。王师败于荡阴,绍被害。"《隋志》:"晋侍中嵇绍集二卷,录一卷。"

(7)《晋书》九十三《文苑传》:"枣据,字道彦,颍川长社人。贾充伐吴,请为从事中郎,徙黄门侍郎、太子中庶子。太康中,卒。"《隋志》:"梁有太子中庶子枣据集二卷,录一卷。"

（8）按:此评七君诗为"古体",盖对张华、陆机等之"新体"而言。大抵在晋初,二派诗之势力足以抗衡;及江左,则张、陆派占优势矣。

（9）嵇家诗总以清峻见长,故仲伟褒之。

晋中书张载、[①](1) 晋司隶傅玄、[②](2) 晋太仆傅咸、[②](3) 晋侍中缪袭、[③](4) 晋散骑常侍夏侯湛[(5)] 诗[④]

　　孟阳诗，乃远惭厥弟，[⑤] 而近超两傅。[(6)] 长虞父子，繁富可嘉。[⑥](7) 孝冲[⑦] 虽曰后进，见重安仁。[⑧](8) 熙伯《挽歌》，唯以造哀尔。[⑨](9)

【古笺】

　　①《晋书》曰："张载，字孟阳，安平人。长沙王乂请为记室督，拜中书侍郎。载见世方乱，无复仕进意，遂称笃告归。卒。"

　　②《晋书》曰："傅玄，字休奕，北地泥阳人。州举秀才，累迁至司隶校尉。卒。子咸，字长虞。拜太子洗马，累迁至司隶校尉。卒。"

　　③《魏志·刘劭传》曰："同时东海缪袭亦有才学，官至尚书光禄勋。"注引《文章志》曰："袭，字熙伯，历事魏四世。正始六年，卒。"案：仲伟云"晋侍中"，误。

　　④《晋书》曰："夏侯湛，字孝若，谯国人。仕至散骑常侍。元康初，卒。"

　　⑤案：三张并称，惟亢远逊，孟阳《七哀》亦何惭于厥弟邪？《文心雕龙·才略》篇曰："孟阳、景阳，才绮而相埒，可谓鲁、卫之政，兄弟之文也。"庶几笃论。

　　⑥《晋论》曰："傅玄文集百馀卷，行于世。"《隋志》："傅咸集十七卷。梁三十卷。"可谓"繁富"矣。

　　⑦案：《晋书》曰："湛弟淳，字孝冲。"此误以弟字为兄字。

⑧《世说·文学》篇曰:"夏侯湛作《周诗》成,示潘安仁。安仁曰:'此非徒温雅,乃别见孝弟之性。'潘因此遂作《家风》诗。"《文选》注引臧荣绪《晋书》曰:"夏侯湛,美容仪,才华富盛。与潘岳友善,时人谓之连璧。"

⑨　熙伯《挽歌》,见《文选》。李善注引谯周《法训》曰:"挽歌者,高帝召田横,至尸乡自杀。从者不敢哭而不胜哀,故为此歌以寄哀音焉。"《毛诗》曰:"君子作歌,维以告哀。"

【许疏】

(1)《晋书》五十五:"张载,字孟阳,安平人。长沙王乂请为记室督,拜中书侍郎。载见世方乱,无复仕进意,遂称笃告归。卒。"《隋志》:"晋中书郎张载集七卷。梁一本二卷,录一卷。"

(2)《晋书》四十七:"傅玄,字休奕,北地泥阳人。州举秀才,累迁至司隶校尉。卒。"《隋志》:"晋司隶校尉傅玄集十五卷。梁五十卷。"

(3)《晋书》四十七:"傅玄子咸,字长虞。拜太子洗马,累迁至司隶校尉。卒。"《隋志》:"晋司校尉傅咸集十七卷。梁三十卷,录一卷。"

(4)《魏志·刘劭传》:"同时东海缪袭亦有才学,官至尚书光禄勋。"注引《文章志》:"袭,字熙伯。历事魏四世。正始六年,卒。"《隋志》:"魏散骑常侍缪袭集五卷。梁有录一卷。"

(5)《晋书》五十五:"夏侯湛,字孝若,谯国人。仕至散骑常侍。元康初,卒。"《隋志》:"晋散骑常侍夏侯湛集十卷。梁有录一卷。"

(6)许学夷《诗源辩体》曰:"张孟阳气格不及太冲,词彩远惭厥弟。太康诸子,载独居下。"至于傅氏父子,或擅乐府诗,不免拟汉、魏而拙;或类《道德论》,不免贻"平典"之讥。是孟阳才华,固可过之。

(7)刚侯富于乐章,长虞繁于经言。

(8)《世说》曰:"夏侯湛作《周诗》成,示潘安仁。安仁曰:'此非徒温雅,乃别见孝弟之性。'潘因此遂作《家风》诗。"今案:《周诗》系四言,于本书为例外,故仲伟隐其篇欤?

(9)缪袭《挽歌》云:"白日入虞渊,悬车息驷马。"哀凉独造。

晋骠骑王济、①⑴晋征南将军杜预、②⑵晋廷尉孙绰、③⑶晋徵士许询⑷诗④

永嘉以来，清虚在俗。王武子辈诗，贵道家之言。⑤⑸爰泪江表，玄风尚备。⑥真长、⑹仲⑴祖、⑦⑺桓、⑧庾⑧⑼诸公犹相袭。世称孙、许，弥善恬淡之词。⑨⑽

【古笺】

① 《晋书》曰："王浑子济，字武子。仕至侍中。卒，追赠骠骑将军。"

② 《晋书》曰："杜预，字元凯，京兆杜陵人。仕至镇南大将军。卒。"

③ 《晋书》曰："孙楚子绰，字兴公。仕至廷尉卿，领著作。卒。"

④ 《世说》注引《续晋阳秋》曰："许询，字玄度，高阳人。辟司徒掾，不就。卒。"

⑤ 案：杜预诗不传。王济诗今存《华林园》诗四言一首。考《后汉书》，仲长统《述志》诗云："大道虽夷，见幾者寡。任意无非，适物无可。古来缭绕，委曲如琐。百虑何为，至要在我。寄愁天上，埋忧地下。叛散五经，灭弃《风》《雅》。百家杂碎，请用从火。抗志山栖，游心海左。元气为舟，微风为柂。翱翔太清，纵意容冶。"则"清虚"之俗，汉末已开其端，正始而后，兹风遂炽。仲伟以为始于"永嘉以来"，其见稍后。

⑥ 已详《序》中。

⑦ 《晋书》曰："刘惔，字真长。尤好老、庄，任自然趣。"又曰："王濛，字仲祖。与刘惔齐名友善。凡称风流者，举濛、惔为宗焉。"

⑧案:《晋书》曰:"简文帝为会稽王时,尝与孙绰商略诸风流人物。绰言曰:'刘惔清蔚简令,王濛温润恬和,桓温高爽迈出。'"又曰:"桓温尝问惔:'会稽王谈更进邪?'惔曰:'极进,然故是第二流耳。'温曰:'第一复谁?'惔曰:'故在我辈。'"又曰:"庾亮善谈论,性好庄、老。"以此证之,知"桓、庾"乃指桓温、庾亮诸人也。

⑨案:孙绰诗今存十一首,内五言三首,馀皆四言。如云:"大朴无象,钻之者鲜。玄风虽存,微言靡演。邈矣哲人,测深钩缅。谁谓道遥,得之无远。"皆所谓"恬淡"之词也。《世说·文学》篇曰:"简文称许掾云:'玄度五言诗,可谓妙绝时人。'"案:《艺文类聚》六十九引许询《竹扇》诗曰:"良工眇芳林,妙思触物骋。蔑疑秋蝉翼,圆取望舒景。"《初学记》二十八引许询诗曰:"青松凝素髓,秋菊落芳英。"询诗传者止此。其"清虚"、"恬淡"之词,"妙绝时人"之作,不可见矣。又案:《世说·品藻》篇曰:[1]"支道林问孙兴公:'君何如许掾?'孙曰:'高情远致,弟子早已服膺;一吟一咏,许将北面。'"是兴公自以为诗胜玄度也。

【许校】

〔1〕明钞本作"冲"字。

【许疏】

(1)《晋书》四十二:"王浑子济,字武子。仕至侍中。卒,追赠骠骑将军。"《隋志》:"梁有晋骠骑将军王济集二卷,亡。"

(2)《晋书》三十四:"杜预,字元凯,京兆杜陵人。仕至镇南大将军。卒。"《隋志》:"晋征南将军杜预集十八卷。"

(3)《晋书》五十六:"孙楚子绰,字兴公。仕至廷尉卿,领著作。卒。"《文选》注引何法盛《晋中兴书》:"孙绰,字兴公,太原人也。于时才笔之士,绰为其冠。"《隋志》:"晋卫尉卿孙绰集十五卷。梁二十

---

〔1〕"品藻",原误作"排调",据《世说新语》改。

五卷。"

（4）《晋书》五十六："绰少与高阳许询俱有高尚之志。一时名流，或爱询高迈，则鄙于绰；或爱绰才藻，而无取于询。沙门支遁试问绰：'君何如许？'答曰：'高情远致，弟子早已伏膺；然一咏一吟，许将北面矣。'"《文选》江淹《拟许徵君自序》诗注引《晋中兴书》曰："高阳许询，字玄度。有才藻，善属文，时人皆钦爱之。"又沈约《宋书·谢灵运传论》注引《续晋阳秋》曰："许询有才藻，善属文。"《隋志》："晋徵士许询集三卷。梁八卷，录一卷。"

（5）按：武子善《庄》、《老》，其见之于诗，盖亦固然。今仅存《平吴后三月三日华林园》诗，系四言。其五言已不见，殆佚去矣。元凯诗亦不见，《北堂书钞》一百四十二、一百四十四所载诸语，如曰"大羹生华，兰椒馥芳"、"菰粮雪累，班脔锦文"、"馨香播越，气干青云"，类是清虚之赋。

（6）《晋书》卷七十五："刘惔，字真长，沛国相人也。尚明帝女庐陵公主。以惔雅善言理，简文帝初作相，与王濛并为谈客，俱蒙上宾礼。累迁丹阳令，为政清整。桓温尝问惔：'会稽王谈更进耶？'惔曰：'极进，然故第二流耳。'温曰：'第一复谁？'惔曰：'故在我辈。'其高自标置如此。尤好《老》、《庄》，任自然，卒官。孙绰为之诔曰：'居官无官官之事，处事无事事之心。'时人以为名言。"《世说新语》："刘真长为丹阳尹，许玄度出都，就刘宿，床帷新丽，饮食丰甘。许曰：'若保全此处，殊胜东山。'刘曰：'卿若知吉凶由人，吾安得不保此？'王逸少在坐，曰：'令巢、许遇稷、契，当无此言。'二人并有愧色。"

（7）《晋书》卷九十三："王濛，字仲祖，哀靖皇后父也。与沛国刘惔齐名友善。惔常称濛性至通，而自然有节。濛每云：'刘君知我，胜我自知。'时人以惔方荀奉倩，濛比袁曜卿。凡称风流者，举濛、惔为宗焉。简文帝之为会稽王也，尝与孙绰商略诸风流人。绰言曰：'刘惔清蔚简令，王濛温润恬和，桓温高爽迈出，谢尚清易令达。'而濛性和畅，能言理，辞简而有会。"

（8）《晋书》卷九十八《叛逆传》："桓温，字元子。少与沛国刘惔善。"

（9）《晋书》七十三："庾亮，字元规。美姿容，善谈论，性好《老》、《庄》。"

（10）孙绰《秋日》，怀心濠上；许询《竹扇》，妙思触物。

晋徵士戴逵^①⁽¹⁾诗

安道诗虽嫩弱，有清工之句。裁长补短，袁彦伯之亚乎？⁽²⁾逵子颙，亦有一时之誉。^{(1)(3)[1]}

【古笺】

①《晋书》曰："戴逵，字安道，谯国人。武陵王晞闻其善鼓琴，使人召之。对使者破琴，曰：'戴安道不为王门伶人。'累徵不就。卒。"案：逵诗今不传。《隋志》："晋徵士戴逵集九卷。"注云："残缺。梁十卷，录一卷。"

【许校】

〔1〕按：各本均脱评语，今据《对雨楼丛书》本引《吟窗杂录》补入。

【许疏】

(1)《晋书》九十四《隐逸传》："戴逵，字安道，谯国人。武陵王晞闻其善鼓琴，使人召之。逵对使者破琴，曰：'戴安道不为王门伶人。'后徙居会稽之剡县。性高絜，常以礼度自处，深以放达为非。累徵不就，病卒。"《隋志》："晋徵士戴逵集九卷，残缺。梁十卷，录一卷。"

(2)按：彦伯泛渚游吟，脱去凡俗；安道不为王门伶人，可称放达。仲伟以戴拟袁，亦有是意欤？

(3)按：颙子仲若，永初、元嘉中，屡徵不就。

---

〔1〕 古氏《诗品笺》脱漏此条评语，而将标题与下一则"晋东阳太守殷仲文诗"合并为一则，兹将其笺注迻录于此。

晋谢琨、⁽¹⁾晋东阳太守殷仲文⁽²⁾诗^①

晋、宋之际，殆无诗乎？⁽³⁾ 义熙中，以谢益寿、殷仲文为华绮之冠，殷不競^{〔1〕}矣。^{②(4)}

【古笺】

①《晋书》曰："殷仲文，南蛮校尉觊之弟。桓玄将为乱，以为侍中。玄败，投义军，仕至东阳太守。后以谋反伏诛。"

② 案：诸家多以殷、谢并举，如《宋书》云："仲文始革孙、许之风，叔源大变太元之体。"《南齐书》云："仲文玄气，犹不尽除；谢混清新，得名未盛。"《文心雕龙》云："殷仲文之孤兴，谢叔源之闲情。"皆是。殷诗除《文选·南州桓公九井作》一首外，止存《送东阳太守》六句，见《艺文类聚》二十九。

【许校】

〔1〕明钞本作"竞"字。

【许疏】

（1）琨名已见中卷，此据《对雨楼丛书》本补。亦犹应璩见中卷，并见下卷之例。中卷因宣远连及，此复连及仲文耳。^[1]

---

　[1] 许氏所言有误，"晋谢琨"乃"宋谢混"之讹，因评语中云"以谢益寿、殷仲文为华绮之冠"而窜入，当删去。

(2)《晋书》九十九:"殷仲文,南蛮校尉觊之弟也。少有才藻,美容貌。从兄仲堪荐之于会稽王道之,甚相赏待。桓玄姊,仲文之妻。玄《九锡》,仲文之辞也。帝反正,抗表自辞。仲文素有名望,自谓必当朝政。又谢混之徒,畴昔所轻者,并皆比肩,常怏怏不得志。忽迁为东阳太守,意弥不平。义熙三年,以谋反伏诛。仲文善属文,为世所重。谢灵运尝云:'若殷仲文读书半袁豹,则文才不减班固。'言其文多而见书少也。"《隋志》:"晋东阳太守殷仲文集七卷。梁五卷。"

(3)按:仲伟以诗至晋、宋之际,建安风力已尽,殆如朝华已谢而夕秀未振,故云"无诗"。

(4)按:殷、谢齐称,亦见于《文心雕龙·才略》篇。仲伟《序》中只云:"义熙中,谢益寿斐然继作。"而不及殷仲文,即此谓"殷不竞"之意也。《世说新语》云:"殷仲文天才宏赡,而读书不甚广。傅亮叹曰:'殷仲文读书半袁豹,才不减班固。'"

宋尚书傅亮⁽¹⁾诗^①

　　季友文，余尝忽而不察。今沈特进撰诗，^②载其数首，⁽²⁾亦复平美。^{③〔1〕(3)}

【古笺】

　　①《宋书》曰："傅亮，字季友，北地灵州人。仕至中书监、尚书令、左光禄大夫。"

　　②案：《隋志》有沈约撰《集钞》十卷，或即此书也。

　　③案：傅亮诗今存四首。

【许校】

　　〔1〕明钞本作"矣"字。

【许疏】

　　(1)《宋书》四十三："傅亮，字季友，北地灵州人也。博涉经史，尤善文词。高祖受命，表册文诰，皆亮辞也。少帝即位，进为中书监、尚书令。元嘉三年，伏诛。初，亮见世路屯险，著论名曰《演慎》。既居宰辅，兼总重权。少帝失德，内怀忧惧，作《感物赋》以寄意。奉迎大驾，道路赋诗三首，其一篇有悔惧之辞，曰：'凤棹发皇邑，有人祖我舟。饯离不以币，赠言重琳球。知止道攸贵，怀禄义所尤。四牡倦长路，君辔可以收。张邴结晨轨，疏董顿夕辀。东隅诚已谢，西景逝不留。惟命安可图，怀此作前

147

修。敷衽铭笃诲,引带佩嘉谋。迷宠非予志,厚德良未酬。抚躬愧疲朽,三省惭爵浮。重明照蓬艾,万品同率由。忠诰岂假知,式微发直讴。'"又见《南史》卷十五。《隋志》:"宋尚书令傅亮集三十一卷。梁二十卷,录一卷。"

（2）沈约仕梁,位至光禄侍中、少傅,加特进。云"撰诗",其书未闻。

（3）按:王船山评选傅亮《从征》四言云:"平净。"亦犹仲伟之旨。

宋记室何长瑜、羊曜璠^①⁽¹⁾〔1〕、宋詹事范晔⁽²⁾诗^②

乃不称其才，⁽³⁾亦为鲜举矣。^{③(4)}

【古笺】

①《宋书·谢灵运传》曰："东海何长瑜教惠连读书，灵运以为绝伦，谓方明曰：'长瑜，当今仲宣，而饴以下客之食。'载之而去。璠之，字曜璠，临川内史，为司空竟陵王诞所遇。诞败，坐诛。长瑜文才之美亚于惠连，璠之不及也。临川王义庆招集文士，长瑜自国侍郎至平西记室参军。庐陵王镇寻阳，以长瑜为南中郎行参军，掌书记之任。行至板桥，遇暴风溺死。"《隋志》："何长瑜集八卷。亡。"案：长瑜诗，《灵运传》载其序义庆州府僚佐四句，曰："陆展染鬓发，将以媚侧室。青青不解久，星星行复出。"又《艺文类聚》五十六引其《离合诗》曰："宜然悦今会，且怨明晨别。肴蔌不能甘，有难不可雪。"曜璠诗只字不传。

②《宋书》曰："范晔，字蔚宗，顺阳人。仕至太子詹事。徐湛之表晔逆谋，伏诛。"案：范晔诗今存二首。

③案："鲜举"，当为"轩举"，形近音近而讹也。《世说·容止》篇曰："林公道王长史：'敛衿作一来，何其轩轩韶举。'"

――――――

〔1〕　古、许两家均脱漏"宋记室何长瑜、羊曜璠"条评语，而将标题与下一则"宋詹事范晔诗"合并为一则。兹据《吟窗杂录》本迻录何、羊二家评语如下："才难，信矣。以康乐与羊、何若此，而二人文辞，殆不足奇。"

【许疏】

(1)《宋书》卷六十七《谢灵运传》:"灵运与族弟惠连、东海何长瑜、颍川荀雍、太山羊璿之以文章赏会,共为山泽之游,时人谓之四友。灵运自始宁至会稽,时长瑜教惠连读书,亦在郡内。灵运又以为绝伦,谓方明(惠连父)曰:'何长瑜,当今仲宣,而饴以下客之食。尊(惠连父方明)既不能礼贤,宜以长瑜还灵运。'灵运载之而去。璿之,字曜璿。临川内史。为司空竟陵王诞所遇,诞败坐诛。长瑜文才之美,亚于惠连,雍、璿之不及也。临川王义庆招集文士,长瑜自国侍郎至平西记室参军。尝于江陵寄书与宗人何勖,以韵语序义庆府僚佐云:'陆展染鬓发,欲以媚侧室。青青不解久,星星行复出。'如此者五六句。而轻薄少年遂演而广之,凡厥人士,并为题目,皆加剧言苦句,其文流行。义庆大怒,白太祖,除为广州所统曾城令。及义庆薨,朝士诣第叙哀,何勖谓袁淑曰:'长瑜便可还也。'淑曰:'国新丧宗英,未宜便以流人为念。'庐陵王绍镇寻阳,以长瑜为南中郎行参军,掌书记之任。行至桥板,遇暴风溺死。"《隋志》:"梁有平南将军何长瑜集八卷。"

(2)《宋书》六十九:"范晔,字蔚宗,顺阳人。少好学,博涉经史,善为文章,能隶书,晓音律。元嘉元年,左迁宣城太守。不得志,乃删众家《后汉书》为一家之作。母亡,报之以疾,晔不时奔赴,及行,又携妓妾自随,为御史中丞所奏。太祖爱其才,不罪也。寻迁左卫将军、太子詹事。晔少时,兄晏常云:'此儿进利,终破门户。'终如晏言。"又见《南史》卷三十三。《隋志》:"梁有范晔集十五卷,录一卷。"

(3)案:长瑜流放,曜璿、蔚宗坐诛,当时以罪人目之。罪人而不称其才,时论限之也。"乃"与"而"同训。

(4)《宋书·谢灵运传》:"与族弟惠连、东海何长瑜、颍川荀雍、太山羊璿之以文章赏会。长瑜才亚惠连,雍、璿之不及也。"按:羊、何时与谢家兄弟以诗共和,其篇什宜有足称。今观长瑜嘲府僚之诗,剧言苦句,颇病其佻。曜璿平反休、鲍之论,其诗宗鲍可知。蔚宗乐游应诏,转抑开张,同其文史之笔。三子虽未尽以诗才见称,其皆为一时难得之选,盖可论矣。

宋孝武帝、①(1)宋南平王铄、②(2)宋建平王宏(3)诗③

孝武诗雕文织彩,过为精密。④为二藩希慕,见称轻巧矣。⑤(4)

【古笺】

①《南史》曰:"孝武帝讳骏,字休龙,小字道人,[1]文帝第三子。"

②《南史》曰:"南平王铄,字休玄,文帝第四子。"

③《南史》曰:"建平宣简王宏,字休度,文帝第七子。"

④《南史·王俭传》曰:"宋孝武好文,天下悉以文采相尚。"《文心雕龙·时序》篇曰:"孝武多才,英采云构。"案:孝武诗如"层峰亘天维,旷渚绵地络。逢皋列神苑,遭坛树仙阁",皆"雕织"之极者。

⑤案:铄诗以《拟古》为佳,似学士衡,不出孝武也。《南史》曰:"休玄少好学,有文才。《拟古》三十馀首,时人以为亚迹陆机。"《金楼子》:"刘休玄《拟古》诗,时人谓陆士衡之流,余谓胜乎士衡。"休玄《拟古》今存四首。休度诗佚。《隋志》:"宋建平王休度集十卷。"《新唐志》:"宋建平王宏集十卷。"

【许疏】

(1)《宋书》卷六:"世祖孝武皇帝讳骏,字休龙,小字道民,文帝第三子也。"《隋志》:"宋孝武集二十五卷。梁三十一卷,录一卷。"

---

[1] "道人",当据《宋书》作"道民",盖避唐讳而改。

（2）《宋书》卷七十二《文九王传》："南平穆王铄,字休玄,文帝第四子也。"《隋志》："宋南平王铄集五卷。"

（3）《宋书》卷七十二《文九王传》："建平宣简王宏,字休度,文帝第七子也。少而闲素,笃好文籍,太祖宠爱异常。"

（4）按:孝武诗如"屯烟扰风穴,积水溺云根"、"长杨敷晚素,宿草披初青",其雕织精密,殊见轻巧。《齐书·王俭传》云："宋武帝好文章,天下悉以文采相尚。"然则不独"二藩希慕",其风流盖被之广矣。

宋光禄谢庄⁽¹⁾诗^①

希逸诗气候清雅，不逮于王、袁。^{②(2)}然兴属闲长，良无鄙促也。⁽³⁾

【古笺】

①《宋书》曰："谢庄，字希逸，陈郡阳夏人。仕至散骑常侍、金紫光禄大夫。卒。"

②案：王微、袁淑也。《宋书》曰："南平王铄献赤鹦鹉，普诏群臣为赋。袁淑赋毕，赍以示庄。庄赋亦竟，淑叹曰：'江东无我，卿当独秀。'"

【许疏】

(1)《宋书》卷八十五："谢庄，字希逸，陈郡阳夏人，太常弘微子也。南平王铄献赤鹦鹉，普诏群臣为赋。太子左卫率袁淑文冠当时，作赋毕，赍以示庄。庄赋亦竟，淑见而叹曰：'江东无我，卿当独步！我若无卿，亦一时之杰也。'遂隐其赋。太宗即位，以庄为散骑常侍、光禄大夫。泰始二年卒，谥曰宪子。所著文章四百馀首，行于世。女为顺帝皇后。追赠金紫光禄大夫。"又见《南史》卷二十。《隋志》："宋金紫光禄大夫谢庄集十九卷。梁十五卷。"《渔洋诗话》曰："谢庄宜在中品。"案：希逸诗，《文选》亦不取。

(2)按：仲伟前以王微、袁淑列于同品，江文通《杂体诗》亦以《王微君微养疾》、《袁太尉淑从驾》、《谢光禄庄郊游》相连次，知"王、袁"即微、

淑二人也。《宋书·庄传》:"希逸七岁能属文,袁淑叹曰:'江东无我,卿
当独步!'"或本以"王、袁"作"范、袁",非。

　　(3)按:希逸诗往往不起议论,而辉映有馀,如王船山评其《七夕夜
咏牛女应制》是也。成倬云又评其《侍宴蒜山》"诗笔清丽,兴致不浅",盖
与"鄙促"之体适相反矣。

宋御史苏宝生、^{①(1)}宋中书令史陵修之、
宋典祠令任昙绪、^②宋越骑戴法兴⁽²⁾诗^③

苏、陵、任、戴，并著篇章，^④亦为缙绅之所嗟咏。人非^{⑤(3)}文才是，⁽⁴⁾愈^⑥甚可嘉焉。^{⑦[1]}

【古笺】

①《宋书·王僧达传》："苏宝者，名宝生。本寒门，有文义之美。元嘉中，立国子学，为《毛诗》助教。为太祖所知，官至南台侍御史、江宁令。坐知高阇反，不即启闻，与阇并伏诛。"又《恩幸传》："世祖初，又使苏宝生踵成国史。"

② 未详。

③《宋书》："戴法兴，山阴人。仕至越骑校尉，执权日久，威行内外。世祖怒，赐死。"

④ 诗皆不传。《隋志》："梁有江宁令苏宝生集四卷。"又有："越骑校尉戴法兴集四卷，亡。"

⑤ 如戴法兴在《宋书·恩幸传》，故曰"人非"。

⑥《宋书》："苏宝生有文义之美。戴法兴能为文章，颇行于世。"

⑦ 案：于此见仲伟无当时门阀之见。

---

[1] 此处文字稍有衍误，当依《吟窗杂录》等诸本，标校作"人非文是，愈有可嘉焉"。古氏《诗品笺》误断为"人非，文才是愈，甚可嘉焉"。此处标点姑依许氏《讲疏》。

【许疏】

(1)《宋书·王僧达传》:"苏宝者,名宝生,本寒门,有文义之美。元嘉中,立国子学,为《毛诗》助教。为太祖所知,官至南台侍御史、江宁令。坐知高阇反,不即启闻,与阇共伏诛。"又九十四《恩幸传》:"戴明宝死,世祖使文士苏宝生为之诔焉。"又《徐爰传》:"元嘉中,使著作郎何承天草创国史。世祖初,又使奉朝请山谦之、南台御史苏宝生踵成之。六年,又以爰领著作郎,使终其业。"又卷一百《自序》:"山谦之病亡,使南台侍御史苏宝生续造诸传,元嘉名臣,皆其所撰。"《隋志》:"梁有江宁令苏宝生集四卷。"

(2)《宋书》卷九十四《恩幸传》:"戴法兴,会稽山阴人也。世祖亲览朝政,不任大臣,而腹心耳目,不得无所委寄。法兴颇知古今,素见亲待。法兴多纳货贿,凡所荐达,言无不行,天下辐凑,门外成市,家产千金。前废帝即位,迁越骑校尉。而道路之言,谓法兴为真天子。帝怒,免法兴官,于其家赐死。法兴能为文章,颇行于世。"又见《南史》卷七十七《恩幸传》。《隋志》:"梁有越骑校尉戴法兴集四卷,亡。"

(3) 苏、戴二人,均罪至诛死。馀陵、任二人,未详。

(4)《南史·王僧达传》:"时有苏宝者,生于寒门,有文义之美。"《历代吟谱》曰:"戴法兴能为文,颇行于世。"

宋监典事区惠恭⁽¹⁾诗^①

惠恭本胡人，为颜师伯^{②(2)}幹。^③颜为诗笔，辄偷笔^{〔1〕}定之。后造《独乐赋》，语侵给主，被斥。及大将军⁽³⁾修北第，^④差充作长。时谢惠连兼记室参军，^⑤惠恭时往共安陵⁽⁴⁾嘲调，末作《双枕诗》以示谢。谢曰："君诚能，恐人未重，且可以为谢法曹造，遗大将军。"见之赏叹，以锦二端赐谢。谢辞曰："此诗公作长⁽⁵⁾所制，请以锦赐之。"

【古笺】
①　未详。
②《宋书》曰："颜师伯，字长渊。东扬州刺史竣族兄。"
③《后汉书》注："晋令：诸郡国不满五千以下，置幹吏二人。郡县皆有幹。幹，犹主也。"
④　案："大将军"，谓彭城王义康。
⑤《宋书》曰："惠连，元嘉七年为司徒彭城王义康法曹参军。"

【许校】
〔1〕明钞本无"笔"字。

【许疏】
（1）事迹略见品中所叙，他书未见。

(2)《宋书》卷七十七:"颜师伯,字长渊,琅邪临沂人,东扬州刺史竣族兄也。"

(3)"大将军",指彭城王义康。

(4)"安陵",疑用战国时安陵君典,指当时所谓"繁华子"也。

(5)"公",即称大将军,以大将军修北第,惠恭差充作长故也。

齐惠休上人、①⁽¹⁾齐道猷上人、②⁽²⁾齐释宝月⁽³⁾诗③

　　惠休淫靡，④情过其才。世遂匹之鲍照，⑤恐商、周
矣。⑥⁽⁴⁾羊曜璠云："是颜公⑦忌照之文，故立休、鲍之论。"⁽⁵⁾
庾、白二胡，⑧⁽⁶⁾亦有清句。⑨《行路难》是东阳柴廓所造。⑩宝
月尝憩其家，会廓亡，因窃而有之。廓子赍手本出都，欲讼
此事，乃厚赂止之。⁽⁷⁾

【古笺】
　　①《宋书·徐湛之传》曰："时有沙门释惠休，善属文，辞采绮艳。湛
之与之甚厚，世祖命使还俗。本姓汤。位至扬州从事史。"案：宜云"宋
惠休上人"，《隋志》正作"宋汤惠休集"。
　　② 释慧皎《高僧传》曰："宋京师新安寺释道猷，吴人，生公弟子。文
帝尝问慧观曰：'顿悟之义，谁复习之?'答云：'有生公弟子道猷。'即敕临
川郡发遣到京。既至，延入宫内，大集义僧，命猷伸述顿悟。帝抚几称
快，因语诸人曰：'生公孤情绝照，猷公直辔独上，可谓克明师匠，无忝徽
音。'"案：诸书列道猷于晋，仲伟则列于齐，均非也，宜正曰"宋道猷
上人"。
　　③《乐府诗集》引《古今乐录》曰："《估客乐》者，齐武帝所作也，使乐
府令刘瑶管弦被之教习。卒，无成。有人启释宝月善解音律，帝使奏之，
旬日之中，便就谐合。宝月又上两曲。"
　　④ 案：《南史》曰："颜延之每薄汤惠休诗，谓人曰：'惠休制作，委巷

中歌谣耳。'"亦谓其"淫靡"也。

⑤ 案：《南齐书》云："休、鲍后出，咸亦标世。"锺宪云："大明、泰始中，鲍、休美文，殊已动俗。"锺说见下。

⑥《左传》曰："师克在和，不在众。商、周之不敌，君之所闻也。"案："恐商、周矣"语本此，言惠休不敌鲍照也。

⑦ 谓延之也。

⑧ 案：权德舆《送清浍上人谒陆员外》诗云："佳句已齐康宝月。"则宝月非姓庾也。考汉沙门有康巨、康孟详，曹魏沙门有康僧铠，吴沙门有康僧会，晋沙门有康法畅、康法邃、康僧渊。《高僧传》云"康僧会，其先康居人"，"康僧渊，本西域人，生于长安。貌虽梵人，语实中国"云云，疑宝月即僧会、僧渊之族也。"康"、"庾"形近易误，故康法畅，《世说新语》亦误为"庾法畅"，赖《高僧传》可正也。"白"当为"帛"。曹魏沙门有帛延，吴沙门有帛僧光。白居易《沃州山禅院记》曰："初，有罗汉僧西天竺人帛道猷居焉。"仲伟云道猷胡人，与乐天说合。《高僧传》云吴人，意其先本胡人，生于吴，遂为吴人，如康僧渊之例也。

⑨ 道猷《陵峰采药》诗，见《高僧传》。宝月《估客乐》、《行路难》，见《玉台新咏》。

⑩ 案：《玉台新咏》仍题宝月作。

【许疏】

（1）《宋书》卷七十一《徐湛之传》："沙门释惠休，善属文，辞采绮艳。湛之与之甚厚。世祖命使还俗。本姓汤。位至扬州从事史。"《隋志》："宋宛朐令汤惠休集三卷。梁四卷。"按：杜甫《留别公安太易沙门》诗以"丽藻"定休上人诗品。

（2）《诗纪》晋十七《帛道猷小传》："本姓冯，山阴人。居若邪山，少以篇牍著称，性素率，好丘壑，一吟一咏，有濠上之风。"其《陵峰采药触兴为诗》一篇，《诗纪》录注云："《释氏古诗》题云'寄道壹'，有相招之意。"《高僧传》曰："猷与道壹经有讲筵之遇，后与壹书，因赠诗云：'连峰数千里,修林带平津。云过远山翳,风至梗荒榛。茅茨隐不见,鸡鸣知有人。闲步践其径,处处见遗薪。始知百代下,故有上皇民。'"此诗亦殊有清句。《渔洋诗话》曰:"帛道猷、汤惠休宜在中品。"案:此亦同魏收《魏书》末卷置《释老》之意。

(3)《乐府诗集》卷四十八《估客乐》题下引《古今乐录》曰:"《估客乐》者,齐武帝之所制也。使乐府令刘瑶管弦被之教习,卒,遂无成。有人启释宝月善解音律,帝使奏之,旬日之中,便就谐合。宝月又上两曲。"

(4)近人刘师培曰:"侧艳之词,起源自昔。晋、宋乐府,如《桃叶歌》、《碧玉歌》、《白纻词》、《白铜鞮歌》,均以淫艳哀音,被于江左。迄于萧齐,流风益盛。其以此体施于五言诗者,亦始晋、宋之间,后有鲍照,前则惠休。"又自注曰:"明远乐府固妙绝一时,其五言诗亦多淫艳,特丽而能壮,与梁代之诗稍别。《齐书·文学传论》谓:'次则发唱惊挺,操调险急,雕藻淫艳,倾炫心魂,斯鲍照之遗烈。'其确证也。绮丽之诗,自惠休始。《南史·颜延之传》云:'延之每薄汤惠休诗,谓人曰:"惠休制作,委巷中歌谣耳,方当误后事。"'即据侧丽之诗言之。"按:"侧艳之诗",即仲伟所谓"情过其才",刘氏述休、鲍之同在此。其异则在休绮丽,鲍丽而能壮。是于萧子显休、鲍后出之论,及仲伟鲍周、休商之旨,可谓阐述尽之矣。

(5)"休、鲍之论",在当时殆为习谈。《齐书·文学传论》亦有"休、鲍后起,咸亦标世"之语。

(6)按:"白"字,《历代诗话》本及《对雨楼丛书》本并作"帛",谓帛道猷也。"庚",疑系宝月姓。"二胡",犹言二释子,指道猷、宝月也。盖称"释"自道安起,其前尝有称"胡"者。《升庵诗话》载道猷《陵峰采药》诗,谓"连峰数千里,修林带平津"、"茅茨隐不见,鸡鸣知有人"四句为"古今绝唱"。宝月有《估客乐》二曲,亦有名于时云。

(7)后人选本多题《行路难》为柴廓作,即本此。

齐高帝、①(1)齐[1]征北将军张永、②(2)齐太尉王文宪(3)诗③

　　齐高帝诗，词藻意深，无所云少。④(4)张景云虽谢文体，颇有古意。⑤至如王师文宪，⑥(5)既经国图远，⑦或忽是雕虫。⑧(6)

【古笺】

　　①《南史·齐高帝纪》曰："太祖高皇帝讳道成，字绍伯，姓萧氏。"

　　②《宋书》曰："张茂度，吴郡吴人。子永，字景云。仕至使持节，都督南兖、徐、青、冀、益五州诸军事，征北将军，南兖州刺史。卒。"

　　③《南齐书》曰："王俭，字仲宝，琅琊临沂人。仕至中书令、太子少师、领国子祭酒、卫军将军。薨，追赠太尉，谥文宪。"

　　④案：齐高帝诗，《南齐书·苏侃传》载其《塞客吟》一首，乃三、四、五、六字杂言。惟《南史·荀伯玉传》曰："齐高帝镇淮阴，为宋明帝所疑，被徵为黄门郎，深怀忧虑。见平泽有群鹤，乃命笔咏之曰：'八风儛遥翮，九野弄清音。一摧云间志，为君苑中禽。'"帝五言可见者仅此耳。

　　⑤永诗不传。《隋志》"宋徐爰集"下注云："梁又有右光禄大夫张永集十卷。"

　　⑥案：《南史》曰："嵘，齐永明中为国子生。卫将军王俭领祭酒，颇赏接之。"故云"王师"。

　　⑦《南史》曰："俭寡嗜欲，惟以经国为务。"

⑧ 案：仲伟于俭有知己之感，而置之下品，足证不以恩怨为高下也。

【许校】

〔1〕彭啸咸云：当作"宋"。

【许疏】

（1）《南齐书》卷一："太祖高皇帝讳道成，字绍伯，姓萧氏，小讳斗将。"

（2）《宋书》五十三《张茂度传》："子永，字景云。初为郡主簿、州从事，补馀姚令，入为尚书中兵郎。涉猎书史，能为文章。后废帝元徽二年，迁使持节都督南兖、徐、青、冀、益五州诸军事，征北将军，南兖州刺史。"《隋志》："梁又有宋右光禄大夫张永集十卷。"

（3）《南齐书》卷二十三："王俭，字仲宝，琅琊临沂人也。幼有神彩，专心笃学，手不释卷。上表求校坟籍，依《七略》撰《七志》四十卷。上表献之，表辞甚典。少有宰相之志，物议咸相推许。时大典将行，俭为佐命，礼仪诏策，皆出于俭。褚渊唯为禅诏文，使俭参治之。薨，追赠太尉，谥文宪公。俭寡嗜欲，唯以经国为务，车服尘素，家无遗财。手笔典裁，为当时所重。少撰《古今丧服集记》，并文集，并行于世。"又见《南史》卷二十二。《隋志》："太尉王俭集五十一卷。梁六十卷。"

（4）按：高帝诗如《塞客吟》，遐心栖玄；《群鹤咏》，托志云间。其诗意深矣，自不在其篇之多少也。

（5）仲伟既称"王师"，故呼谥而不名。

（6）《韵语阳秋》卷六曰："王俭少年以宰相自命，尝有诗云：'稷契匡虞夏，伊吕翼商周。'（《春日家园》）又字其子曰元成，仍取作相之义。至其孙训亦作诗云：'旦奭康世功，萧曹佐甿俗。'大率追俭之意而为之。后官亦至侍中。"按：此说可实仲伟"经国图远，忽是雕虫"之评矣。

齐黄门谢超宗、①(1)齐浔阳太守丘灵鞠、②(2)齐给事中郎刘祥、③(3)齐司徒长史檀超、④(4)齐正员郎锺宪、⑤(5)齐诸暨令颜则、⑥(6)齐秀才顾则心诗⑦

　　檀、谢七君,并祖袭颜延。欣欣不倦,得士大夫之雅致乎!(7)余从祖正员尝(1)云:大明、泰始中,鲍、休美文,殊已动俗。⑧唯此诸人,传颜陆体,用固执不如颜,(8)诸暨最荷家声。⑨(9)

【古笺】

　　①《南齐书》曰:"谢超宗,陈郡阳夏人。仕至黄门郎。为王逡之奏弹,徙越州,赐自尽。"

　　②《南齐书》曰:"丘灵鞠,吴兴乌程人。为镇南长史、浔阳相,迁长沙王车骑长史、太中大夫。卒。"

　　③《南齐书》曰:"刘祥,字显徵,东莞莒人。为长沙王镇军咨议参军,历临川王骠骑从事中郎。卒。"

　　④《南齐书》曰:"檀超,字悦祖,高平金乡人。"

　　⑤ 未详。

　　⑥ 案:《南史》曰:"颜延之子测,亦以文章见知,官至江夏王义恭大司马录事参军。""颜则"或即颜测,故曰"最荷家声"。

　　⑦ 未详。

　　⑧《南齐书·文学传论》曰:"休、鲍后出,咸亦标世。"与宪说相

发也。

⑨ 案：谢朓集《和刘西曹望海台》诗，《选诗拾遗》作锺宪诗；何逊集《望廨前水竹答崔录事》诗，《选诗拾遗》作顾则心诗，不知何据也？檀、谢诸人诗并佚。《隋志》"齐竟陵王子良集"下注云："梁又有齐领军咨议刘祥集十卷，亡。"

【许校】

〔1〕明钞本作"常"。案：作"常"是也，"常"下脱"侍"字。

【许疏】

（1）《南齐书》卷三十六："谢超宗，陈郡阳夏人也。祖灵运，父凤，坐灵运事，同徙岭南，早卒。元嘉末，超宗得还。与慧休道人来往，好学，有文辞，盛得名誉。殷淑仪卒，超宗作诔，奏之，帝大嗟赏曰：'超宗殊有凤毛，恐灵运复出。'太祖即位，转黄门郎。有司奏撰立郊庙歌，敕司徒褚渊、侍中谢朓、散骑侍郎孔稚珪、太学博士王喧之、总明学士刘融、何法冏、何昙秀等十人并作，超宗辞独见用。超宗轻慢，王逡之奏超宗图反，赐自尽。"又见《南史》卷十九。《金楼子·杂记上》："谢超宗是谢凤之儿，字幾卿，〔1〕中拜率更令。"

（2）《南齐书》卷五十二《文学传》："丘灵鞠，吴兴乌程人也。少好学，善属文。褚渊为吴兴，谓人曰：'此郡才士，唯有丘灵鞠及沈勃耳。'为镇南长史、寻阳相，迁长沙王车骑长史、太中大夫，卒。著《江左文章录序》，起太兴，讫元熙。文集行于世。"

（3）《南齐书》三十六："刘祥，字显徵，东莞莒人也。少好文学，性韵刚疏，轻言肆行，不避高下。永明初，迁长沙王镇军，板咨议参军。历鄱阳王征虏、豫章王大司马咨议、临川王骠骑从事中郎。"又见《南史》卷十

---

〔1〕"字"，当作"子"，参见《梁书·文学·谢幾卿传》："父超宗，齐黄门郎。"今存《金楼子》诸本均误。

五。《隋志》:"梁有领军咨议刘祥集十卷,亡。"

(4)《南齐书》卷五十二《文学传》:"檀超,字悦祖,高平金乡人也。少好文学,放诞任气。太祖赏爱之,迁骁骑将军、常侍、司徒右长史。"

(5)据本品所云,知宪为嵘之从祖,仕至正员常侍。馀未详。

(6)《宋书》卷七十三《颜延之传》:"子竣。竣弟恻(《南史》卷三十四作"测"),亦以文章见知,官至江夏王义恭大司徒录事参军。[1] 蚤卒。"案:"颜则"疑即颜恻,品云"祖袭颜延,诸暨最荷家声"可证。《隋志》:"宋大司马录事颜测集十一卷,并目录。"

(7)案:《齐书·文学传论》以"颜、谢"与"休、鲍"对举,知颜、谢虽各擅奇,不愧同调。超宗素有"灵运复出"之誉,其《齐南郊乐章》十三首、《齐北郊乐歌》六首、《齐明堂乐歌》十五首、《齐太庙乐歌》十六首,皆《南齐书·乐志》所谓"多删颜延之、谢庄辞"者,亦异代之同调矣。《南史》载灵鞠献挽歌三首,有"云横广阶闇,霜深高殿寒"之句,与延年"流云蔼青阙,皓月鉴丹宫"装点复同。刘、檀二君诗已不见,恐亦受繁密之化者。锺宪诗如《登群峰标望海》,顾则心诗如《望廨前水竹》,虽较为轻情悠扬,而仍源于颜、谢之绮织丽组也。至诸暨"最荷家声",更无论矣。综此七君,皆得曹魏以来士大夫诗之正则,非虚评也。

(8)按:仲伟前评延之诗"其源出于陆机",故连及称"颜、陆"焉。大抵颜、陆以华旷典正为宗,休、鲍以雕藻淫艳相尚。颜、陆师古,不愧正统之派;休、鲍炫时,直如异军突起耳。

(9)《南史·颜延之传》:"延之曰:'测得臣文。'"

---

[1] "江夏王"下,原误衍"傅",据《南史》删。今存《宋书》诸本均误。

齐参军①毛伯成、②⑴齐朝请吴⑴迈远、③⑵齐朝请许瑶之诗④

伯成文不全佳,亦多惆怅。⑤吴⑵善于风人答赠。⑥⑶许长于短句咏物。⑦⑷汤休⑧谓远云:"吾诗可为汝诗父。"以访谢光禄,⑨云:"不然尔,汤可为庶兄。"⑸

【古笺】

① 当云"晋参军"。

② 《世说·言语》篇曰:"毛伯成既负其才气,常称:'宁为兰摧玉折,不作萧敷艾荣。'"注引《征西寮属名》曰:"毛玄,字伯成,颍川人。仕至征西行军参军。"

③ 《南史·檀超传》曰:"时又有吴迈远者,好为篇章。每作诗得称意语,辄掷地呼曰:'曹子建何足数哉!'"案:史不言迈远为朝请,而《隋志》则云"宋江州从事吴迈远集",与《诗品》异。

④ 案:《玉台新咏》目录有"许瑶之诗二首",而卷内则作"许瑶",明夺一"之"字也。

⑤ 伯成诗佚。《隋志·别集》:"晋毛伯成集一卷。"又《总集》:"毛伯成诗一卷。"注云:"伯成,东晋征西将军。"案:以《世说》注证之,"参"误为"将"。

⑥ 案:迈远长于乐府,《玉台新咏》载其拟乐府四首,《乐府诗集》载其《杞梁妻》、《楚朝曲》等九首。

⑦ 许诗今存二首,见《玉台新咏》。其《咏柟榴枕》诗曰:"端木生河侧,因病遂成妍。朝将云髻别,夜与蛾眉连。"

⑧ 汤惠休也。

⑨ 谢庄也。

【许校】

〔1〕明钞本作"胡"字。

〔2〕明钞本作"胡"字。

【许疏】

(1)《世说·言语》篇:"毛伯成既负其才气,常称:'宁为兰摧玉折,不作萧敷艾荣。'"注引《征西寮属名》曰:"毛玄成,字伯成,颍川人。仕至征西行军参军。"《隋志》:"晋毛伯成集一卷。"(见"别集"类。)又:"毛伯成诗一卷。"注:"伯成,东晋征西将军。"(见"总集"类。)

(2)《南史》卷七十二《文学·檀超传》:"有吴迈远者,好为篇章。宋明帝闻而召之,及见,曰:'此人连绝之外,无所复有。'迈远好自夸,而蚩鄙他人。每作诗得称意语,辄掷地呼曰:'曹子建何足数哉!'超闻而笑曰:'刘季绪才不逮于作者,而好诋诃人文章。季绪琐琐,焉足道哉!至于迈远,何为者乎!'"《隋志》:"宋江州从事吴迈远集一卷,残缺。梁八卷,亡。"

(3)陈祚明评曰:"迈远诗稍有远情,《长别离》曰:'富贵貌难变,贫贱容易衰。'《古意赠今人》曰:'容华一朝改,惟馀心不变。'皆可观。然无全首。"

(4)许《咏柟榴枕》只四句,曰:"端木生河侧,因病遂成妍。朝将云髻别,夜与蛾眉连。"

(5)汤休以吴好自夸,故深折之,亦如檀超之闻而笑之耳。谢庄之言,殆未知汤意矣。

齐鲍令晖、齐韩兰英诗

令晖歌诗，往往崭绝清巧，⁽³⁾拟古尤^[1]胜，^{④(4)}唯《百愿》淫矣。^{④(5)}照尝答孝武云："臣妹才自亚于左芬，^⑤臣才不及太冲尔。"兰英绮密，甚有名篇。^{⑥(6)}又善谈笑。齐武谓韩云："借使二媛生于上叶，则'玉阶'之赋，⁽⁷⁾'纨素'之辞，⁽⁸⁾未讵多也。"^⑦

【古笺】

①《玉台新咏》注引《小名录》曰："鲍照妹，字令晖。有才思，亚于明远。著《香茗赋》，集行于世。"

②《南史·后妃传·齐武穆裴皇后传》曰："妇人吴郡韩兰英，有文辞。宋孝武时，献《中兴赋》，被赏入宫。宋明帝时，用为宫中职僚。及武帝，以为博士，教六宫书学。以其年老，呼为'韩公'云。"

③ 案：令晖诗今存七首，见《玉台新咏》。

④《百愿》诗佚。

⑤《晋书·后妃传》曰："左贵嫔，名芬，兄思。芬少好学，善缀文，名亚于思。武帝闻而纳之，后为贵嫔。姿陋无宠，以才德见礼。帝重芬词藻，每有方物异宝，必诏芬为赋颂。"

⑥ 兰英诗佚。《隋志》"宋袁粲集"下注云："梁又有宋后宫司仪韩兰英集四卷，亡。"

⑦ "未讵"，犹"未遽"也。

【许校】

〔1〕明钞本作"犹"字。

【许疏】

（1）《玉台新咏》注引《小名录》："鲍照妹，字令晖。有才思，亚于明远。著《香茗赋》，集行于世。"

（2）《南齐书》卷二十《武穆裴皇后传》："吴郡韩兰英，妇人有文辞。宋孝武世，献《中兴赋》，被赏入宫。明帝世，用为宫中职僚。世祖以为博士，教六宫书学。以其年老多识，呼为'韩公'。"《金楼子·箴戒》篇云："齐郁林王初欲废明帝，其文则内博士韩兰英所作也。兰英号'韩公'，总知内事，善于文章。始入，为后宫司仪。"又云："齐郁林王时，有颜氏女，夫嗜酒，父母夺之，入宫为列职。帝以春夜命后宫司仪韩兰英为颜氏赋诗，曰：'丝竹犹在御，愁人独向隅。弃置将已矣，谁怜微薄躯！'帝乃还之。"《隋志》："梁有宋后宫司仪韩兰英集四卷，亡。"

（3）如令晖《寄行人》三、四二句收云："是时君不归，春风徒笑妾。"即"嶔绝清巧"之例。

（4）令晖有拟"青青河畔草"、"客从远方来"诸篇，皆胜。

（5）闻黄季刚先生有云："鲍之'百愿'系一诗题，其诗大意近淫，故云'淫矣'。"谨案："百愿"如系诗题，则承上句言之，定是拟古之作，亦犹宋颜峻《淫思古意》之比耳。

（6）兰英诗尚存《奉诏为颜氏赋诗》一首，其"名篇"之"绮密"者，今已不见。

（7）班倢伃退处东宫，作赋自伤悼，有"华殿尘兮玉阶苔"之句。齐武即拈"玉阶"二字，以代表其赋焉。

（8）班倢伃《怨歌行》开句云："新裂齐纨素。"齐武即指此诗。

齐司徒长史张融、^{①〔1〕}齐詹事孔稚珪^⑵诗^②

　　思光纤缓诞放，^{③〔1〕}纵有乖文体，^④然亦捷^⑵疾丰饶，差不局促。^⑶德璋生于封溪，^{⑤⑷}而文为雕饰，^⑸青于蓝矣。^⑥

【古笺】

　　①《南齐书》曰："张融，字思光，吴郡人。仕至司徒左长史。卒。"

　　②《南齐书》曰："孔稚珪，字德璋，会稽山阴人。仕至太子詹事。卒。"

　　③《南史》曰："融风止诡越，齐高帝曰：'此人不可无一，不可有二。'"

　　④《南史》："融为《门律自序》，^{〔1〕}云：'吾文章之体，多为世人所惊。夫文岂有常体，但以有体为常。'"

　　⑤　案：《南史》："张融为孔稚珪外兄，情趣相得。"融在宋世，尝为封溪令，故曰"德璋生于封溪"。

　　⑥　案：思光、德璋诗今各存四首。《荀子》曰："青出于蓝，而胜于蓝。"

【许校】

　　〔1〕明钞本作"放诞"。

　　〔2〕明钞本作"健"字。

────────────

　　〔1〕　"门律"，原误作"问律"，据《南齐书》本传改，今存《南史》各本均误。

【许疏】

（1）《南齐书》卷四十一："张融，字思光，吴郡吴人也。年弱冠，道士同郡陆修静以白鹭羽麈尾扇遗融，曰：'此既异物，以奉异人。'宋孝武闻融有早誉，叙以佳禄。出为封溪令。广越嶂崄，獠贼执融，异之而不害也。融家贫愿禄，与从叔征北将军永书：'闻南康缺守，愿得为之。'永明八年，迁司徒右长史。融自名集为《玉海》，文集数十卷，行于世。"

（2）《南齐书》卷四十八："孔稚珪（《南史》卷三十二《张融传》，又卷四十九本传，均作"孔珪"，无"稚"字），字德璋，会稽山阴人也。太祖为骠骑，以稚珪有文翰，取为记室参军，与江淹对掌辞笔。风韵清疏，好文咏，饮酒七八斗。与外兄张融情趣相得。永元元年，为都官尚书，迁太子詹事。卒，赠金紫光禄大夫。"《隋志》："齐金紫光禄大夫孔稚珪集十卷。"

（3）思光言辞辩捷（见《南史》卷三十九《刘绘传》），其诗如《忧旦吟》，如《别诗》，亦可谓"捷疾"而"不局促"矣。惜其"丰饶"之作，今已失见。

（4）《升庵诗话》卷十四录此条，并加注云："封溪，今之广东出猩猩处。"

（5）稚珪如《游太平山》一首，可谓"雕饰"之文已。

齐宁朔将军王融、^①⁽¹⁾齐中庶子刘绘⁽²⁾诗^②

元长、士章，并有盛才，⁽³⁾词美英净。⁽⁴⁾至于五言之作，几乎尺有所短。^{③(5)}譬应变将略，非武侯所长，未足以贬卧龙。^④

【古笺】

①《南齐书》："王融，字元长，琅琊临沂人。仕至宁朔将军。谋立竟陵王子良，下狱死。"

②《南齐书》："刘绘，字士章，彭城人。为太子中庶子，转大司马从事中郎。卒。"

③《楚词·卜居》曰："尺有所短，寸有所长。"

④《蜀志·诸葛亮传》评曰："连年动众，未能成功。盖应变将略，非其所长欤！"

【许疏】

(1)《南齐书》卷四十七："王融，字元长，琅琊临沂人也。启世祖求自试，寻迁丹阳丞、中书郎。为《曲水诗序》，文藻富丽。虏使房景高曰：'此制胜于颜延年。'竟陵王子良板融宁朔将军、军主。世祖疾笃，欲立子良。郁林深忿疾融，即位，收下廷尉狱，赐死。"又见《南史》卷二十一。《隋志》："齐中书郎王融集十卷。"《渔洋诗话》曰："王融宜在中品。"案：元长诗，《文选》亦不取。

（2）《南齐书》卷四十八：“刘绘，字士章，彭城人。高宗即位，迁太子中庶子。东昏殒，转大司马从事中郎。中兴二年，卒。”《隋志》：“梁国从事中郎刘绘集十卷，亡。”

（3）《齐书·融传》：“元长博涉，有文才。”又《南史·任昉传》：“王融有才俊，自谓无对。”本书《序》云：“彭城刘士章，俊赏之士。”

（4）《南史·刘绘传》云：“绘丽雅有风。”陈祚明评王融云：“元长词备华腴。”《竹林诗评》云：“王融作《游仙》诗，如金茎百尺，仙掌铜盘，集沆瀣于中天，倚清寒而独矫也。”

（5）《诗源辩体》卷八云：“王元长五言，较玄晖、休文声韵益卑，大半入梁、陈矣，故昭明独无取焉。”按：士章亦坐此，故仲伟并抑之。

齐仆射江祏、①⁽¹⁾ 祏弟祀诗②〔１〕

祏诗猗猗清润。弟祀，明靡可怀。③⁽²⁾

【古笺】

①诸本作"祐"，《历代诗话》本作"祏"。案：《南齐书》、《南史》并作
"祏"。

②《南史》曰："江祏，字弘业，济阳考城人。仕至尚书左仆射。弟
祀，字景昌。位晋安王镇北长史、南东海太守、行府州事。以谋废立事
觉，祏、祀同日见杀。"

③诗并佚。

【许疏】

(1)《南齐书》卷四十二："江祏，字弘业，济阳考城人也。永泰元年，
祏为侍中、中书令。上崩，遗诏转右仆射。弟祀，字景昌，历晋安王镇北
长史，南东海太守，行府州事。祀以少主难保，劝祏立遥光。事觉，祏、祀
同日见杀。"又见《南史》卷四十七。

(2)按：仲伟评祏、祀兄弟诗清靡明润，亦可谓"鲁、卫之政"矣。惜
诗并佚耳。

---

〔１〕"祏弟祀"，原脱漏，据古氏《诗品笺》补。

齐记室王巾、^{①(1)}齐绥建太守卞彬、^{②(2)}齐端溪令卞录诗^③

王巾、二卞诗,并爱奇崭绝。^{④(3)}慕袁彦伯之风。虽不弘绰,而文体剿净,去平美远矣。⁽⁴⁾

【古笺】

①《文选》注引《姓氏英贤录》曰:"王巾,字简栖,琅琊临沂人。有学业,为《头陀寺碑》,文词巧丽,为世所重。起家郢州从事,征南记室。天监四年,卒。"

②《南史》曰:"卞彬,字士蔚,济阴冤句人。仕至绥建太守。卒。"

③ 未详。

④ 诗并佚。《隋志》"谢朓逸集"下注云:"梁又有王巾集十一卷,亡。"

【许疏】

(1)《文选》注引《姓氏英贤录》:"王巾,字简栖,琅琊临沂人。有学业,为《头陀寺碑》,文词巧丽,为世所重。起家郢州从事,征南记室。天监四年,卒。"《文选笔记》:"嘉德案:徐楚金《说文通释》云:'屮,从丨,引而上行,艸始脱孳甲,未有歧根。齐有辅国录事参军王屮,字简栖,作《武昌头陀寺碑》,见称于世。'今各本作'王巾',字之误耳。胡云:'何校"巾"改"屮"。'陈云:'"巾","屮"误。《通释》作"王屮",音彻。俗作"巾",非。'

嘉德又考何氏《读书记》，则又云：‘简栖之名当作“屮”，古文“左”字也。’案：古文‘左’，篆作‘𠂇’，《玉篇》作‘屮’，即‘𠂇’字。《说文》：‘𠂇，手也。’今字作‘左’，此今之‘左右’字也，不与‘屮’篆同。然则简栖之名，依小徐说，当是‘𠂇’字。义门又以为名‘屮’，或形相似而舛误，当再考。”《隋志》：“梁有王巾集十卷，亡。”

（2）《南齐书》五十二：“卞彬，字士蔚，济阴冤句人也。才操不群，文多指刺。颇饮酒，摈弃形骸。作《蚤虱赋》。什物多诸诡异，自称‘卞田居’。[1] 永元中，为平越长史、绥建太守。卒官。彬又目禽兽云：‘羊性淫而狠，猪性卑而率，鹅性顽而傲，狗性险而出。’皆指斥贵势。其《虾蟆赋》云：‘纡青拖紫，名为蛤鱼。’世谓比令仆也。又云：‘科斗唯唯，群浮阛水。维朝继夕，聿役如鬼。’比令史咨事也。文章传于闾巷。”案：彬目禽兽语，检《南史》七十二《文学传》，在彬所为《禽兽决录》书中，可补。惟彬官绥建太守，《南齐书》及《南史》并同，与《诗品》异。[2]

（3）王巾为《头陀寺碑》，文词甚巧丽，为世所重。其诗今未之见。《南史·卞彬传》载其谣辞一首，曰：“可怜可念尸著服，孝子不在日代哭，列管暂鸣死灭族。”齐高帝曰：“此彬自作。”其句法紧健，亦足以当“爱奇崛绝”之评矣。

（4）按：仲伟前评彦伯诗“鲜明紧健，去凡俗远矣”，亦犹此云“文体剿净，去平美远矣”之意。盖剿除疵累，自然“鲜明”；归诸净尽，非即“紧健”乎？至谓美而平平，自近于凡俗。苟能令其“文体剿净”，则必超出之矣。

---

[1]　“卞田居”下，原误衍“妇”。《南齐书》原作“自称‘卞田居’，妇为‘傅蚕室’”，“妇”当属下读，许氏此处句读有误。

[2]　古、许两家所据底本原作“齐绥远太守卞彬”，许氏已据《南齐书》及《南史》，径改作“齐绥建太守卞彬”，此处语焉未详，略有疏失。

齐诸暨令袁嘏⁽¹⁾诗^①

嘏诗平平耳，多自谓能。常语徐太尉云："我诗有生气，须人捉着。不尔，便飞去。"^{②(2)}

【古笺】

①《南齐书·卞彬传》曰："又有陈郡袁嘏，自重其文，谓人云：'我诗应须大材迮之，不尔，飞去。'建武末，为诸暨令。被王敬则所杀。"

② 诗佚。

【许疏】

(1)《南齐书》卷五十二《卞彬传》："又有陈郡袁嘏，自重其文，谓人云：'我诗应须大材迮之，不尔，飞去！'建武末，为诸暨令。被王敬则（《南史》'敬则'下羡'贼'字）所杀。"

(2) 按：此亦见《南史·文学传》，惟字句稍有异同。何文焕《历代诗话考索》云："此语隽甚！坡仙云：'作诗火急追亡逋。'似从此脱化。"

齐雍州刺史张欣泰、①⑴梁中书郎范缜⑵诗②

　　欣泰、子真,并希古胜⑴文,鄙薄俗制,赏心流亮,不失雅宗。③⑶

【古笺】
　　①《南齐书》曰:"张欣泰,字义亨,竟陵人。仕至雍州刺史。以谋废立伏诛。"
　　②《梁书》曰:"范缜,字子真,南乡舞阴人。仕至中书郎、国子博士。卒官。"
　　③诗佚。

【许校】
　　〔1〕明钞本无"胜"字。

【许疏】
　　(1)《南齐书》卷五十一:"张欣泰,字义亨,竟陵人也。少有志节,好隶书,读子史。建元初,历官宁朔将军,累除尚书都官郎。从车驾出新林,敕欣泰甲仗廉察。欣泰停仗,于松树下饮酒赋诗。永元初,以欣泰为持节,督雍、梁、南、北秦四州、郢州之竟陵、司州之随郡军事,雍州刺史,将军如故。时少帝昏乱,欣泰与弟密谋。事觉,伏诛。"又见《南史》卷二十五。

(2)《梁书》卷四十八《儒林传》:"范缜,字子真,南乡舞阴人也。博通经术,尤精三《礼》。性质直,好危言高论,不为士友所安。为尚书左丞。后徙广州,还,为中书郎、国子博士。卒官。文集十卷。"又见《南史》卷五十七。《隋志》:"梁尚书左丞范缜集十一卷。"

(3)《历代吟谱》云:"张欣泰饮酒赋诗。"《南史·缜传》:"缜作《伤暮》诗、《白发咏》以自嗟。"今二人诗皆不见。以仲伟"希古"与"鄙薄俗制"之评推之,当非齐、梁时代所能容,此其所以诗名未振欤?

梁秀才陆厥⁽¹⁾诗^①

观厥文纬,具识丈夫之情状。^{②(2)}自制未优,^{③(3)}非言之
失也。

【古笺】

①《南齐书》曰:"陆厥,字韩卿,吴郡吴人。举秀才,仕至后军行参
军。卒。"

②案:指厥《与沈约论宫商书》。

③案:《南齐书》曰:"陆厥五言诗体甚新奇。"是当时甚推其诗也,与
仲伟异议矣。厥诗录于《文选》者二首,录于《玉台新咏》者三首。

【许疏】

(1)《南齐书》卷五十二《文学传》:"陆厥,字韩卿,吴郡吴人。少有
风概,好属文,五言诗体甚新奇。永明九年,举秀才,迁后军行参军。文
集行于世。"又见《南史》卷四十八。《隋志》:"齐后军法曹参军陆厥集八
卷。梁十卷。"

(2)按:"文纬"想系韩卿评论文学之书,以仲伟谓其"非言之失",可
思得之。惟《隋志》未曾著录,则其书或早佚矣。《南齐书·厥传》载其与
沈约书论宫商,韩卿以为宫商律吕不得言"曾无先觉",更不必"责其如
一",是韩卿大有扬子云"壮夫不为"之意。"文纬"所标义谛,自不外此,
故仲伟允其"具识丈夫之情状"也。抑韩卿此种议论,既与齐、梁诸公相

左,故当时史籍遂抑其书而不著录欤?

（3）《南齐书·厥传》云:"厥少有风概,好属文,五言诗体甚新奇。"今就其诗观之,知本传自无溢美之词。陈祚明评韩卿"雅缛之笔,泽以古风"者,更有当于心也。仲伟评其"未优",毋乃因其言而求文,不觉望之过奢乎?

梁常侍虞羲、^{①(1)}梁建阳令江洪⁽²⁾诗^②

子阳诗奇句清拔，^③谢朓常嗟诵^{[1](3)}之。⁽³⁾洪虽无多，亦能自迥出。^{④(4)}

【古笺】

①《南史·王僧儒传》曰："虞羲，字士光，会稽馀姚人。盛有才藻。卒于晋安王侍郎。江洪，济阳人。竟陵王子良尝夜集学士，刻烛为诗，四韵者则刻一寸，以此为率。萧文琰曰：'顿烧一寸烛，而成四韵诗，何难之有？'乃与洪等共打铜钵立韵，响灭则诗成，皆可观览。"

②《梁书·吴均传》曰："济阳江洪，工属文。为建阳令，坐事死。"案：《文选》注引《虞羲集序》曰："羲字子阳。"而《南史》、《诗品》皆云字"士光"，岂有二字邪？

③《咏霍将军北伐》一首信为清拔，见《文选》。

④ 洪诗多咏歌姬、咏舞女之类，纤靡甚矣，岂"迥出"者今不传邪？

【许校】

〔1〕明钞本作"颂"字。

【许疏】

（1）《南史》卷五十九《王僧孺传》："虞羲，字士光，会稽馀姚人。盛有才藻。卒于晋安王侍郎。"《文选》注引《虞羲集序》曰："虞羲，字子阳，

会稽人。齐始安王引为侍郎。天监中,卒。"《隋志》:"齐前军参军虞羲集
九卷,残缺。"

(2)《南史》卷五十九《王僧孺传》:"江洪,济阳人。竟陵王子良尝夜
集学士,刻烛为诗,四韵者则刻一寸,以此为率。萧文琰曰:'顿烧一寸
烛,而成四韵诗,何难之有?'乃与丘令楷、江洪等共打铜钵立韵,响灭则
诗成,皆可观览。"又卷七十二《文学·吴均传》:"济阳江洪,工属文。为
建阳令,坐事死。"又见《梁书》四十九《文学·吴均传》。《隋志》:"梁建阳
令江洪集二卷。"

(3)陈祚明评子阳《咏霍将军北伐》云:"高壮。已稍洗尔时纤卑习
气矣。"王船山评子阳《咏橘》云:"子阳留心雅制,于体欲备,老笔沉酣,足
以逮之,不问当时俗赏。"观此二评,可见子阳之自拔于侪辈。其惟李青
莲称"惊人句"之谢朓,足以赏音矣。

(4)成书评洪《胡笳曲》云:"词极斩截,韵极铿锵,壮志悲音,如听清
笳暮奏。"按:洪他诗如《秋风曲》三首,亦是绝句妙法,皆一代迥出之作
也。仲伟以洪诗与子阳联评,正以二人并迥拔独绝也。又案:史称吴均
"文体清拔有古气,好事者或效之,谓为吴均体",《梁书》及《南史》并以江
洪附《吴均传》,殆以江洪为教吴均体者,此仲伟所以以迥拔目洪诗欤?

梁步兵鲍行卿、①⑴梁晋陵令孙察诗②

　　行卿少年,甚擅风谣之美。③察最幽微,而感赏至到耳。④

【古笺】

　　①《南史·鲍泉传》曰:"鲍行卿,以博学大才称。位后军临川王录事,兼中书舍人,迁步兵校尉。"

　　② 未详。

　　③ 诗佚。案:《玉台新咏》有"鲍子卿诗二首",次江洪、高爽之后。或"行卿"即"子卿"乎?

　　④ 诗佚。

【许疏】

　　⑴《南史》卷六十二《鲍泉传》:"鲍行卿以博学大才称。位后军临川王录事,兼中书舍人,迁步兵校尉。上《玉璧铭》,武帝发诏褒赏。好韵语,及拜步兵,面谢帝曰:'作舍人,不免贫。得五校,实大校。'例皆如此。有集二十卷。撰《皇室仪》十三卷、《乘舆龙飞记》二卷。"案:鲍行卿诗,今已亡佚。惟有鲍子卿,亦梁时人,其《咏画扇》、《咏玉阶》二诗尚存,但与仲伟所评了不相及,自不得傅会为一人也。

附　录

梁书·锺嵘传

姚思廉

锺嵘字仲伟,颍川长社人,晋侍中雅七世孙也。父蹈,齐中军参军。

嵘与兄岏、弟屿并好学,有思理。嵘,齐永明中为国子生,明《周易》。卫军王俭领祭酒,颇赏接之。举本州秀才,起家王国侍郎,迁抚军行参军,出为安国令。永元末,除司徒行参军。天监初,制度虽革,而日不暇给。嵘乃言曰:"永元肇乱,坐弄天爵,勋非即戎,官以贿就。挥一金而取九列,寄片札以招六校。骑都塞市,郎将填街。服既缨组,尚为臧获之事;职唯黄散,犹躬胥徒之役。名实涡紊,兹焉莫甚。臣愚谓军官是素族士人,自有清贯,而因斯受爵,一宜削除,以惩侥竞。若吏姓寒人,听极其门品,不当因军,遂滥清级。若侨杂伧楚,应在绥抚,正宜严断禄力,绝其妨正,直乞虚号而已。谨竭愚忠,不恤众口。"敕付尚书行之。迁中军临川王行参军。衡阳王元简出守会稽,引为宁朔记室,专掌文翰。时居士何胤筑室若邪山,山发洪水,漂拔树石,此室独存。元简命嵘作《瑞室颂》以旌表之,辞甚典丽。选西中郎晋安王记室。

嵘尝品古今五言诗，论其优劣，名为《诗评》。其序曰：

气之动物，物之感人，故摇荡性情，形诸舞咏。欲以照烛三才，辉丽万有。灵祇待之以致飨，幽微藉之以昭告。动天地，感鬼神，莫近于诗。昔《南风》之辞，《卿云》之颂，厥义夐矣。夏歌曰："郁陶乎予心。"楚谣云："名余曰正则。"虽诗体未全，然略是五言之滥觞也。逮汉李陵，始著五言之目。古诗眇邈，人代难详。推其文体，固是炎汉之制，非衰周之倡也。自王、扬、枚、马之徒，辞赋竞爽，而吟咏靡闻。从李都尉讫班婕妤，将百年间，有妇人焉，一人而已。诗人之风，顿已缺丧。东京二百载中，唯有班固《咏史》，质木无文致。降及建安，曹公父子，笃好斯文；平原兄弟，郁为文栋；刘桢、王粲，为其羽翼；次有攀龙托凤，自致于属车者，盖将百计。彬彬之盛，大备于时矣。尔后陵迟衰微，讫于有晋。太康中，三张、二陆、两潘、一左，敦尔复兴，踵武前王，风流未沫，亦文章之中兴也。永嘉时，贵黄、老，尚虚谈。于时篇什，理过其辞，淡乎寡味。爰及江表，微波尚传，孙绰、许询、桓、庾诸公，皆平典似《道德论》，建安之风尽矣。先是郭景纯用俊上之才，创变其体；刘越石仗清刚之气，赞成厥美。然彼众我寡，未能动俗。逮义熙中，谢益寿斐然继作。元嘉初，有谢灵运，才高辞盛，富艳难踪，固已含跨刘、郭，陵轹潘、左。故知陈思为建安之杰，公干、仲宣为辅；陆机为太康之英，安仁、景阳为辅；谢客为元嘉之雄，颜延年为辅：此皆五言之冠冕，文辞之命世。

夫四言文约意广，取效《风》、《骚》，便可多得。每苦文烦而意少，故世罕习焉。五言居文辞之要，是众作之有滋味者也，故云会于流俗。岂不以指事遣形，穷情写物，最为详切者邪！故诗有六义焉，一曰兴，二曰赋，三曰比。文已尽而意有馀，兴也；因物喻志，比也；直书其事，寓言写物，赋也。弘斯三义，酌而用之，干之以风力，润之以丹采，使味之者无极，闻之者动心，是诗之至也。若专用比、兴，则患在意深，意深则辞踬；若但用赋体，则患在意浮，意浮则文散，嬉成流移，文无止泊，有芜漫之累矣。

若乃春风春鸟，秋月秋蝉，夏云暑雨，冬月祁寒，斯四候之感诸诗者也。嘉会寄诗以亲，离群托诗以怨。至于楚臣去境，汉妾辞宫；或骨横朔野，或魂逐飞蓬；或负戈外戍，或杀气雄边；塞客衣单，霜闺泪尽；又士有解佩出朝，一去忘反；女有扬蛾入宠，再盼倾国：凡斯种种，感荡心灵，非陈诗何以展其义，非长歌何以释其情？故曰："《诗》可以群，可以怨。"使穷贱易安，幽居靡闷，莫尚于诗矣。故辞人作者，罔不爱好。今之士俗，斯风炽矣。才能胜衣，甫就小学，必甘心而驰骛焉。于是庸音杂体，各为家法。至于膏腴子弟，耻文不逮，终朝点缀，分夜呻吟。独观谓为警策，众视终沦平钝。次有轻荡之徒，笑曹、刘为古拙，谓鲍照羲皇上人，谢朓今古独步。而师鲍照，终不及"日中市朝满"；学谢朓，劣得"黄鸟度青枝"。徒自弃于高听，无涉于文流矣。

嵘观王公搢绅之士，每博论之馀，何尝不以诗为口实。随其嗜欲，商推不同，淄渑并泛，朱紫相夺，喧哗竞起，准的无依。近彭城刘士章，俊赏之士，疾其淆乱，欲为当世诗品，口陈标榜，其文未遂。嵘感而作焉。昔九品论人，《七略》裁士，校以宾实，诚多未值。至若诗之为技，较尔可知。以类推之，殆同博弈。方今皇帝，资生知之上才，体沈郁之幽思，文丽日月，学究天人。昔在贵游，已为称首。况八纮既掩，风靡云蒸，抱玉者连肩，握珠者踵武。固以晚汉、魏而弗顾，吞晋、宋于胸中。谅非农歌辕议，敢致流别。嵘之今录，庶周游于闾里，均之于谈笑耳。

　　顷之,卒官。

　　岏字长岳,官至府参军、建康平。著《良吏传》十卷。屿字季望,永嘉郡丞。天监十五年,敕学士撰《遍略》,屿亦预焉。兄弟并有文集。

南史·锺嵘传

　　锺嵘字仲伟,颍川长社人,晋侍中雅七世孙也。父蹈,齐中军参军。

　　嵘与兄岏、弟屿并好学,有思理。嵘,齐永明中为国子生,明《周易》。卫将军王俭领祭酒,颇赏接之。建武初,为南康王侍郎。时齐明帝躬亲细务,纲目亦密,于是郡县及六署九府常行职事,莫不争自启闻,取决诏敕。文武勋旧皆不归选部,于是凭势互相通进,人君之务,粗为繁密。嵘乃上书言:"古者明君揆才颁政,量能授职,三公坐而论道,九卿作而成务,天子可恭己南面而已。"书奏,上不怿,谓太中大夫顾暠曰:"锺嵘何人,欲断朕机务,卿识之不?"答曰:"嵘虽位末名卑,而所言或有可采。且繁碎职事,各有司存。今人主总而亲之,是人主愈劳而人臣愈逸,所谓代庖人宰而为大匠斫也。"上不顾而他言。永元末,除司徒行参军。梁天监初,制度虽革,而未能尽改前弊。嵘上言曰:"永元肇乱,坐弄天爵,勋非即戎,官以贿就。挥一金而取九列,寄片札以招六校。骑都塞市,郎将填街。服既缨组,尚为臧获之事;职虽黄散,犹躬胥徒之役。名实淆紊,兹焉莫甚。臣愚谓永

191

元诸军官是素族士人,自有清贯,而因斯受爵,一宜削除,以惩浇竞。若吏姓寒人,听极其门品,不当因军,遂滥清级。若侨杂伧楚,应在绥抚,正宜严断禄力,绝其妨正,直乞虚号而已。"敕付尚书行之。衡阳王元简出守会稽,引为宁朔记室,专掌文翰。时居士何胤筑室若邪山,山发洪水,漂拔树石,此室独存。元简令嵘作《瑞室颂》以旌表之,辞甚典丽。迁西中郎晋安王记室。

嵘尝求誉于沈约,约拒之。及约卒,嵘品古今诗为评,言其优劣,云:"观休文众制,五言最优。齐永明中,相王爱文,王元长等皆宗附约。于时谢朓未遒,江淹才尽,范云名级又微,故称独步。故当辞密于范,意浅于江。"盖追宿憾,以此报约也。顷之卒官。

岏字长丘,位建康令,卒。著《良吏传》十卷。

屿字季望,永嘉郡丞。

评陈延杰《诗品注》

许文雨

梁锺嵘《诗品》一书，举自汉迄其当代之诗加以论列，有总品，有各品。总品于历代诗艺，已叙其概；各品则分上、中、下之品第，详其源流，举其得失，窥索务广，而评骘务精。良由嵘距汉京尚迩，闻见容详，而宋、齐以来诗家则多与之并世，濡染尤深，故其书较后世徒资载记而成者，为易工而更确欤！嵘书出后，阅唐历宋，诗话之家，继踵而起，何莫非其影响所及！但率多奉其片言，据其只义，制类敷衍，旨鲜发明。其不至断章袭意，而为有系统之理董者，千载苕苕，旷无一人。迄于今日，人代愈远，而征证愈难。嵘之所品，盖有传作久绝，无从追考，已不少阙疑之例已。然其原文之彰明较著者，固不能熟视无睹；又遗著尽可考证者，亦不应不求甚解。此今之为嵘书作注者应守之态度，亦治一切古书者所当坚以自勉也。不谓近年刊行之陈君《诗品注》，与此区区之见适相违反。岂以记室郁旨，窥求果特难欤？自忘谫陋，略述陈书之失，约有十端，各系以原文原注，以昭质证，并列案语，评之如次：

一曰不明文法，如：

193

总品云："降及建安，曹公父子，笃好斯文；平原兄弟，郁为文栋；刘桢、王粲，为其羽翼。"陈君注云："'平原兄弟'，陆机、陆云。"

案：此因不知"其"一代词，即指"平原兄弟"，故致此误。盖桢、粲自不得为机、云羽翼也。应改注平原侯曹植兄弟。又如：

总品云："学谢朓，劣得'黄鸟度青枝'。"陈君注云："今谢宣城集中不见此诗，想是玄晖逸句也。"

案：此与吴骞《拜经楼诗话》同一错误，皆不知"学劣得"系指学者而言耳。应据《诗纪·别集》原注作虞炎《玉阶怨》改正。

二曰不解句读，如：

"魏侍中应璩"品云："至于济济，陈君于此施点号。今日所华，陈君于此施点号。靡可讽味焉。"

案：陈君所用点号，荒谬绝伦！试问"至于济济"成何意？"今日所华"复成何意？句读之不知，毋怪乎惑之不解也。应改为"至于济济今日所"点断，"华靡可讽味焉"圈断。闻黄季刚先生有云："应之'济济今日所'是其诗佚句，刻有讹字。"今案：黄意良是，而"讹字"说则不确。窃谓"济济今日所"殆系应诗之首句，亦如嵇康《答二郭》开句"天下悠悠者"之比。黄氏岂疑"所"字有讹刻？然汉京固已习用不鲜，无庸复疑。如《散乐俳歌辞》云："呼俳噜所。"《郑白渠歌》云："田于何所。"用法与应此句正同。下句"华靡"二字，即"宋徵士陶潜"品中所谓"风华清靡"，特用字有省有衍耳。锺嵘以陶诗原出应璩，故评语亦同。又如：

> "宋监典事区惠恭"品云："惠恭作《双枕》诗以示谢，谢曰：'君诚能，恐人未重，且可以为谢法曹。'陈君于此圈断。造遗大将军，陈君于此点断。见之赏叹。"

案：陈君不知"可以为"之主词即"《双枕》诗"，故致此误。今试补足主词，照陈君圈断读之，直令人喷饭。盖诗篇乃一中性名词，胡能作活官耶？而"造遗大将军"句亦不词，应以"造遗"二字改为属上读，"大将军"三字改为属下读。

三曰不符原文，如：

> "晋记室左思"品云："谢康乐尝言：'左太冲诗、潘安仁诗，古今难比。'"陈君注云："《诗薮》曰：'"咏史"之名起自孟坚，但指一事。魏杜挚《赠毌丘俭》叠用入古人名，堆垛寡变。太冲题实因班，体亦本杜，而造语奇伟，创格新特，错综震荡，逸气干云，遂为古今绝唱。'"

案：原文左、潘联称，注却引《诗薮》所述"咏史诗"之流变，是于潘何与焉？又如：

　　"齐吏部谢朓"品云:"奇章秀句,往往警遒,足使叔源失步,明远变色。"陈君注云:"《诗薮》曰:'如《游敬亭山》、《和伏武昌》、《刘中丞》之类,虽篇中绮绘间作,而体裁鸿硕,词气冲澹,往往与灵运、延之逐鹿。'"

　　案:原文之叔源、明远,注却引证《诗薮》所述之灵运、延之,何其刺谬耶!陈君好将《诗薮》搬入,当者固有,大可不必者亦正多,姑举上二则为证而已。

　　四曰不瞭原旨,如:

　　"梁常侍虞羲、梁建阳令江洪"品云:"子阳(羲字)诗奇句清拔。洪虽无多,亦能自迥出。"陈君注云:"江洪诗似徐幹,微伤于靡。"

　　案:江洪诗如果"微伤于靡",则锺嵘又何必与虞羲之"奇句清拔"者同置一品?陈君此注,殊失原旨。今略为征证,以正其说。考成书《古诗存》评江洪《胡笳曲》云:"词极斩截,韵极铿锵,壮志悲音,如听清筋暮奏。"又考洪他作如《秋风曲》三首,亦属绝句妙法,皆一代迥出之作也。锺嵘以虞、江连评,正以二人诗并迥拔绝人耳。

　　五曰不知著例,如:

　　"晋散骑常侍夏侯湛"品云:"孝冲虽曰后进,见重安仁。"陈君注云:"《世说》曰:'夏侯湛作《周诗》成,示潘安仁。安仁曰:"此非徒温雅,乃别见孝弟之性。"'"

案：湛《周诗》乃四言之章，揆诸锺嵘总品"所录止乎五言"之例，则说已冲突。陈君于总品及此处均无释例之语，可证其尚未顾及此层也。愚意古人著书，例不甚严，即嵘所评小谢"绮丽风谣"，亦非尽五言，湛诗或亦其比。

六曰不求旁证，如：

总品云："王微'风月'。"陈君注云："王微今止传《杂诗》一首，无言'风月'者。"

案：考古断非一说了事，若直证不得，则资旁搜；再无所获，则从盖阙，斯例然也。陈君一稽原著不得，遽言其无，殊背吾人考古之精神。须知微此诗虽不传，江淹《杂体诗》尚有《王徵君微养疾》一首，中云："清阴往来远，月华散前墀。"写"风月"也。原诗自应有此。

七曰误存为佚，如：

"晋骠骑王济、晋征南将军杜预"品，陈君注云："王济、杜预诗并佚。"

案：王济《平吴后三月三日华林园》诗尚存，不得概曰佚。又如：

"齐黄门谢超宗、齐浔阳太守丘灵鞠、齐给事中郎刘祥、齐司徒长史檀超、齐正员郎锺宪、齐诸暨令颜则、齐秀才顾则心"品，陈君注云："七君诗并佚。"

案：谢超宗诗，如《齐南郊乐章》十三首、《齐北郊乐歌》六首、《齐明堂乐歌》十五首、《齐太庙乐歌》十六首均存。（《南齐书·乐志》则谓其"多删颜延、谢庄之辞"。）又锺宪诗如《登群峰标望海》，顾则心诗如《望廨前水竹》，亦均有载。陈君第一检《诗纪》或近刊《八朝全诗》即得。窃不知陈君据何书而径云其佚也。

八曰苟取塞责，如：

总品云："至于谢客集诗，逢诗辄取。"陈君注云："'谢客'，即谢灵运也。"

案：即须此注，亦当移在上文"谢客为元嘉之雄"句下。上文既不注，此处却略去"谢客集诗"之书名，而注一为读《诗品》者所尽知之名字，是非有意圖圄塞责而何？ 查《隋书·经籍志》载谢灵运集《诗英》九卷，虽不敢径定即是，而陈君何妨举之，以备一说。

九曰徒事敷衍，如：

"宋参军鲍照"品云："其原出于二张。"陈君注云："明远文词赡逸，有似景阳；其丽而稍靡，则学茂先焉。"

案：此品已接续云："得景阳之诙诡，含茂先之靡嫚。"曰"得"，曰"含"，即"原"之谓也。是原文固自说明，不劳作注。况陈君所谓"文词赡逸"，即敷衍"诙诡"二字；"丽而稍靡"，即敷衍"靡嫚"二字，实毫无新义也。

十曰动辄阙疑,如:

"晋徵士载逵"品(评语脱),陈君无注说。

案:有品无评,宁非咄咄怪事?嵘全书止此一处,自系脱文,非本无也。陈君不注脱,亦不示疑,一若戴逵品下当然无评者。此诚未喻其用心,岂"盖阙"之例,触处可以运用耶? 又案:《对雨楼丛书》本引《吟窗杂录》补入评语,恐不可靠。然陈君何妨一稽引之,以助说明。抑陈君每遇原文稍难解者辄不注,或尚得强援其自序所云"有疑则阙,庶几与锺《品》无乖谬者"为说;而对此并无原文之处,亦仍不之省,是岂复有援说之馀地者哉!

以上十误,仅就所见及者言之,非谓陈君之书此外便无误也。抑观陈君《自叙》,其注系用裴松之注《三国志》、刘孝标注《世说新语》之义,是陈君特重事实之注,而非止于训诂之注已。不知松之、孝标本自有成书,后乃移诸陈寿及临川书中。刘知幾所谓"才短力微,不能自达,庶凭骥尾,千里绝群"者,洵一切实之论。且此二注家均去作者密迩,其不满于近人所著,为之广异补阙,则尤为原因之所在。今陈君之距梁代,邈逾千祀,遗篇旧制,什九不存,广益裨补,于何取材? 而欲上效《三国志》、《世说新语》之注体,其亦不思之甚欤! 余既历指陈君所注之误,因并其作注之义先不当用者,为略道之。质诸当世,以为然否?

评古直《锺记室诗品笺》

许文雨

　　锺嵘《诗品》裁量八代高下，观澜索源，独抒孤怀，信笼圈条贯之书，足以苞举艺苑者矣。后世诗话家流，徒以琐屑之辞阿所私好，求其能嗣响此书者，乃旷世而未见也。夫艺文鼎盛之世，不施以密察之论，则无所准的，讹滥焉辨？郁郁八代，诗囿大启。后学为之目炫，矩矱赖有锺氏，得非论文之幸事欤！然其书向无解释，奇文岿存，而错简时有。如戴逵名存下卷，而评语俄空；谢琨与殷仲文同评，而该品失题其名。兴言校勘，能勿喟然？他如应璩之逸句、郭璞之逸章、鲍令晖之逸题，胥赖此本而垂，厥证已莫能征。人代辽邈，遗编冥灭，斯前修不早治之之过也。明冯维讷当纂集古诗之馀，载《诗品》于《别集》，标注数条，允推首功。许学夷辩体而名"诗源"，私淑记室，其心甚显。且甄录尤备，疏说恒浃，异代赏音，惟此最快。王世贞、谢榛等徒取片言，以为誉毁，不该不遍，亦何足称哉。清初陈祚明《古诗评选》所引《诗品》颇多，时或反唇相稽，难言精解。然视王士禛、沈德潜之说有评断而无申说者，固已殊矣。

　　比年以来，《诗品》一书颇为国人所乐治。陈延杰、古直二君先后有注笺之作,而拙著《诗品释》亦已刊印问世。陈注在拙著撰稿前已得寓目,曾作一文纠评其失矣(见《诗品释》附录)。古笺则尔时尚未获睹,失之交臂,深用怅然。刻函广州夏子朴山,购得其书,越日览竟,乃就管见所及,评略如下。

古君此笺实宗《文选》李善之注,条记旧文,堪称闳蕴。而于"释事忘意"之讥,恐亦难免。盖凡一切批评书之注释,自以妙解情理、心识文体为尚。宜坚援批评之准绳,而细考作品之优劣,此其事之不能蹑李注而为者至为明灼。况《诗品》要旨,端在讨论艺术之迁变,与夫审美之得失。安有舍此不图,而第征引典籍,斤斤于文字训诂间,以为已尽厥职乎?自斯义不明,如《文心雕龙》诸注家,辄致力于句字之疏证,而罕关评见之诠析,故博而寡要,劳而少功。治《诗品》者苟不翻然变计,则亦前车之续而已。此决可宣诸当世者也。

先就古君《诗品笺》关于考订字句者言之,精碻之说,诚难仆数。以世多知之,兹不复表彰。而论纠其纰缪者数事。

首举其失解最甚者:

《诗品序》云:"'置酒高堂上',为韵之首。"历来指为阮瑀《杂诗》,自不误。古君独以为此句非瑀句之韵首,易笺为曹植《箜篌引》"置酒高殿上"句,臆云《诗品》"殿"作"堂",乃"所见异文也"。不知六朝人如张正见、江总之拟"置酒高殿上",《乐府》厕相和瑟调;孔欣之拟"置酒高堂上",《乐府》厕相和平调,并无"堂"、"殿"异文之纠混,足证古说实误。案:范晔《在狱与甥侄书》论文则

曰："别宫商，识清浊。"论笔则曰："差易于文，不拘韵故也。"是
"韵"即指"宫商"、"清浊"也。（从黄侃说。）至阮元《文韵说》，尤
详言之，首云："梁时恒言所谓'韵'者，固指押脚韵，亦兼谓章句
中之音韵。故古人所言之宫羽，今人所言之平仄也。"中又引证
沈约《答陆厥书》"韵与不韵"诸语，云："休文此说，乃指各文章句
之内有音韵宫羽而言，非谓句末之押脚韵也。"末复综而论之曰：
"凡文者，在声为宫商。（中略。）韵者即声音也，声音即文也。"统
观范、沈二氏用谊，恰与记室此文相合。记室先以"诗颂非调五
音，无以谐会"为言；次举"置酒高堂上"、"明月照高楼"二句"为
韵之首"，是其意谓二句音谐，堪称第一也。若从古笺易为"置酒
高殿上"，则浮切既差，口吻安得调利？记室虽颇诟当日四声八
病之苛分，然于平仄之理，固非屏弃勿讲者。（此点即近儒陈衍
《诗品平议》亦有误会。）观此举例，既谓"重音韵"，下文又有"令
清浊通流"之言，皆显证也。况果如古笺"韵首"之说，则是举其
起调，何以原文至此忽绝？徒例勿评，是当作脱简论，亦岂可
通乎？

又颇有误读者：

考《诗品》述源，必继述其故。例如品李陵诗，"其源出于《楚
辞》"，即继之曰："文多凄怆，怨者之流。"品王粲诗，"其源出于李
陵"，即继之曰："发愀怆之词。"品刘琨诗，"其源出于王粲"，即继
之曰："善为凄戾之词。"陵、粲二品，古君均于继述其故句下加
笺，而琨品独于其前加笺，意似以"凄戾之词"句与下"自有清拔
之气"句连读，斯失之矣。盖"凄戾之词"即源出于王粲者，实句

断而意连。若"清拔之气",则琨自有之体性,与其源无关。此不可不辨也。

又有勘语不符实者:

"古诗"品"陆机所拟十四首"句下,古君笺云:"陆机拟古,今存十二首,见《文选》。"案:陆机拟作除此十二章外,其《驾言出北阙行》,唐人《艺文类聚》于题下有"驱车上东门"五字,为十四篇拟作之一甚明。又其"遨游出西城"篇,以辞气考之,亦明是拟古诗"回车驾言迈"之作。然则"陆机所拟十四首"现均完存,古君于是为失稽矣。又同品"其外'去者日以疏'四十五首"句下,古君笺云:"'去者日以疏',《文选·古诗十九首》之第十四首。除《十九首》外,古诗今存者无过十馀首。合十九首,止得三十馀首。较仲伟所见,又佚十馀首也。"案:《诗品》"其外"云者,乃指陆机所拟十四首以外之古诗尚有四十五首也。合计仲伟所见古诗共五十九首。古君偶失其解,致误计其数耳。

次就古笺关于《诗品》指陈各家之体性,反独多遗漏,略举如下:

《诗品》谓班姬"清捷",徐淑"凄怨",魏文"新奇",陈思"奇高",张协"诙诡",张华"靡嫚",谢混"轻华",谢惠连"富捷",谢朓"警遒",任昉"渊雅",沈约"清怨"等,古君均无笺说。(此外缺笺者尚多,不备举。)似此卓尔之诗人,竟置其体性不究,则所以辅翼记室者,果安在哉?

又有虽加笺说而反致误者：

上卷"王粲"品云："文秀质羸。"古笺云："言文辞秀拔，而体质羸也。《魏志》曰：'王粲容貌短小。'又曰：'刘表以粲貌寝而体弱，不甚重也。'魏文帝《与吴质书》曰：'仲宣独自善于辞赋，惜其体弱，不足起其文。'是并仲宣'质羸'之证。"今案："文"、"质"散言则"文"实兼"质"，对言则"文"外"质"内。"质羸"云者，谓文之质素嫌弱也。古君解为"体弱"、"质羸"，又引《魏志》"容貌短小"、"体弱"为证，此甚误也。又案：所引魏文帝书，李善注云："《典论·论文》曰：'文以气为主，气之清浊有体。'弱，谓之体弱也。"（据何焯、陈景云校。）然则文帝所谓"体弱"，自系指文之体性，与《魏志》指其"体貌"者绝非一事。古君竟引为同谈，此再误也。

下卷"虞羲、江洪"品云："子阳诗奇句清拔，谢朓常嗟诵之。洪虽无多，亦能自迥出。"古笺云："洪诗多咏歌姬、咏舞女之类，纤靡甚矣，岂'迥出'者今不传耶？"今案：此笺亦失之。例如洪之《胡笳曲》，成书评云："词极斩截，韵极铿锵，壮志悲音，如听清笳暮奏。"盖即记室"迥拔"之谓矣。此虞、江二人所以同置一品也。

大抵古笺颇富于汉学精神，而玩索文术则非其所长。《诗品》泛澜艺海，含咀词腴，求千秋之毛、郑，倘有待于异日！

《诗品平议》后语

许文雨

《诗品平议》,候官陈衍著。最近家刻本。

历代诗话家辞及《诗品》者颇繁,既鳞爪散见,未尝成帙,独陈氏以当世谈艺之耆宿,抗颜与记室争直,勒成《平议》一书,悍然论证,诤而不阿。值兹文籍不如囊钱之日,犹得闻老成之言,以起殄竭之馀,抑何幸耶!余鬌龄喜诗,中年弥笃。崔苻遍地,而篇什常随;馆谷告罄,而讲诵不辍。魏、晋群才,宋、齐文栋,情存景慕,乐讨原流,心参记室,固非朝夕。睹兹《平议》,敢附尘辞,庶比于一察自好者耳。

以《平议》与原书比勘,足证宗尚不同。《平议》云:"锺上品数少卿而不及子卿,深所未解。""陆机拟古诗只十二首,尚有二首,不知何指。"此并宗尚《文选》之意也。又云:"公幹诗佳者颇少,锺氏妄列上品。""仲宣在建安七子中,无陈思,殆可独步。"此宗尚《雕龙》之意也。又斥班姬诗不出李陵,取陆机之较能运动诸篇及沈约诸诗,移敖评大谢"东海扬帆,风日流丽"于谢宣城,并皆宗尚沈确士《古诗源》之意也。谨按:记室品第,差非定制。"子卿双凫",既称为"五言之警策"者,则品中勿及,自非疑伪而置之。况"双凫"

系与少卿赠答之什,何不可以苏、李同品,如秦嘉与徐淑、刘琨与卢谌之例耶?逆记室本意,或古诗一品已包并枚、苏之作欤?以体性论,苏、李自异,枚、苏自同。晚近王湘绮亦尝言之矣。陆机拟古,间有不入《选》体。记室举其全,则非有误也。"曹王"、"曹刘",记室均并称之。又评刘"少雕润",王"质羸文秀",知其心亦以同仁视之矣。《雕龙》连称李陵、班婕妤,记室更以为李陵"文多凄怆",班姬"文绮怨深",实源流所自,此自取表情一节之似耳。陆机诗"尚规矩",以此见品,盖同《文选》之见。沈约品在江、范之间,未为过抑,非同王船山尽诋为"败鼓声"、"落叶色"也。宣城往往遒警,为记室所称,与敖评亦未见大异。综之,平反旧说,则吾岂敢,言非一端,似宜别白耳。

若夫陈氏谓大谢"无篇不善,无语不隽",小谢(《平议》称脁曰"小谢")首韵、结语俱工,似皆过甚之辞。吾乡姜西溟(宸英)《选诗类钞》(稿藏鄞县童氏,未刊),颇指责灵运"久敬曾存故"等语邻于晦涩;若汪师韩之《诗学纂闻》,尤悍攻之。玄晖结句乏力,亦难为讳。如《秋夜》及《郡内高斋闲坐答吕法曹》等篇,今人时诋及之。殆所谓前驱多功,而后援难继欤?夫灵运之诗最为时人推重,故昭明所选独尽,记室取殿上卷,非同率尔。玄晖与记室论诗最得,亲炙之说,应更深切。然则二谢诗品,可无间然矣。

闲尝考览记室三品之结构,因后世未能索解,致多诟病。请备一说以殿:记室所分划者,盖以曹、陆、颜、谢,目为正体派;休、鲍、王、沈,为新体派;嵇、阮七君,为古体派。

前曾阐发此义，刊诸《诗品释》卷首，颇与《南齐书·文学传论》"三体"之说有闇合乎曩篇之感。仲伟、景阳，岂所谓百虑而一致耶？明乎派别之意，则品第之间，思已过半。大抵三卷之中，先正体派，次新体派，又次则古体派。此为记室表章正体，上承诗教之微旨。其间厕列，又多所抽换，以显优劣。如颜、谢分品（采汤惠休说），休、鲍亦分品（所谓"商、周不敌"也），皆其例。馀得类推。但就其大体言之，则异派多不同卷。如曹公之气态苍莽，与子建"词采华茂"者，即因异体而析置。反之，如应璩、陶潜，其体简朴相类，源流所同，故不复分卷。（按：陶公亦得与左思同卷，但屈于时议耳。）准斯以谈，则王渔洋所斤斤不释者，或足以销解万一乎？

书评——《诗品释》

（十九年八月四日《大公报·文学》副刊第百三十四期）

齐

　　研究《诗品》之专书，张陈卿君《锺嵘诗品之研究》最先
出，陈延杰君《诗品注》附《诗选》次之（见本刊第二十七期书
评）。本书今年（案：系十八年出，此误）出，最后。张书乃
分析研究，他二书则皆疏通证明，为体各异。此外未成书
者，尚有黄侃君《诗品讲疏》，属草远在张书前。尝见范文澜
君《文心雕龙讲疏》引用，颇精湛。又张君有《诗品疏释》一
稿，于《诗品研究》中述及，未见。陈君又有《读诗品》一文
（《东方杂志》二十二卷二十三号），较其注早出。文中有源
流表，不及张书所列之确。其补著渊源各条，后收入注中，
惟辨王渔洋品第之说，尚可供参考。

　　张书间有浮词：绪论、结论二章几可全删，馀五章则多
佳处。第二章"锺嵘传记"及第三章"《诗品》著作的期间"，
可称审慎翔实。第四章"《诗品》评诗的标准"亦尚扼要，但
结处以形式混入内容，不无疵纇。第五章中"《诗品》中的人
数"所论甚确；又"《诗品》中的系统"，罗列书中明著渊源诸
作家而统计之，乃知"锺嵘以为汉魏六朝的诗家，受《楚辞》

的影响最大",此说甚新,可思也。《诗品》向无注,陈书实创举,然颇疏略,本刊尝论之。许书"附录二"专论此著,指述其失,约有十端,均当。原书具在,兹从略。

许书后来居上,胜于陈著。至其得失,可得而言。书前有《刊言》(案:此篇本书已删。其说略附见于本书第二条注),论锺嵘心目中自汉迄梁之诗之分画;又有《序》(案:本书改附第二条注中),阐三品论诗之义,颇具通识。惟《序》中不及"九品论人"之说,沿流而忘其源,未知何取?岂以嵘《序》已自言之欤?《诗品》着语简而涵义深,学者以貌取之,往往失其真趣。许君于此,三致意焉。其所疏释,时能曲喻旁通,令人踌躇满志。如嵘《序》云:

元嘉中,有谢灵运,才高词盛,富艳难踪,固已含跨刘、郭,陵轹潘、左。(二、三页)

《释》云:

按:仲伟(嵘字)以为灵运才高则含跨刘琨、郭璞,词盛则陵轹潘岳、左思,亦犹元稹谓杜"兼昔人独专"之意。(九页)

如此分疏取譬,则"含跨"二语不致囫囵读过矣。又卷中"鲍照"条云:

总四家而擅美。(张协、张华、谢混、颜延之。)(九三页)

《释》云：

黄庭鹄《古诗冶》举鲍诗《咏秋》为例。

此足启学者心思。惟《古诗冶》不易得，似宜详其说。又"沈约"条云：

见重闾里，诵咏成音。（一〇五页）

《释》云：

按：沈休文"酷裁八病"之说，仲伟极不谓然，尝曰："蜂腰鹤膝，闾里已具。"盖薄之也。此又云云，亦露贬意。

是盖能深得嵘之心者。

其有关于体例者，则如释嵘《序》中"嵘今所录，止乎五言"（一四页）二语云：

按：仲伟评小谢"绮丽风谣"，已非尽五言。又评夏侯湛见重潘安仁，以《世说》考之，乃湛《周诗》为安仁所称，然《周诗》实四言也。可知古人著书，例不甚严。（一六页）

著此例足以祛学者之疑。又如卷下"魏武帝、明帝"条题引许学夷《诗源辩体》云：

按：嵘《诗品》以丕处中品，曹公及叡居下品。今或推曹公而
劣子桓兄弟者，盖锺嵘兼文质而后人专气格也。

引此说甚有见。陶公品第之论，昔贤所断断争辨者，得
此亦可迎刃而解矣。其辨正旧说者，则如释嵘《序》中"学谢
脁，劣得'黄鸟度青枝'"（四页）一语，据《诗纪·别集》注，谓
"黄鸟"句乃虞炎《玉阶怨》，非脁作，此语盖谓"学谢脁结果
而得劣句"（一二页）。按：陈衍君于此语亦有新解，仍以
"黄鸟"句为脁诗（《文学常识》中《石遗杂说》），似不及许说
为有据。至如白马王彪《答陈思王》诗，丁福保君《全三国
诗》不载，陈书径云已佚，许君乃于《初学记》中得之，亦一快
事也。

此书之校勘及句读亦有可言。如卷下"戴逵"条下，各
本均脱评语，许君据《对雨楼丛书》引《吟窗杂录》补入，以为
即不足信，亦可助说明。又卷中"应璩"条末云："至于'济济
今日所'，华靡可讽味焉。"许君据黄侃君说，谓是应诗佚句，
并释"所"字甚详。此二语陈书句绝为三，殊误；张书不误而
无说。又卷下"区惠恭"条有云：

末作《双枕》诗以示谢（惠连）。谢曰："君诚能，恐人未重，且
可以为谢法曹造遗。"大将军见之赏叹，以锦二端赐谢……

"君诚能"至"见之赏叹"数语，张、陈书均误绝，陈书
尤谬。

许君为此书，颇能审慎。如嵘《序》有云：

"清晨登陇首",羌无故实。

《释》云：

案：吴均《答柳恽》首句云："清晨发陇西。"或当时口传,误记一二字耶？

此等自当存疑。张书录此诗,径改为"清晨登陇首",殊非是。

此书有附录二：其一为《古诗书目提要——藏书自记》,首论丁福保君《全汉三国南北朝诗·绪言》中所列书目,断为总集失收甚多；因就所藏为丁君所未及者录之,并为提要焉。所录凡二十二种,有数种甚罕见,提要颇精详可观。附录二即《评陈延杰诗品注》,具如前所论。

案：拙撰《诗品释》一书,当十八年度,撰者讲学北大,曾自费付印五百部,由北大出版部发行。迄兹七稔,书早绝版。当时曾承《大公报》副刊齐君为文奖饰,后见郭绍虞君《中国文学批评史》(商务印书馆《大学丛书》)上册页一〇九、一一二、一一三亦致优评,弥增颜汗。年来自悔少作,续有研思,重加改定,汇列于本《讲疏》中,视原书已迥异矣。文雨附志。

古诗书目提要——藏书自记

许文雨

阅丁福保氏《全汉三国晋南北朝诗·绪言》,有"余书室中,汉魏六朝人诗略备矣"之豪语,颇为钦异。及按其所列书目,则曰:"唐以前诗之见于别集者,不过二十馀种,曰:《蔡邕集》、《曹植集》(文玉按:有《金陵丛书》本朱绪曾《曹集考异》,甚核实。丁晏《曹集铨评》亦尚可用)、《阮籍集》(文玉按:有蒋师爚《阮嗣宗咏怀诗注》,虽多傅会事实,而理解亦不少)、《嵇康集》、《潘岳集》、《陆机集》、《陆云集》、《陶潜集》(文玉按:陶诗之注颇众,以陶澍注较佳。黄文焕《析义》本已极难得,顾皞《陶集发微》、温汝能《陶诗汇评》亦颇便览观)、《谢灵运集》(文玉按:有顺德黄先生《谢康乐诗注》,甚核实)、《鲍照集》(文玉按:有钱振伦《鲍参军集注》、顺德黄先生《鲍参军诗补注集说》,均学鲍善本)、《谢惠连集》、《颜延之集》、《谢朓集》、《沈约集》、《梁武帝集》、《梁昭明太子集》、《梁简文帝集》、《梁元帝集》、《江淹集》、《任昉集》、《陶弘景集》、《何逊集》、《阴铿集》、《徐陵集》(文玉按:有吴兆宜《徐孝穆集笺注》,尚佳。又有屠隆评点《徐孝穆集》、《庾子山集》合刊本,可参)、《庾信集》(文玉按:有吴兆宜、倪璠二家之注,倪行吴废)。见于总集者,亦不过二十馀种,曰:梁昭明《文选》,陈徐陵《玉台新咏》,宋郭茂倩《乐府诗集》,元左克明《古乐府》,明冯惟讷《诗纪》、李攀龙《诗删》、陆时雍《诗镜》、梅鼎祚《八代诗乘》(文玉按:《汉魏诗乘》别有单行本)及《古乐苑》、曹学佺《历代诗选》、杨德明《建安七子集》、汪士贤《汉魏名家二十一集》、张溥《汉魏六朝百三家集》、臧懋循《古诗所》、张之象《古诗类苑》、锺惺、谭元春《古诗归》、屠隆《情采编》、唐汝谔《古诗解》。有清一代之总集,采辑唐以前之诗者,亦不过数种,曰:王士禛《古诗选》、沈德潜《古诗源》、张琦《古诗录》、刘大櫆《列朝诗约选》、王锡光《诗义标准》、王闿运《八代诗选》。"以上丁氏书目,全录无缺。窃谓别集之类,大略称是;总集则殊多失收,不足以副其言。姑以鄙人所藏为丁氏所未及者,录诸下方,并为提要以记之。其丁氏已举者,不重出焉。

《文选颜鲍谢诗评》四卷 传钞本

方回撰。回取《文选》所录颜延之、鲍照、谢灵运、谢惠连、谢朓之诗,各为论次,以成斯编。其旨似颇黜颜、存鲍、尊谢,而大谢尤尊。尝以鲍照"雕绘满眼"之说,裁颜延之诗;评明远"多为不得志之辞",而颇许其言之富;评惠连自有"对偶亲的,绮靡细润"之句;评玄晖"工巧太甚,已开唐人律诗";而最推灵运"情多于景",为谢氏诗之冠焉。核其所云,《诗品》厘然可见。四库诸公讥其"好标一字为句眼,仍不出宋人窠臼",要系其细节已。

《选诗补注》八卷 石印本

上虞刘履编。就萧统《文选》所录之诗重加订选,得二百十有二首,合其所补《文选》之遗者,总二百四十六首。其重选大旨,本于真德秀《文章正宗》,以本于性情而关于世教者为准。《补注》则取朱子《诗传》为法,先明训诂,次述作者之命意。而训义又大抵本之曾原《演义》,曾书之详而不要、略而不明者,此颇用他说或己意断之,是以笺释评论颇称详赡焉。至其每篇分标赋、比、兴之义,亦以取便阅者。明黄庭鹄之《古诗冶》亦沿用此法。四库诸公以"汉魏篇章强分比兴,未免刻舟求剑"讥之,是以渎经之罪论履此书,亦岂可乎?抑三代诗之称经,犹称为诗之极则耳。即拟《三百篇》之极则,以论汉魏诗,又何不当而谓之渎耶?盖坐昧于尊古之见而已。

以上元选本。

《古诗冶》二十六卷 云间马君和写刻本

云间黄庭鹄评注。姚士慎叙载庭鹄语云:"前乎殷、周者,后乎魏、晋者,离之则剖柈良楛,靡所不殊;合之则融液金矿,靡所不叶。"斯本书包容之时代,所以溯上古而迄六朝也。本书《凡例》云:"凡以天韵胜、以情胜、以醖味胜者,诗人诗也;凡以豪胜、以议论胜、以故实胜者,文人诗也。"又其《自叙》云:"自文人之诗与诗人之诗混,而粗豪组织之词杂然并作。盖多儒生之书袋,而乏风人之性情,诗道大受魔障!"斯本书所以分编十八卷为"诗人诗",又八卷为"文人诗"也。《自叙》又有云:"要之于性情为近,而其诗得比兴居多。"斯本书"诗人诗"之部所以均标赋、比、兴之义,而"文人诗"之部则无之也。综其编旨,大略如是。较诸各家选本,犹觉稍胜。惟取材亦不免仍沿《诗品》、《诗纪》、《诗宿》、《诗所》、《诗源》、《诗归》、《诗隽》诸刻之习,鲜有别择。即其各章评语,亦多录时人之说,少发己意。是纂集之功与论断之见,胥无足语矣。

《诗源辩体》三十八卷 海上裘庐重印本

江阴许学夷著。其书之首论曰:"代分以举其纲,人判而理其目。诸家之说,实悟者引证之,疑似者辩明之。反覆开阖,次第联络,积九百五十六则。爰自《三百》,下至五季,采其撰论所及有关一代者一百六十九人并无名氏,共诗四千四百七十四首,以尽历代之变,名曰《诗源辩体》。"今案:九百五十六则皆论诗之语,即此重印之三十八卷改定本也。其所选诗四千四百七十四首,即恽《跋》所云三十卷。惟是选既未见刊本,不知恽氏曷由得其卷数也。据予悬揣,则辩语之作原以取证诗选,是辩语为辅品,而诗选乃主物,亦犹沈用济、费锡璜之《汉诗说》冠以《总说》耳。且顾名以思,自亦如清顾大申所撰《诗原》二十五卷,总辑《三百》以后之诗者。盖存诗方见其源,不能徒托空言而已焉。至《三百篇》与后人总集同选,此例为四库诸公所斥为僭渎者,实亦囿于时代之见,非本书所应任咎也。

《名媛诗归》三十六卷 勉善堂藏板

景陵锺惺点次。此本书首无书坊识语,自非四库诸公所见之本。其书真伪杂出,视《诗归》犹远勿如,历受清代学人之讥,宜矣。然明人习气本以矜博为长,怯于疑古,因之伪收滋众,炫惑后学,固不能独罪竟陵一派也。

以上明选本。

船山《古诗评选》六卷 湖南官书报局本

衡阳王夫之撰。卷一录古乐府歌行,卷二录四言,卷三录小诗,卷四、卷五录五言古诗,卷六录五言近体。分体之义,最称惬当。综其所评,恒有客观持平之说。如曰:"建安去西京,无时代之隔,何遽不当如西京?黄初之于建安,接迹耳,亦何遂不如建安?"此直搋破尊古贱今之心理,而另具真正衡量文学之眼光也。又如曰:"文笔两途,至齐而衰,非腴泽之病也。欲去腴泽以为病,是涸天之雨,童地之山,髡人之发,存虎之鞟焉耳矣! 文因质立,质资文宣,衰王之由,何关于此?"是尤反对齐、梁涂泽之讥议,而仍申文质相须之要旨也。故此书不特就选体论之,较各本依时代排列者为胜;更就评诗言之,亦殊无学究幸幸气矣! 或曰:"此书而农痛胡马南渡,祖国沦亡,寓情月旦,以抒其悲愤者也。"夫既有为而发,复不至逞情以立言,其亮鉴洵不可及焉。

《汉诗评》十卷 康孟谋录本

中南山人李因笃音评。一本题"汉诗音注",卷数及书之内容均不差,只增序数首,而此本仅载康孟谋手录《汉诗评》一序耳。《四库存目》本则前五卷题曰"汉诗音注",后五卷题曰"汉诗评"。是合计之而得三种刻本,皆书贾翻新之技,以便销售也。汉世声诗与徒诗分途,五言代四言而兴,固诗界之一大变象。下开魏晋南北朝之诗基,至唐而始结局。是论诗于汉、唐,如一首而一尾矣。故推创始之绩,则汉京诸作,殊有全辑单行之至要。因笃此书之优,宜即在此。四库诸公斥其音、评两有疏失,置之《存目》,盖犹未瞭汉诗为功之首,故于此书无称焉。惜哉!

《汉诗统笺》一卷《陈本礼四种》本

江都陈本礼著。此书实与名不该,仅载汉三大乐歌,所谓《铙歌》、《安世房中歌》、《郊祀歌》是也。三歌之中,以《铙歌》为最难治。本礼此笺,每遇疑难,辄谓声词,漫不加察,亦坐为旧说所误而已。尚有明人董说之《铙歌发》及清庄葆琛之《汉铙歌句解》、谭仪之《汉铙歌十八曲集解》、王先谦之《汉铙歌释文笺正》,而以谭、王二家之书为后来居上焉。至《安世房中歌》及《郊祀歌》,王先谦亦曾笺释,载入《汉书·乐志补注》,不别刊行。

《汉诗说》八卷 掣鲸堂精刻本

钱唐沈用济、成都费锡璜同述。附列论正之人,各卷不同。卷首载《汉诗总说》,极力表彰,为初学汉诗之门径。书中辨别《郊祀》体之谨严庄重,《铙歌》则体稍肆,为对上帝郊祀与出军铙乐之不同;《安世》乐肃穆敦和,而《郊祀》少加奇谲，为由于武帝好尚乃尔，论皆入微。又谓汉诗例多分合之辞，以释《淮南王》篇"我欲渡河"以下文，诗旨顿然昭晰。又《俳歌辞》世多不解，此释为两小儿读以嘲两蹩子之词，亦足使古义发明也。

《采菽堂古诗选》三十八卷、补遗四卷 武林翁氏订定本

　　虎林陈祚明评选。祚明此选会王、李、锺、谭诸家之说，通其蔽而折衷之，甚有当于治诗之旨。其自揭评义，曰情、曰辞、曰法。以言情为本，而择辞归雅。辞之雅者，尤不限于一义。子建之华，康乐之苍，元亮之古，玄晖之亮，明远之壮，子山之俊，子坚、仲言之秀，休文、彦昇之警，此祚明所深许而仰赞者也。情非辞勿显，辞又非理精不能工，故祚明论修辞而主尚理焉。至言之有绪有则，莫非循法。士衡、文通、玄晖，循法之流；子建、休文，化于法；嗣宗、元亮、康乐、子山，神于法。祚明所评诗法造诣有此数等，但仍嫌士衡、文通之徒以法胜，其辞直而言情浅也。然则祚明固以法为微矣。准斯三义，就冯氏纂集之《诗纪》而评选之，以成此书。故祚明不特有功于古诗，而尤为北海之勋人也。

《汉魏六朝诗选》八卷 徐闲堂本

　　延令季贞录。前二卷题"汉魏诗选"，后六卷题"六朝诗选"。贞序自云："自丰沛迄大业，其诗不可胜纪。尝取而讽咏之，见有所为横空入渺，有所为幽清静碧，且有所为柔婉曼衍，有所为淡漠岑寂。置其痴肥啴缓之词，撷其怡愉感叹

之致,取而录之,分为八卷。性情所接,无不具是"云云。惜季贞此录旨在欣赏,而颇乏鉴识。如汉乐府录《木兰诗》,蔡文姬诗只录《胡笳十八拍》,则时代之误与伪作之混,不能免其咎矣。即以编法言之,每代既冠以乐府,而独摈杂曲歌辞于第八卷之末,亦不可解也。

《古诗笺》三十二卷 松江文萃堂藏板

王士禛选本,云间闻人倓笺。凡五言诗十七卷、七言诗十五卷。五言则汉几取其全,魏晋迄隋,递严而递有所录,唐仅录五人;七言自古辞下,八代兼采,放乎唐、宋、金、元诸大家。视李攀龙《古今诗删》不录宋、元人之作者,真"耳食"与"眼见"之分矣。四库诸公论此乃"一家之书不足以尽古今之变",列诸《存目》。然士禛手钞《凡例》已自揭"钞不求备"之意,盖其书一以正调为归,谨守宗流,本未尝以尽变自诩。四库诸公亦责之过厚,而置之又太忽矣!人倓服膺此书,为之笺释,固卓然称士禛之勋人。然如"董娇娆"题字尚沿明人之误,《孔雀东南飞》之"新妇入青庐"句下引《酉阳杂俎》,"北朝"误作"北方",亦有小小可讪焉。

《古诗十九首解》一卷 《艺海珠尘》本

秀水张庚纂。古诗不止十九首,据《选》诗乃有"十九"之称。此书所纂,大抵用吴淇《选诗定论》之说。[1]《四库总目》摈斥吴氏甚力,良由其书高而不切,繁而鲜要。

---

[1] "吴淇",原误作"吴湛",系沿袭《四库全书总目》之误。

庚颇能别择其说，取其较精之义以资发挥，故视前人为胜焉。如"涉江采芙蓉"章，吴氏谓"芙蓉，芳草，喻仁义"；"迢迢牵牛星"章，吴氏谓"臣不得于君之诗"，其迂远甚似叔师之注《楚辞》。庚书虽陈其说，犹未固执其义，其见解固不卑已。

《古诗十九首说》一卷 《啸园丛书》本

朱筍河口授，徐昆笔述。首载昆《自叙》及钱大昕《序》，述昆此书由于筍河谦谈之馀论，推衍而成。大抵昆师弟及钱氏均信《十九首》乃古诗之完作，以为一切说诗之归宿。是欲张以己说，不惜过于武断尔。昆之总说称《十九首》不入理障，不落言诠，其见自超。而又曰《十九首》中，凡五伦道理，莫不毕该。试问以伦理大义诠解《十九首》之诗恉，有不堕入理障者乎？昆乃自持矛盾之说，陋矣！

《古诗赏析》二十二卷 苏州振新书社藏板

吴县张玉穀选解。自唐、虞、三代、秦、汉迄隋之诗，悉以代分，以人次。与冯氏《诗纪》及各选本目唐、虞、三代之作概曰"古逸"者，于例已纯。惟选录之诗，如苏伯玉妻、丁令威、苏耽诸作，杂然并题后汉诗，亦仍沿前人之误，漫不加考耳。诗后之解，玉穀固自诩"立定主意，然后逐节批导其郤款"者，恰不知此实自证其所断之武。安有讽谕谲诡之古选，可同科学定义之达诂者乎？俞樾氏诟病此书言韵袭毛西河《古今通韵》之说，盖犹其小节也已。

《多岁堂古诗存》八卷 多岁堂藏本

长白成书选评。首录古逸，以次录自汉迄隋之诗，末附仙鬼诗各如干首。书首自揭例言，有云："汉有诗人，无诗家。魏、晋以来，诗家出，诗人少。"是颇重民间自然流露之作，而不贵士大夫门户谨严之诗。其倾羡纯净之艺术，可以想见。抑其时代今古之观念亦仍有所不免，故言《十九首》必不可删，嗣宗《咏怀》必不容不删。使非因时之先后以定诗之去留者，则萧统集翰藻士夫所选十九之数，岂无可一首增减？而嗣宗《咏怀》八十二首大可作为一首读者，反当尽情快意以删之耶？由此观之，则所载《封禅颂》、《诫子诗》之类，亦可思得其故，决不在广选其体耳。

《诗比兴笺》四卷 武昌重刻本

蕲水陈沆撰。一、二两卷录汉魏六朝诗，三、四两卷录唐人诗。昔人尝谓《三百篇》后，诗人不解用兴。沆此书举汉以后诗所用比、兴之谊，肆为作笺，是旧说可不攻自破，殊令人快。然诗人隐志，本所难求。就其比、兴之章，解以事物之实，鲜有不失之凿者。沆此书断铙歌《圣人出》、《上陵》、《上之回》、《远如期》四章悉为汉宣帝时事，厥征甚微；又录《玉台新咏》所载枚乘诗九首，一一解以事实；苏武诗则各冠以题，皆逞臆立说，转离诗人本旨。是此《笺》实不尽可训也。

《古诗钞》二十卷、附目四卷 武强贺氏新刊本

桐城吴汝纶评选。卷一至十三钞五言古诗，起汉迄唐；

卷十四至二十钞七言古诗,起汉迄元;附目四卷,则此刻二十卷之扩而加详者也。所选大抵以王士禛《古诗选》及曾国藩《十八家诗钞》为本,荟二家之刊而一之。所评则大抵取方东树《昭昧詹言》及曾氏"气势"、"识度"之论,乃桐城人论文之法移之于评诗,实无他奇也。故书中圈点,施之尤密;转捩之句,夹以旁批,亦时见之;题顶更有圈与不圈,以别其诗之优劣,亦即姚鼐、王先谦纂古文辞之法耳。夫诗人恉在讽谕,辞恒奇诡,断难同于平实之文。评点例意,有何可施乎?若然,则诗、文夷为一道,义界茫然,终失其所以为诗而已。

以上清选本。

《古今体诗约选》四卷 国群铸一社石印本

桐城吴闿生评选。自汉以来下至元遗山,凡钞古近体诗若干首,略加诠次,以授学僮课读也。句旁颇标"提"、"挺"、"转"、"变"等字,略示初学小生构接之法。有所诠评,亦止是桐城文人之口头禅,至简且陋。所施圈点之类,似承其父汝纶之教者,殆视诗艺为一种平板工作已。附有高步瀛笺释,乃掇拾各注本而成,殊乏新见。闿生之书既为学僮读本,则此自是学僮读本之参考书耳。

《全汉三国晋南北朝诗》五十四卷 无锡丁氏校刊本

无锡丁福保编纂。其书仍录隋诗,而书名止乎"南北朝",实有所未晐也。所录全本冯维讷《诗纪》,特将其"古逸"之部截去,以就今名。略有损益订正,又出冯舒《诗纪匡谬》。窃谓丁氏称能刊书者,值兹《诗纪》已极难得之时,何如为之重印,更附以《匡谬》于后,使读者得一完书,而丁氏亦有存古之功耶!计不出此,而欲猎一"编纂"之名,陋矣!卷首载有《绪言》颇长,全用各种诗话原句凑成,又掩其书名,以示无他袭。然合各种碎锦以成一衣,补衲之状,一望可哂。盖临时钞书,又乌能尽融其迹,如出诸己口者哉!

《八代诗精华录笺注》四卷 文明书局排印本

无锡丁福保编辑。卷一题曰"汉诗菁华录笺注",卷二曰"魏诗菁华录笺注",卷三曰"晋诗菁华录笺注",卷四曰"南北朝诗菁华录笺注"。盖福保不知东晋已在南北朝之列,而隋又不在南北朝之限,故卷四无东晋诗而反有隋诗也。其书称曰"笺注",亦止掇拾《诗镜》等书,毫无献替。尤可讶者,《十九首》注引陈祚明说,则称其名;陶诗则称其字,例之不纯,固不待言。实则其陶诗之笺注全窃温汝能纂订之《陶诗汇评》,有减无增。温书既不称"陈祚明"而称"陈倩父",故福保亦沿其称,初不辨"陈倩父"即"祚明"之字也。因复疑其《十九首》笺注所引,亦未必稽采菽堂原书录之,或亦窃诸他种汇评之本耳。噫,亦妄矣!

《汉魏乐府风笺》十五卷、补遗一卷 北京大学排印本

顺德黄先生笺释。此为先生稍早之作,故尚用朱嘉徵以风、雅、颂编排乐府诗之说,而颜此笺曰"风"。即笺说亦

乐用嘉徵《广序》，初无所谓刻意拟经之嫌也。然嘉徵好以事实凿乐府，实有其过。须知《三百篇》序说有所传授而来，嘉徵更傅自何人，而可以拟为耶？先生笺释虽存嘉徵之言，而仍集诸家之说者，殆亦有微意焉。至汉魏古音，上不同于《三百篇》，下亦异诸六朝以后之作。毛奇龄《古今通韵》颇有参证，所说虽未尽莹，要亦不失为空前之业。先生释音即本其书，俾初学得略闻用韵之说。厥意亦未尝不是，不得以俞樾议张玉穀《古诗赏析》者论之也。先生近注曹子建、阮嗣宗各家之诗，凡所笺释，多出创获，洵足以敛止溪而惊西河，又不可与此《风笺》者同论已。

　　以上近人选本。

《国学典藏》丛书已出书目

周易 [明] 来知德 集注

诗经 [宋] 朱熹 集传

尚书 曾运乾 注

周礼 [清] 方苞 集注

仪礼 [汉] 郑玄 注 [清] 张尔岐 句读

礼记 [元] 陈澔 注

论语·大学·中庸 [宋] 朱熹 集注

孟子 [宋] 朱熹 集注

左传 [战国] 左丘明 著 [晋] 杜预 注

孝经 [唐] 李隆基 注 [宋] 邢昺 疏

尔雅 [晋] 郭璞 注

说文解字 [汉] 许慎 撰

战国策 [汉] 刘向 辑录
　　　　[宋] 鲍彪 注 [元] 吴师道 校注

国语 [战国] 左丘明 著
　　[三国吴] 韦昭 注

史记菁华录 [汉] 司马迁 著
　　　　　　[清] 姚苎田 节评

徐霞客游记 [明] 徐弘祖 著

孔子家语 [三国魏] 王肃 注
　　　　　（日）太宰纯 增注

荀子 [战国] 荀况 著 [唐] 杨倞 注

近思录 [宋] 朱熹 吕祖谦 编
　　　　[宋] 叶采 [清] 茅星来等 注

传习录 [明] 王阳明 撰
　　　　（日）佐藤一斋 注评

老子 [汉] 河上公 注 [汉] 严遵 指归
　　　[三国魏] 王弼 注

庄子 [清] 王先谦 集解

列子 [晋] 张湛 注 [唐] 卢重玄 解
　　　[唐] 殷敬顺 [宋] 陈景元 释文

孙子 [春秋] 孙武 著 [汉] 曹操 等注

墨子 [清] 毕沅 校注

韩非子 [清] 王先慎 集解

吕氏春秋 [汉] 高诱 注 [清] 毕沅 校

管子 [唐] 房玄龄 注 [明] 刘绩 补注

淮南子 [汉] 刘安 著 [汉] 许慎 注

金刚经 [后秦] 鸠摩罗什 译 丁福保 笺注

维摩诘经 [后秦] 僧肇等 注

楞伽经 [南朝宋] 求那跋陀罗 译
　　　　　[宋] 释正受 集注

坛经 [唐] 惠能 著 丁福保 笺注

世说新语 [南朝宋] 刘义庆 著
　　　　　[南朝梁] 刘孝标 注

山海经 [晋] 郭璞 注 [清] 郝懿行 笺疏

颜氏家训 [北齐] 颜之推 著
　　　　　[清] 赵曦明 注 [清] 卢文弨 补注

三字经·百家姓·千字文
　　　　　[宋] 王应麟等 著

龙文鞭影 [明] 萧良有等 编撰

幼学故事琼林 [明] 程登吉 原编
　　　　　　　[清] 邹圣脉 增补

梦溪笔谈 [宋] 沈括 著

容斋随笔 [宋] 洪迈 著

困学纪闻 [宋] 王应麟 著
　　　　　[清] 阎若璩 等注

楚辞 [汉] 刘向 辑
　　　[汉] 王逸 注 [宋] 洪兴祖 补注

曹植集 [三国魏] 曹植 著
　　　　[清] 朱绪曾 考异 [清] 丁晏 铨评

陶渊明全集 [晋] 陶渊明 著
　　　　　　[清] 陶澍 集注

王维诗集 [唐] 王维 著 [清] 赵殿成 笺注

杜甫诗集 [唐] 杜甫 著 [清] 钱谦益 笺注

李贺诗集 [唐] 李贺 著 [清] 王琦等 评注

李商隐诗集 [唐] 李商隐 著
　　　　　　[清] 朱鹤龄 笺注
杜牧诗集 [唐] 杜牧 著 [清] 冯集梧 注
李煜词集（附李璟词集、冯延巳词集）
　　　　　　[南唐] 李煜 著
柳永词集 [宋] 柳永 著
晏殊词集·晏幾道词集
　　　　　　[宋] 晏殊 晏幾道 著
苏轼词集 [宋] 苏轼 著 [宋] 傅幹 注
黄庭坚词集·秦观词集
　　　　[宋] 黄庭坚 著 [宋] 秦观 著
李清照诗词集 [宋] 李清照 著
辛弃疾词集 [宋] 辛弃疾 著
纳兰性德词集 [清] 纳兰性德 著
六朝文絜 [清] 许梿 评选
　　　　　　[清] 黎经诰 笺注
古文辞类纂 [清] 姚鼐 纂集
乐府诗集 [宋] 郭茂倩 编撰
玉台新咏 [南朝陈] 徐陵 编
　　　[清] 吴兆宜 注 [清] 程琰 删补
古诗源 [清] 沈德潜 选评
千家诗 [宋] 谢枋得 编
　　　　[清] 王相 注 [清] 黎恂 注
瀛奎律髓 [元] 方回 选评
花间集 [后蜀] 赵崇祚 集
　　　　　　[明] 汤显祖 评
绝妙好词 [宋] 周密 选辑
　　　[清] 项絪 笺 [清] 查为仁 厉鹗 笺

词综 [清] 朱彝尊 汪森 编
花庵词选 [宋] 黄昇 选编
阳春白雪 [元] 杨朝英 选编
唐宋八大家文钞 [清] 张伯行 选编
宋诗精华录 [清] 陈衍 评选
古文观止 [清] 吴楚材 吴调侯 选注
唐诗三百首 [清] 蘅塘退士 编选
　　　　　　[清] 陈婉俊 补注
宋词三百首 [清] 朱祖谋 编选
文心雕龙 [南朝梁] 刘勰 著
　　　　[清] 黄叔琳 注 纪昀 评
　　　　李详 补注 刘咸炘 阐说
诗品 [南朝梁] 锺嵘 著
　　　古直 笺 许文雨 讲疏
人间词话·王国维词集 王国维 著

戏曲系列
西厢记 [元] 王实甫 著
　　　　　　[清] 金圣叹 评点
牡丹亭 [明] 汤显祖 著
　　　[清] 陈同 谈则 钱宜 合评
长生殿 [清] 洪昇 著 [清] 吴人 评点
桃花扇 [清] 孔尚任 著
　　　　　　[清] 云亭山人 评点

小说系列
儒林外史 [清] 吴敬梓 著
　　　　　　[清] 卧闲草堂等 评

部分将出书目

公羊传　　　水经注　　　古诗笺　　　清诗别裁集
榖梁传　　　史通　　　　李白全集　　博物志
史记　　　　日知录　　　孟浩然诗集　温庭筠词集
汉书　　　　文史通义　　白居易诗集　封神演义
后汉书　　　心经　　　　唐诗别裁集　聊斋志异
三国志　　　文选　　　　明诗别裁集